ラルーナ文庫

# 内気な黒猫は幼なじみに愛される

伊勢原ささら



三交社

CONTENTS

Illustration

亜樹良のりかず

# 内気な黒猫は幼なじみに愛される

本作品はフィクションです。
実際の人物・団体・事件などにはいっさい関係ありません。

◇◆◇　春　◇◆◇

真っ白い毛並みが美しい地域猫のシロの体に、ポツリポツリと桃色の斑点《はんてん》のようなものが見え、黒崎猫美《くろさきねこみ》は「ん……？」とつぶやき、開いていた本をパタンと閉じた。

下町のシャッター商店街の一番端、猫関連の書物を専門に取り扱う小さな古書店《黒猫堂》は、今日も閑古鳥《かんこどり》が鳴いている。訪れるのは人間の客ではなく、店主の猫美を慕ってくる猫ばかりだ。

「シロ、何かピンクの、ついてるよ」

店番用のレトロな木の椅子《いす》を軋《きし》ませ立ち上がり、猫美は手を伸ばしてシロの体についた薄いピンク色のものに触れる。指先で摘《つ》まみ上げたそれは、可愛《かわい》らしい花びらだった。

『ああ、桜の花びらよ。川べりの桜並木の』

シロはしっぽをピンと立て、金色の目を向けてくる。

『猫美はお花見に行かないの？　たくさんの人が来てたわよ』

川べりの桜はさぞ綺麗《きれい》だったのだろう。瞳《ひとみ》をキラキラさせて聞いてくるシロに、猫美は首を振って答える。

「行かないよ。人ごみ、苦手なんだ」

黒目勝ちの大きな目が印象的な、可憐《かれん》に整った顔はビスクドールめいていて、むしろ猫のシロのほうがまだ表情がある。漆黒のやわらかい髪に、黒のパーカーとデニムという出で立ちは、まるで小綺麗な黒猫が魔法で人間化したかのようだ。

もちろん、猫美は猫ではない。生粋の人間だ。けれど生まれつき、普通の人間にはない特殊な能力を持っている。それは《猫と話ができる力》だ。

猫美が人間の言葉で普通に話しかけると、猫はそれを理解しニャーと答える。ほかの人間にはただの鳴き声にしか聞こえないものが、猫美の耳には勝手に人の言葉に翻訳されて届いてくる。声に出さず心の中で話しかけても同じで、相手の猫は猫美の無言の問いかけにもちゃんと応じてくれるのだ。

その昔、黒崎家の祖先は代々、猫を祀《まつ》った小さな神社の宮司を務めていた。神社自体はもうとっくになくなってしまったのだが、祖先の遺した記録が今も家宝として押し入れの奥に保管されている。それによると、無類の猫好きだった初代の宮司がまだ青年の頃、夢《ゆめ》枕《まくら》に猫の神様が立ち、こう告げたのだという。

——我々猫のために祠《ほこら》を立てて祀り、困っている猫の助け手になりなさい。さすれば助けられた猫は必ず恩返しをして、黒崎家は子々孫々に至るまで安泰であろう。

そしてそのときに、初代宮司は猫神様から特別な力を授けられた。それがすなわち猫と話ができる力であり、以来黒崎家の子孫にはたまにその力を持つ者が生まれてくるのだ。

その話を猫美は、三年前の春に亡くなった祖母から子どもの頃聞いた。まるで伝奇ファンタジーのような話だが、現に猫美自身も猫と話せるのだから、猫神様の夢のお告げはともかく、祖先にもそういった能力を持つ人がいたというのは確かなのだろう。

同じ能力を持っていた祖母は、いつも猫美に言っていた。

——猫美、猫が恩返しをするのは本当だよ。初代の宮司様もたくさんの猫を助けたおかげで、一生幸せに暮らせたようだから。おまえもそのことを忘れないで、困っている猫の助けになってあげるのよ。

でもじゃあどうして？　と猫美は聞き返した。

——おばあちゃんがたくさんの猫を助けてあげてるのに、どうしてパパとママは事故で死んじゃったの？

その純真な問いかけに、祖母はまだ幼かった猫美の頭に手を置き優しく撫《な》でながら、

——ごめんね……それはきっと運命だから、変えられなかったんだね。

と、微笑《ほほえ》んだ。その微笑みがとても悲しげに見え、ひどいことを言ってしまったと幼心に後悔したものだ。

祖母の一人息子である猫美の父は、猫と会話できる能力を授からなかった。それもあってか、祖母は猫美にその力が備わっていたことをとても喜んでいた。何しろ、初代宮司の

ようにたくさんの猫を助け幸せになってほしいという願いをこめて、初代と同じ名をつけたくらいだから。

祖母によると、猫美の猫の言葉を聞き取る力は、祖母よりも優れているらしかった。

――もしかしたら猫美は、初代宮司様の生まれ変わりなのかもしれないねぇ。

祖母はそう言って嬉《うれ》しそうに笑ったが、猫美自身は子どもの頃、自分の名前も能力も誇らしいものだとは思えなかった。

女子でもいないへんてこりんな名前だからクラスメイトからはからかわれるし、しょっちゅう猫と向き合って話をしているので――といっても、誰《だれ》も本当に会話をしているとは思わなかっただろうが――《化け猫》なんてあだ名までついた。道を歩いているだけで、困っている猫からたびたび相談事を持ちかけられるし、ときにはややこしい猫関係のいざこざに巻きこまれ、手に負えなくなっては祖母に助けを求めたりもした。

それでも《こんな力なければよかったのに》と思わなかったのは、やはり猫が好きだったからにほかならない。

両親が交通事故で亡くなったとき、猫美はまだ三歳だった。その後は祖母に引き取られ育てられたが、忙しい祖母の不在時に慰めてくれたのは《黒猫堂》に出入りする猫たちだった。彼らは寂しがり泣き続ける猫美の兄となり、姉となって猫美と遊んでくれた。祖母と猫たちのぬくもりに包まれて、猫美は無事に大きくなれたのだ。

猫美にとって、猫は家族同然だ。祖母は、猫を助ければ恩返しをしてくれると言ったが、むしろ猫美は恩を返すために猫を助けているようなものだ。古書店《黒猫堂》を商いながら、能力を生かして迷い猫の捜索依頼やその他猫関係のよろず相談事などを引き受けていた、亡き祖母の後を継いだのもそのためだった。

（おばあちゃんも、桜が好きだった……）

祖母が生きていた頃は、この季節になると、必ず一緒に花見に出かけていたのを思い出す。人が大勢いるところは苦手な猫美も、祖母といれば楽しかった。一人で見てもそんなに美しいと感じなかった桜も、祖母の笑顔に重なるととても綺麗に映った。

――綺麗だねぇ。

まろやかな祖母の声が、心に浮かぶ大切な思い出の風景の中、優しく響く。

――私がいなくなったら、猫美は誰と桜を見るんだろうね……。

亡くなる一年前の春、祖母はそうつぶやいていた。おそらくはそのときすでに、自分が病でそう長くは生きられないことを予感していたのだろう。

『ねぇ、猫美……猫美？』

「うん？」

セピア色の思い出に浸っていた猫美の足を、シロがヒョイヒョイと肉球で叩《たた》く。

『お花見、行ってみたら？　陽平《ようへい》と一緒に』

「陽平と一緒に？」

繰り返し、猫美は「なんで？」と、耳が肩につくほど首を傾《かし》げてしまう。

『なんでって……二人で行けばきっと楽しいわよ』

人間だったらため息でもつきそうな顔で、シロが呆《あき》れた声を出す。猫美はう〜んと考えこんでから、「行かないよ」と返した。自分が、ではなく、陽平のほうが、猫美とは《行かない》だろうと思ったからだ。

羽柴《はしば》陽平は地元の小中高と同級だった、猫美の幼馴染《おさななじ》みだ。

小学生の頃は近所の腕白少年たちを束ねるやんちゃなガキ大将。中学に上がるとバスケ部で活躍。二年生からはキャプテンを務め、周囲から推されて生徒会長にも就任。高校入学時には新入生代表として学校の歴史に残るユニークな名挨拶《めいあいさつ》をし、初日から全生徒の心をわし摑《づか》みにした。バスケ部は彼の活躍でインハイ初出場。学業成績も優秀で、全国模試では常にトップ百位以内に名を連ねる有名人だった。

顔よし、人よし、頭よし。およそ欠点というもののない彼の小学生のときの目標は、《友だち百人作ること》だった。そしておそらく、その目標はもうとっくに達成されているに違いない。

そんな、いわゆる究極の人気者であり社交派の羽柴陽平がなぜ、六歳から現在、二十四歳に至るまで十八年もの間、これまた究極の非社交派である猫美の《友だち》でいてくれているのか。それは猫美にとって、ナスカの地上絵は誰がどのようにして描いたのかよりも興味深く、大きな謎《なぞ》だった。

「行かない」

確信を持って、猫美は繰り返す。陽平がなぜ大人になった今でも猫美をやたらと気にかけ構ってくるのかはわからずとも、彼と桜を見に行きたい人間が、それこそ百人いるだろうことはわかる。

『猫美ったら……なんだか陽平が気の毒になってきたわ』

変わらず呆れ顔のシロが、立てていたしっぽをヘニョッと下げた。

『とにかくね、もし誘われたら断っちゃダメよ。晴江《はるえ》が亡くなってから猫美、お花見に行ってないでしょ？　綺麗なお花を見れば気分転換にもなるし、いい思い出もできるわよ』

晴江というのは祖母の名前だ。シロは祖母が特に可愛がっていた猫なので、彼女がその名を口にするときはいつも少しだけ寂しそうな表情になる。

「誘われないよ」

あっさり否定する猫美の足に、シロが抗議するように肉球をパシパシぶつけたとき、

「よぉ猫美！　来たぞ！」

噂《うわさ》の主が今日も爽《さわ》やかに片手を上げて、《黒猫堂》の狭い入口から窮屈そうに入ってきた。

はっきりとした目鼻立ちは、男らしく凛々《りり》しくて華やかさがある。年明けから伸ばしている髪もいい感じにしゃれていて、このうらびれた下町では目立つくらい都会的な雰囲気を醸し出している。猫美と違って明るい色の服を好んで着る彼が足を踏み入れると、本でびっしり囲まれ薄暗く見える店内がパッと明るくなる気がする。

『じゃ、私もう行くわね。騒がしいの苦手なの』

こそっと囁《ささや》いたシロがくるりと身を翻し、陽平の足もとをすばやくすり抜けていった。

「おっ、シロじゃないか！　おい、シロ！　……なんだよあいつ。愛想ねぇなぁ」

逃げるように去っていったシロを残念そうに見送ってから、陽平は猫美に顔を向けニコッと太陽のように笑いかけてきた。

（あれ……？）

その瞬間、トクンと心臓が変な動きをした気がした。このところ陽平に笑いかけられると、こんなふうに鼓動が不規則になることが多い。理由がわからずそのたびに困惑してしまい、彼の顔がまともに見られなくなる猫美だ。

「猫美、久しぶりだな。元気してたか？」

「でもない。してたよ」

《久しぶりでもない》と《元気にしてたよ》の省略形だ。子どもの頃から猫とばかり話していたので、人間とのコミュニケーションが億劫《おっくう》で苦手になってしまった猫美は、極端に

少ない言葉数でしゃべる。

　正直、人間は苦手だ。言っていることと思っていることが違ったりすることがたくさんある。その点、猫は裏表がない。猫と話しているほうが気を遣わず、ずっと気楽だ。

　長いつき合いの陽平は、そんな猫美のことをよくわかってくれている。その独特な話術にもすっかり慣れていて、言いたいことを的確に理解してくれるからありがたい。

「そうか、確か先週の土曜も来たっけな。久しぶりってのは、なんていうかこう、おまえと一週間も会えなかったっていう俺的な感覚なわけだ」

　わけのわからないことを言ってハハッと笑い、陽平は右手に持った商店街の和菓子屋の袋を持ち上げる。

「これ、服部屋《はっとりや》の桜餅《さくらもち》な。おまえ好きだろ？　お仏壇にあげてから一緒に食おうぜ」

　ちょっといい茶葉も買ってきた、などと言いながら勝手知ったるなんとやらで、陽平はぼうっと立っている猫美を押しのけるようにして家に上がりこむ。

　店のすぐ奥の和室の仏壇に、祖母と両親の遺影が置かれている。もともとは宮司を務めていた黒崎家だが、神社もとうになくなった今ではすっかり一般の家庭と同じだ。別に宗旨替えしたわけでもなく、単に遺影を置く場所として小さな仏壇があるのだった。

　その前に敷かれた座布団に長い脚を畳んできちんと座り、袋から取り出した和菓子の包みを供えてから、陽平は目を閉じ手を合わせた。猫美の家に来るとき、彼はまず最初に必ずそうする。

いつもにぎやかでころころと表情を変える彼の厳粛で真面目《まじめ》な横顔を盗み見つつ、猫美は改めて最大の謎について考える。友だちが軽く百人を超えるはずの陽平が、なぜ十八年もの間、猫美を友だち枠に入れてくれているのか、という謎だ。

幼い頃より猫美の友だちは猫だった。それこそ赤ん坊のときから猫と遊び、猫とばかり話してきたので、小学校に入学しても同じ年頃の人間の子どもと何を話していいのかわからなかった。いつも校庭の隅でノラ猫とじっと見つめ合っている変わり者の猫美に、進んで声をかけてくるような物好きな子もいなかった。

唯一ちょっかいをかけてきたのが、ガキ大将の陽平だ。当時からクラス一身長が高く、勉強も運動もできてかっこよかった彼は、何人もの仲間を引きつれて、校庭の隅までわざわざやってきた。

――おっ、化け猫の猫美がまた猫と話してるぞ！

猫美を見つけるたびにやけに嬉しそうに駆け寄ってきた陽平は、決まって小突いたりいきなりくすぐってきたり、髪をこしゃこしゃにしたりしてきた。気に入らないなら放っておいてくれればいいのにいつも猫美を捜し出し、何かというと構ってきたものだ。

猫美としては《いじめられていた》と認識しているが、そう言い切るには彼の行動はいささか妙だった。陽平に便乗してほかの者が猫美を突き飛ばしでもしようものなら烈火のごとく怒り謝らせたし、草むしり当番を押しつけられたときは、《ったくしゃーねーな》とか言いながら一緒に残って手伝ってくれたりした。クラス全員の前に立たされ、担任に《黒崎はもっとみんなと協調するように》と注意されたときは、憤然と立ち上がり大人のような口調で反論し担任をやりこめた。

――一人でいるのが好きなのはそいつの個性です！　変に周囲と慣れ合うより、俺は黒崎らしさっていうのを大事にするべきだと思います！

声も態度も身長も大きくて荒っぽい陽平のことが猫美は怖かったけれど、そのときは嬉しかった。陽平が、祖母と同じことを言ってくれたからだ。

中学生になるとそれまでのように小突いたりくすぐったりしてくることはさすがになくなったが、用もなく構ってくるのは相変わらずだった。幾重にも囲んでいる友だちの輪をするりと抜けて、陽平はいつでも気さくに猫美に声をかけてきた。

――おう、一緒に帰るか！

――甘味屋寄ってくか？　あんみつおごるぞ。

――今日《黒猫堂》行っていいか？　晴江ばあちゃんの顔見たいしな。

しばらく会えなかったときなどは、わざわざ学校の裏山の猫の溜《た》まり場まで猫美を捜しに来ては、他愛《たわい》のない話を一方的にしていったりした。猫美はほとんどしゃべらないので、静かな山には陽平の張りのある声だけが響き渡り、ノラ猫たちは若干引き気味に生温かい目で二人を見守っていた。

中学・高校とそんな日々が続いてきた中で、猫美にとっても陽平がそばにいることが普通の日常になっていた。だから六年前、陽平が大学入学とともに地元を離れ上京してしまったときには、自分でもびっくりするほど情緒不安定になった。あるべきものが突然消えたような、そんな感覚に襲われたのだ。

猫美の様子がおかしくなったことに、店に出入りする馴染みの猫たちは気づいたのだろう。皆さりげなく猫美を気遣い、言葉を尽くして慰めてくれた。

——二人ともちょうど大人になる時期なんだよ。猫美もそろそろ自立しないと。

そんなふうに叱咤《しった》激励してくれる猫もいた。きっとそのとおりなんだろうと思った。子どもの頃からの腐れ縁、不思議な幼馴染み関係もそろそろ終わり。大人になり羽ばたいていった陽平は、手のかかる変人の友のことを忘れ、東京でまた新しい友だちを百人増やすのだろう。そう思っていたのだが……。

(なんでだろう……?)と、猫美は改めて首を傾げる。

上京してからも陽平は頻繁に帰省しては、高校卒業後祖母の仕事を手伝っていた猫美のところを訪れた。高校までとまったく同じように気さくに、東京の銘菓片手に、よぉ、来たぜ、と片手を上げて。

祖母が病で倒れてからはさらに足しげく通い、頼れる親戚《しんせき》もいない猫美のフォローをしてくれた。入院手続きやら、祖母のやりかけの仕事の引き継ぎなど、社会性の低い猫美だけだったら、すべてを一人でこなすのは難しかったかもしれない。

そう、祖母を見送ったときだって彼がそばにいてくれたから、猫美はちゃんと立っていられたのだ。

そのときのことを思い出しそうになるといつでも、胸全体がもやもやと悲しみ色の雲に覆われてくる。浮かびかけたあの日の斎場の風景を、猫美はふるふると首を振って心から追い出した。

仏壇の前でじっと手を合わせていた陽平が、俯《うつむ》いていた顔を上げ目を開ける。そして正面の祖母の遺影に向かって、声を出さずに何か語りかける。何を言っているのかはわからないが、一連の流れの後彼は必ずそうするのだ。まるで大切な儀式のように。

遺影を見つめる澄んだ優しい瞳は、臥《ふ》せっていた祖母のところにしょっちゅう見舞いに来てくれていたときと変わらない。瘦《や》せた祖母の手をさすりながら、面やつれした顔をそらさず見つめ、陽平は今と同じ目で励ましてくれていた。

——晴江ばあちゃん、今日はいつもより顔色いいし美人に見えるぞ。こりゃーすぐによくなるな。

そう言って彼が笑うと、祖母も笑った。笑う祖母の目は少しだけ涙を溜めていた。安堵《あんど》の涙だったと思う。なぜなら陽平が名残惜しそうに帰っていった後、祖母は猫美にこう言ったからだ。

――猫美、陽平君となかよくね。きっと猫美にとって、大切な人になるに違いないから。

（大切な、人……？）

その言葉がよみがえるたびに、猫美の心はほんわりとやわらかくなる。

陽平は、自分にとってすでに《大切な人》なのだろうか。それとも、これから《大切な人》になっていくのだろうか。

少なくとももう、いじめられているとは思わない。口うるさくて嫌だとも、構いすぎてきてうざいとも思わない。来てくれると妙に嬉しい。ニコッとされるとなぜかドキッとする。彼に対する気持ちをはっきりと言葉にはできないが、今はとりあえず、そんな感じだ。

「猫美、台所借りるぞ。茶いれてくる。おまえこっち座って待ってな」

陽平はよっと声を出して立ち上がると、自分の家さながらさっさと台所に入っていく。

「店番が……」

「どうせお客来ねぇんだろ？　声かけられれば聞こえるし、大丈夫だよ」

一言もない。古書店の売り上げは日に三冊もあれば上々で、ほとんど趣味でやっているような店だ。主な収入源は猫関係の相談事解決であり、陽平もそんな黒崎家の台所事情をよく知っている。

和室の中央にちゃぶ台を出して、おとなしく座って待つことにする。服部屋の桜餅は猫美の大好物だ。

「あーあ、また冷蔵庫空っぽじゃないか。昨夜《ゆうべ》の夕飯は何食べた？」

勝手に冷蔵庫を開けたらしい陽平が、台所から聞いてくる。

「えっと……卵かけご飯……」

「まさかそれだけか？　おまえなぁ……」

呆れ声が届き、猫美は首をすくめる。猫美は菓子以外の食べ物にはあまり興味がない。祖母が元気だった頃は、ちゃんと三食バランスの取れたおいしい食事を作ってもらっていたが、自分で用意するようになってからはかなり適当になってしまった。

それに加えて最近はちょっとした悩みもあり、ほとんど食欲がなかったのだ。

「まったくしょうがねぇな。だから放っておけないんだよ」

ため息をつきながら、お盆に茶碗《ちゃわん》を二つ乗っけた陽平が戻ってくる。いい香りのする緑茶をちゃぶ台に乗せてから、猫美の頭をこしゃこしゃっとかきまわした。そのぬくもりが小学生の頃よりずっと心地よくて、猫美は動揺を隠し、茶柱が立った緑のお茶をじっと見つめる。

「よし、今夜は精がつくように、俺がうまい肉料理を食わせてやる」

陽平はなかなかの料理上手だ。一人暮らしが長くずっと自炊なので、猫美が適当に作るものの何倍もおいしいものを作ってくれるのだ。

（それに……夕ご飯を作ってくれる日は、陽平が、少しだけ長くうちにいる……）

急に頬《ほお》が熱くなってきて、猫美はごまかすように淡いピンクの桜餅をパクッと頬張った。

今日のはやけに甘く感じる。

「う〜ん、服部屋の桜餅、ホント最高だよな！　……ところでおまえの店、相変わらず猫の出入りが多いな。さっきはシロが来てたが、外でほかのが何匹か入りたそうにしてたぞ」

《黒猫堂》は基本ノラ猫の出入り自由だ。近所の猫は皆猫美が話を聞いてくれるのを知っているし、祖母や猫美に助けられた猫も多いので、入れ替わり立ち替わり寄っては挨拶をしていくのである。

「猫のお客さんは多いよ。連日大盛況」

「連中は金落としてってくれないけどな」

陽平はハハッと笑う。

「なぁ、前から思ってたけどさ。晴江ばあちゃんもおまえも自分では飼わないんだな。何か理由があるのか？」

「おばあちゃんが言ってた。用事ある猫が出入りしづらくなるから、決まった猫は飼わないんだって」

「ああ、なるほどなぁ」

ほら、と、二つ目の桜餅を皿に取ってくれながら、陽平が頷《うなず》く。

「さしずめ《黒猫堂》は猫の駆けこみ寺って位置づけなわけだ。すべての猫に対して公平にってのは、晴江ばあちゃんらしいよ。……でもまぁ、あれだな。おまえも一人じゃ寂しいだろ？　どうしても耐えられなくなったら、俺がここに住んでやってもいいんだぞ？ここのほうが今のアパートより若干駅に近いし、俺にとってもメリットはある」

陽平がどこかそわそわしながら視線を泳がせ、わけのわからないことを言い出す。

大学卒業後、大手電機メーカーに就職した彼は、希望どおり地元近くの支社に配属になり故郷に戻ってきた。地元に戻ってからも実家には帰らず、アパートを借りて一人で暮らしている。実家に同居している姉夫婦に気を遣ったんだと本人は言っているが、借りたアパートは《黒猫堂》のすぐ近くで、週末は必ずといっていいほど猫美の顔を見に来るのだ。

環境が変わるたびに友だちを増やし続けているのだろう彼に、なぜそんな暇があるのか、そのへんのところも大きな謎だ。

「陽平が、ここに住む？　なぜ？」

首を傾げ尋ねると、陽平はそんなこと聞くなとばかりに落ち着きなく手を振る。

「あー、だから、おまえが一人だと何かと心配なんだよ。ちゃんと社会生活送れてるかとか、そういったレベルでな。それに、寂しくないのか？　一人で」

「心配ないし、寂しくもない」

思ったことを端的に伝えると、陽平はガクッと両肩を落とした。

「だよな……そう言うと思ったよ」

安心してもらえると思ったのだが、もしや逆にガッカリさせてしまったのだろうか。陽平は猫美が構えず普通に会話ができる貴重な人間の友人だが、やはり人の心というのは読みづらくて難しい。

「まぁとにかく、何かあったら即俺に言えよ。セコムレベルで二十四時間受けつけてるからな、おまえからの電話を」

そう言って、陽平は自分のスマートフォンを示す。ちなみに猫美は携帯電話を持っていない。猫捜索の関係の連絡は、すべて家の固定電話で済ませている。たまに陽平に依頼仕事を手伝ってもらうことがある――というか、本人が心配して勝手に手を貸してくれる――のだが、その件で電話するくらいで、個人的な用で猫美から彼にかけたことはない。

なるほど、電話でまめにコミュニケーションが取れないから、陽平は頻繁に家を訪れるのかもしれない。

「ところで猫美、今日は猫関係で、ちょっとおまえに協力してほしいことがあるんだ」

桜餅を食べ終わった陽平が、いきなり言い出した。「協力？」と猫美は首を傾げる。

「おまえ田端《たばた》地区の奥の、猫屋敷って知ってるか？」

「猫屋敷……ああ、謎のおばあちゃんが、いっぱい猫を飼ってるとかって……」

出入りの猫たちから聞いたことがある。雑木林に囲まれた一軒家に、相当な高齢女性がたくさんの猫と一緒に暮らしているらしい。その家の通称が確か、猫屋敷。噂レベルの話なので、本当にそんな家があるのか真偽のほどはわからなかったのだが。

「それだ。俺この間、仕事でたまたま田端地区に行ったんだけどな。話聞いたら、どうやら本当にあるらしいんだよ、その猫屋敷が」

「へぇ……」

「近くの人が心配しててさ、あのおばあちゃんは大丈夫なのかって。歳《とし》はもう九十越えてるし、脚が悪くて持病もあるんだと。それなのに、猫を何十匹も飼ってるらしくてな」

「そ、そうなの？」

なんだか胸が苦しくなってくる。高齢の体の悪いおばあさんが、そんなにたくさんの猫の面倒を見られるものだろうか。そしてもし、そのおばあさんに突然何かあったら……。

「それ聞いてからどうも心配で、気になってな。俺今日これからちょっと行って、力になれることがないか聞いてみようと思ってるんだ。おまえもぜひ同行してくれ」

フットワークの軽い陽平にさらりと言われ、猫美は「おれも……っ？」と聞き返してしまった。

「おう。俺はおばあさんとは話せるが猫とは話せないから、おまえがいてくれないと」

当然のように言われて、猫美は驚きに目を瞬《しばたた》いてしまう。

陽平は猫美が猫と会話できることを知っている。というか、黒崎家では代々そういう能力を持った者が生まれるというファンタジーな話を、それなりに受け入れてくれている。少なくとも猫美が猫とある種の意思疎通ができるらしいことは、迷い猫捜索の仕事を手伝ってきた中で多少感じてくれているのだろうとは思っていたが、よもや本当に信じてくれているとは意外だった。

(陽平は俺のこと、なんでも信じてくれる……)

自分のことを無条件に信じてくれる人がいるというのは、猫美のような自信のない人間にとってはとても心強いことだ。

「なぁ、猫美」

真面目な顔になった陽平がちゃぶ台に身を乗り出し、猫美の背筋も自然と伸びる。

「おまえ最近、猫関係の仕事あまり入れてないよな。どうかしたのか?」

猫美は「うっ」と小さく唸《うな》って視線を泳がせる。やはり陽平には隠せなかったようだ。

確かに猫美は、ここのところ本業の古書店のほうだけに専念している。理由はスランプだ。

独り立ちしてもう三年になるのに、猫美はまだ祖母のようにスムーズに迷い猫を見つけられない。猫からのちょっとした相談事ですら、解決するのに時間がかかってしまう。

人間とはもちろんのこと、猫との会話も祖母のほうがずっと上手だった。猫美の能力は私以上だと祖母は言ったが、きっと買いかぶりだ。こんなことでは祖母だけではなく、ご先祖様方にも顔向けできないし、何かと手伝ってもらっている陽平にも申し訳が立たない。

そんな具合にごちゃごちゃと考えすぎて、このところやや鬱々《うつうつ》としていたのだが、顔にはまったく出ていないと自分では思っていた。

だが陽平はちゃんと、猫美のその鬱状態を察してくれていたようなので驚く。

「俺には話せよ。相棒だろ？　なんだか食も細くなったし、どっか具合でも悪いのか？」

心配そうにのぞきこんでくる友人をこれ以上気遣わせてはいけないと、猫美はふるふると首を振る。

「悪くない。ただ、このままでいいのかなとか、考えてて……」

「ん？」

「おれ、おばあちゃんみたいに、いろいろうまくできないから……」

だんだん声が小さくなり俯いてしまう。いつでも前向きな幼馴染みに、しゃっきりしろよ、と叱《しか》られるかと身を縮めていたら、ハハハと明るい笑い声が届いてびっくりして顔を上げた。叱るどころか、陽平はさもおかしそうなニコニコ顔だ。

「なんだ、そんなの当たり前じゃないか。晴江ばあちゃんとおまえとじゃ年季が違う。おまえはまだまだこれからだろう」

「そ、そう……？　でもおばあちゃん、おれの歳にはもっとすごかった、と思う」

「ばあちゃんはばあちゃん、おまえはおまえ。今はおまえらしく、できることをがんばればいいんだよ。足りない部分は、俺がいくらでもフォローしてやる」

頼りにしてくれよ、と陽平は片目をつぶる。

確かにこれまでも、陽平に助けられてきた部分は多い。彼がいろいろと手伝ってくれるから、猫美もなんとか猫の相談事解決の仕事を続けていられるのだ。

――きっと猫美にとって、大切な人になるに違いないから。

懐かしい祖母の声がよみがえり、なぜか急に頬がほてってきて、猫美は手でパタパタと顔を扇《あお》いだ。

「仕事続けろよ猫美。おまえのペースでいいから。おまえは間違いなくたくさんの猫を救って、飼い主を笑顔にしてる。それをそばで見てきてる俺が言うんだから間違いない」

力強く言われると、そうなのかなという気持ちになってくる。陽平の言葉は、いつも不思議なほど猫美に元気をくれる。

「う、うん……陽平、ありがとう」

照れくさくなってひょこっと小さく頭を下げると、陽平はパチパチと瞬《まばた》いた目をわずかに細め微笑んだ。じっと見つめられ、なんだかドキドキしてくる。

「じゃあ、猫屋敷の件はいいリハビリになるだろ。今近くにリアルタイムで、困ってるかもしれない猫たちとおばあさんがいる。おまえ、放っておけるか？」

「おけない」

猫美には珍しく即答した。猫助けを生業《なりわい》にしている者が、つらい思いをしている猫と飼い主がいるかもしれないのに、知らぬふりなど絶対できない。そんなことをしたら、もう《黒猫堂》の看板は下ろすようだ。

「おれも行く」

ぎゅっと拳《こぶし》を握って頼りになる相棒を見る。陽平は満足そうに笑って頷いた。

噂の猫屋敷があるらしい場所は、《黒猫堂》から車で二十分ほどのところだった。はっきりした場所がわからないので近くまで陽平の車で行き、有料駐車場に停《と》めて、田んぼの中の細い農道を徒歩でいくことにした。

広い田んぼやら野原に囲まれ、人家はまばらにしかない中の細い道をたらたらと並んで歩いていく。究極のインドア派で、猫捜索の仕事のとき以外はめったに外に出ない猫美は、四月にしては異例の暑さにやられ少しバテ始めていた。

「猫美、大丈夫か？」

猫美のほんのわずかな変化にもすぐ気づいてくれる陽平が、心配そうに聞いてくる。

「だ、大丈夫」

精一杯平気そうな声で答えたものの、実際はヘロヘロだった。最近はいろいろと考え事に悩まされ夜もろくに眠れなかったし、食欲もなかった。体力が衰えてきたところで久しぶりに歩いたので、こたえてしまったのだろう。

「よし、あそこで休むか。昼飯の時間も過ぎてるし、腹減っただろう」

陽平が指差したのは、古びた木のベンチが置いてある待合所だった。とっくに廃止されたバス路線の停留所の名残らしい。

「え、でも急がないと、おばあちゃんと猫たちが……」

「腹が減っては戦はできぬだ。休憩は必要だぞ」

陽平はそわそわする猫美の背をポンポンと叩いて、ベンチのほうに軽く押す。

「おまえ、悪いけど席取っといてくれ。俺はメシを調達してくる」

待って、おれも行く、と言う前に、足取り軽く田んぼの中を抜けていく相棒の背を、猫美はパチパチと瞬きしながら見送る。見渡す限り人っ子一人いないのに席を取っておいてと言うあたり、陽平らしい気遣いだ。少しでも猫美を休ませたいのが伝わってくる。

ここは素直に休ませてもらい訪問に備えようと、ノロノロとベンチまで行き腰を下ろした。ほうっと息をつき、青い空を見上げる。

猫屋敷のおばあさんと猫たちは、こんな人気のない静かなところでどんな暮らしをしているのだろう。みんな毎日元気で幸せでいられるのならそれでいいけれど、平穏な日々が続かなくなると、だんだんとつらくなってくるものだ。そんなとき相談する人がいないと、とても悲しいことになる。

――私たちは、そのためにいるんだよ。

祖母の声が聞こえてきた。黒崎家の者は、そのために力を授かったのだから、と。

(おれにも、何かできるかな……)

きっとできると信じてくれているから、陽平はスランプの猫美を誘ってくれたのだが。

祖母のようにうまくやれる自信もないのに、跡取りとして期待に応《こた》えなくてはという気持ちばかりが先走る。祖母はいつも笑顔で、むしろ楽しそうに猫関係の仕事をこなしていたのに、猫美は今プレッシャーに圧迫され、胸がドキドキし始めている。

落ち着かないと、と何度か深呼吸をしたとき、相棒が駆け戻ってくるのが見えた。

「おう、お待たせ」

ポンと猫美の頭に手を置き、隣に腰を下ろす。

「さっき通り過ぎた家の人から、有力情報ゲットしたぜ。猫屋敷は間違いなくこの近くらしい。前はおばあさんが頻繁に買い物でこの道を通っているのを、よく目にしてたそうだ。最近は見ないらしいけどな」

常々思っていたのだが、陽平の情報収集力は本当にすごい。コミュニケーション力が高いので、知らない人とでもすぐに打ち解けられるし、人柄がにじみ出るのかすぐに信用もしてもらえるのだ。そういうところは、陽平と祖母はよく似ている。

「陽平、すごい……」

それに比べて自分は、とうなだれる猫美の肩を、陽平は元気づけるように叩く。

「たまたまだよ。運がよかっただけだ。ああそれと、ゲットしたのは情報だけじゃないぞ。ほらっ」

得意げに差し出されたのは、ラップにくるまったおにぎり二つだ。

「えっ！」

真っ白い米粒が輝いて見え、食欲のないはずの猫美も急にお腹が空《す》いてくる。おやつスティックを見せられた猫みたいな顔になった猫美に、陽平はハハッと笑う。

「親切なおばさんでさ、駄目もとで頼んでみたら、自分ちの田んぼの米でちゃちゃっと握ってくれた。ありがたくいただこうぜ」

猫美におにぎりを一つ渡した陽平は、自分の分をパクッと頬張る。

「うん、うまい！　さすが自家製の米は違うなぁ」

我慢できずに猫美もはむっとかぶりついた。おいしい。塩気もちょうどよくて、中にはおかかが入っている。

どこか懐かしいその味が、三年前のつらかった頃の記憶を連れてきた。

「陽平の、おにぎり……」

意識せずつぶやくと、陽平は目を見開き猫美を見てから、ああ、と納得げに微笑んだ。

「あのとき、おまえに食わせたおにぎりも、確か具はおかかだったっけな」

祖母が亡くなり諸々《もろもろ》の手続きが済んだ頃、猫美は食事をほとんど摂《と》れなくなったことがあった。唯一無二の大切な人を失った喪失感が、一気に襲ってきたのかもしれない。食べないと倒れてしまうし、そうなったら祖母の遺した店を閉めなければならなくなると、無理やり食べ物を口に入れても、砂を噛《か》むようで味がしなかったのだ。

「おまえ、何も食べなくてどんどん痩せていってさ。磯松屋《いそまつや》のうなぎも寿司岩《すしいわ》の特上寿司も食おうとしないから、ホントどうしようかと思ったぞ」

毎日のように差し入れをしてくれる陽平に悪いと思いながらも、何を食べてもおいしくなく、無理して食べると吐いてしまいそうだった。あの頃、陽平がどんな顔で自分を見ていたのか猫美は覚えていないけれど、その声は思い出せる。

――猫美、今日は俺が作ってきたぞ。握り飯だ。しかも、中はおかかだ。晴江ばあちゃんもよく作ってくれてただろ？

相当猫美を心配してくれていただろうに、その声はいつもと同じように明るくにこやかで……。それでも、ほんの少しだけにじむつらさを、見せないようにしているのが伝わって……。

――ちょっとだけでも食べてみないか？　おかかのおにぎり、おまえ好きだったよな？　無理そうだったら残していいから。

陽平がつらそうだと気づいた瞬間、自然に手に取ってパクリとかじっていた。おいしかった。久しぶりに、おいしいと感じた。なぜおいしいのかは聞かずともわかった。陽平は、以前食べたことのある祖母のおにぎりの味を思い出しながら、忠実に再現してくれたのだ。

「あの頃のおまえ、自分は何も食べようとしなかったくせに、店に来る猫たちにはカリカリを欠かさずやっててさ。それ見ながら思ったんだよ。猫たちは、猫美がエサをやるから大丈夫だ。だったら、猫美には俺が食わせよう。おまえが自分から食べてくれるまで、俺がおまえに、ちゃんと三食食べさせようってな」

暗くなってきた空を見上げる幼馴染みをそっと窺《うかが》い見ながら、猫美は残りのおにぎりを口に押しこむ。なぜだろう。なんだか胸が詰まってきて飲みこみづらい。

おにぎりをおいしいと思えてからは、陽平の作ってくれるものはなんでも食べられるようになった。彼の笑顔が、どうすることもできなかった喪失感を次第に薄れさせてくれたからかもしれない。

「陽平のおにぎり……また食べたい」

つっかえたおにぎりをなんとか飲みこんでから、猫美は下を向いてボソッと言った。三年も前のことに改まって礼を言うのも気恥ずかしくてそんな一言になってしまったのだが、陽平が嬉しそうに笑ったところを見ると、ちゃんと気持ちは通じたようだった。

「なんだって？　俺のおにぎりを一生食いたいって、今そう言ったか？」

わけのわからないことを言われ、体をずいっと寄せてこられて、猫美はしかめ面になる。

「言ってないよ」

「いや、言っただろ。そう聞こえたぞ」

「全然言ってない」

この〜、とご機嫌で髪をこしゃこしゃにしてくる手から、逃れようと体を縮めたときだった。

——助けて……。

微《かす》かな声が耳に届いた気がして、猫美はハッと顔を上げた。

周囲を見渡す。誰もいない。

だが、確かに聞こえる。胸が痛くなるような悲しげな声がだんだんと大きくなってくる。

——お願い……助けて……。

「猫美？　どうした？」

「誰か、呼んでる……っ」

弾《はじ》かれたように立ち上がった猫美は、声のするほうに早足で向かう。おかかのおにぎりのおかげで体も心も元気になったようだ。足が軽い。陽平の足音もすぐに追ってくる。

「どこ？　どこにいるの？」

『ここ……』

ニャアニャアという声が、錯覚ではなくはっきりと聞こえた。

「あそこだ、猫がいる！」

陽平の指差す先に、よろよろしながらこちらに向かってくる猫が見える。キジトラ柄の子猫だ。

『助けて……っ』

ニャッと大きく鳴いた子猫は、力尽きたのかその場にへたりこんでしまった。猫美はあわてて子猫に駆け寄り、怯《おび》えさせないように膝《ひざ》を折る。

まだ生後半年くらいだろうか。体は小さく見るからに痩せ細っている。毛並みはボサボサの上ところどころ泥がついており、目の周りは目ヤニでただれている。ろくに世話をされておらず、環境がいいとはとてもいえないところで暮らしてきたのは一目瞭然《いちもくりょうぜん》だった。

猫美の胸はチクチクと痛む。まだこんなに小さいのに、この子は一体どんな生活をしてきたのだろう。

「こんにちは」

話しかけると、子猫はびっくりしたように小さな目を見開いた。

「おれは猫美。黒崎猫美。よろしく」

『あなた、ボクとお話できるの……？』

ニャッとか細い声で子猫が聞いてくる。人間と意思疎通ができるとは思わず、驚いているようだ。

「うん。おれ、君の言葉、わかる。君のお名前は？」

『名前……ないの。おばあちゃんは《子猫ちゃん》って呼ぶ』

どうやら子猫は《おばあちゃん》なる人間と暮らしているらしい。

「もしかして君は、猫屋敷の子？」

『ねこやしき……？　わかんない。ボクおばあちゃんと、仲間たちといるの』

あそこに、と子猫は百メートルほど先に見える雑木林のほうを向いた。

「陽平、この子猫屋敷の子だ。あそこだって」

そう言って振り向くと、陽平は疑う様子もなく頷き「あのあたりか」と雑木林を見やった。

「助けてって言ったよね。どうしたの？　おうちで何かあったの？」

速くなる鼓動を抑えながら、猫美はなるべく穏やかに尋ねる。子猫は目ヤニでいっぱいの目をしゃばしゃばさせて、猫美を見上げてくる。体も顔もひどく汚れているが、瞳は澄んだ宝石のように綺麗だ。

『おばあちゃんが、倒れたのっ。だからボク、誰か呼ばないとって思って……』

飼い主が倒れ、この痩せ細った小さな体で誰かに助けを求めようと出てきたというのか。

『ボク、体が小さいから、壁の隙間《すきま》から抜けられたの。おばあちゃん今、お台所で動かなくなってるの。ど、どうしよう……』

「大丈夫。心配しないで」

猫美は震えている子猫の体を優しく撫でて言った。

「おれたち、助けるために来たんだよ」

自分でも驚くくらい、迷いのない声が出た。

目の前の小さな子猫のすがるような目を見返しながら、助けたいと心から思う。

自分なんかにできるのかとか、跡取りらしくしなきゃとか、そんなのはどうでもいい。

なんとしてでも助けなくてはというその気持ちだけが、今猫美の心をいっぱいにしていた。

大事なのは、その想いだけだ
「おい猫美、まずいぞ！　あれ！」

陽平のただならぬ声に顔を上げ、猫美は目を見開く。雑木林の裏手から煙が上がっている。あそこは、ちょうど猫屋敷のある場所ではないのか。

陽平はすでに駆け出していた。疲れ切った子猫を抱き上げて、猫美も後を追う。

雑木林までの百メートルほどの距離が、果てしなく遠く感じる。陽平の背中を追って林の裏手に回ると、かなり築年数が経っていそうな平屋が見えてきた。

「っ……！」

家が近づくごとに、怯え切った悲鳴のような声が一斉に届いてきて、猫美は耳をふさぎたくなる。同時に、何かが焦げるような異臭も襲ってくる。

家の横手の窓から炎が上がっているのが見え、足がすくんだ。

先に家に着いた陽平が、古びたドアを躊躇《ちゅうちょ》なく蹴破《けやぶ》る。

「猫美！　おまえはそこから動くな！」

そう言って振り向いた目は厳しく真剣だ。

「大丈夫！」

猫美は言い返した。たくさんの悲鳴は、家の中から聞こえている。助けて、怖いと怯えている、まだ中に、猫たちがいる。この場で突っ立ってなんかいられない。

『ボクたちのお部屋、あっちよ！』

腕の中の子猫がぶるぶる震えながらも、火の手が上がっているのと反対側を示した。

「おれは猫！　陽平はおばあさん！」

断固とした声で叫んだ。陽平は目を瞠《みは》る。猫美がこんな強い口調で何かを主張したのは初めてだったから驚いたのだろう。

すぐに猫美の決意を受け取ってくれた相棒は、力強く頷き「気をつけろよ！」と家の中へ飛びこんでいく。

「君はここにいて」

子猫をそっと下ろし、猫美もすぐにその後を追った。臆病《おくびょう》な自分がなんのためらいも

なく、危地に入っていけるなんて、と心のどこかでびっくりしていた。

猫たちを助ける。今の猫美の頭にあるのはそれだけだった。

『助けて！』

『ここ開けて！』

充満し始めている煙を吸わないよう腕で鼻口を覆いながら、猫美は声のほうへと進む。ピタリと閉じられているふすまを開け放つと、六畳ほどの部屋に詰めこまれた猫たちが一斉に見上げてきた。

一見では数え切れないほどいる。おそらく猫用の部屋なのだろうそこは彼らにとってとい環境とはとてもいえないくらい荒れていたが、今はそれを確認している時間はない。見知らぬ人間のいきなりの侵入に警戒の目を向けてくる猫たちに、猫美はできるだけ冷静に話しかける。

「みんな、大丈夫！　助けにきたよ！」

部屋の奥手の掃き出し窓はケージでふさがってしまっているので開けられない。

「こっち！　こっちから外に出て！」

猫美が言葉を交わせる特別な人間で、自分たちの味方だとわかったのだろう。猫たちは我先にと部屋を飛び出し、ドアのほうへ逃げていく。

濃くなっていく煙の中、すべての猫が避難できたか部屋を確認する猫美の耳に、か細い声が届いてきた。

『苦しい……怖いよ……』

「っ……」

声のするほうを振り向いた。半分開いた押し入れの中に小さなケージが一つあり、茶トラの猫が横たわっている。何かの病気で、ほかの猫と離されていたのかもしれない。苦しげな声を出しながらも、猫は起き上がろうとしない。

「大丈夫だよ！　助けるからね！」

ぐったりしている猫を励ましながら、猫美は引っ張り出したケージを両手で持ち上げた。結構な重さだが、まさに火事場の馬鹿力だ。普段の猫美なら無理だっただろう。

「怖くないからね。すぐに出してあげる」

ケージの中の猫に優しく語りかけ、猫美は部屋から飛び出した。

「えっ……」

思わず息を呑《の》んだ。覆われた煙で視界が利かない。周りがまったく見えない。

（出口……どっちだっけ……？）

焦って煙を吸いこんでしまった猫美は、咳《せ》きこみながら周囲に視線を巡らす。頭がパニックを起こし、方向感覚が狂ってしまっている。

心臓が高鳴り、死ぬかもしれないという恐怖が湧《わ》き上がってきた、そのとき……。

「猫美っ！」
声が聞こえた。
顔を向ける。わずかに光の差す、明るいほうへ。
「猫美こっちだ！」
ぼんやりとシルエットが見える。おばあさんを背負った、陽平のシルエットが。
『こっちだよ！』
『早く来て！』
たくさんの声が、陽平の声に重なる。先に逃がした猫たちの声が導いてくれる。
——大丈夫、猫美……こっちだよ……。
彼らの声に交じって、今はもういない大好きな人の声も聞こえた気がした。
勇気を振り絞り、震え固まってしまった足を動かして、猫美はそちらに駆け出した。

結局家は全焼してしまったが、おばあさんも猫たちも皆無事だった。肺炎のため高熱を出していたおばあさんは、台所でお湯を沸かそうとしていたとき倒れてしまったらしい。点《つ》けっ放しになっていたガスの火が布巾か何かに燃え移って広がったようだった。
猫美と陽平が中に入っている間に、近くの住人たちが立ち上る煙に気づいて駆けつけ、消防車を呼んでくれていた。おばあさんは病院に運ばれそのまま入院したが、命に別状はなかった。身寄りのない彼女のため、近所の人たちが役所の高齢者支援の部署に連絡を取ってくれて、今後のことは任せられることになった。

そして猫たちは、猫美も世話になっている隣の市の保護動物シェルターに引き取ってもらえることになった。高齢で持病を抱えていたおばあさんは、増え続ける猫たちの世話がほとんどできなくなっていたようだ。だがそのことを誰にも相談できず、困ってしまっていたらしい。シェルターで里親を探してくれると聞いたおばあさんは、安堵で涙し何度も礼を言っていた。

――猫たちは無事……？

意識を取り戻したおばあさんが、最初に口にしたのがその一言だった。飼育状態はひどかったけれど、おばあさんなりに猫たちに対する愛情を持っていたのだろう。彼らの世話ができなくなってしまったことに、彼女自身が一番胸を痛めていたのかもしれない。

一件落着するまでは、とにかく忙しかった。消防に事情を聞かれ、近所の人と一緒に病院に行き、シェルターに猫たちを送っていきと、猫美も陽平も大わらわだった。対人間的なことは陽平が主に担当してくれて、猫美は三十四の猫たちそれぞれに話を聞き、年齢や体調についてのリストを作ったりした。

火事の日から三日経った今、やっとこうしてのんびり陽平と川べりの道を歩いていられる。シェルターに行った帰り、陽平に少し散歩していこうと誘われたのだ。

陽平の仕事が終わってから出かけたので、もうすっかり日が暮れている。紫紺の夜空には綺麗な満月が浮かんでいた。

「いや〜、いろいろとすごい体験だったよな。とにかくよかったよ、一段落して」な？　と陽平が猫美と、片手に抱えているキャリーバッグの中に語りかける。「うん」と猫美が、ニャッとキャリーの中の子が答える。

今日シェルターに行った目的はリストを渡し、猫たちの様子を確認することだけではなかった。陽平にとってはとても大きな、大切な用事があったのだ。

猫美もキャリーをのぞく。キジトラの子猫がしょぼしょぼの目をパチパチさせて猫美を見上げてくる。処方された目薬が効いて目ヤニはすっかりなくなっているが、内気そうな眼差《まなざ》しはそのままだ。

——俺、あいつをもらうよ。あのキジトラのチビ。

シェルターに猫たちを預けてきた帰り、何か考えこんでいた陽平が急に言い出した。

——一人暮らしもつまらんと思ってたとこだったし、相棒がいれば気がまぎれる。何かあったときはおまえの助けも借りられるしな。

それは嬉しい申し出だ。でも本当にいいの？　と聞くと、陽平はニコッと明るく笑った。

——ああ。でっかい猫の面倒を見るので手いっぱいで、ちっこいのまでは無理だと思ってたんだが……俺も一匹くらい助けたくなったんだよ。おまえに感化されたかな。

でっかい猫？　と首をひねりつつも、猫美も思わず口もとをゆるめた。

陽平なら子猫を幸せにしてくれる。絶対だ。そして子猫も、陽平にもらわれたことを喜んでいる。顔を見ればわかる。彼らはいい家族になるだろう。

「それにしても、おまえ今回はすごいがんばったよな。お疲れ、猫美」

たくさんの猫を助けたなと労《ねぎら》ってくれる陽平に、猫美は照れながら頷く。

「今回のこと、おれにとっても、よかった」

「よかったのか？」

「うん。すごく、よかった」

猫とおばあさんを救えたというだけではない。悩んでいたことに、自分なりの答えを見つけられた。そして、一歩を踏み出せた。黒崎家の末裔《まつえい》としての役割とか、祖母の跡継ぎとしての資格とか、そんなことで頭を悩ませたり迷ったり、もうしない。

猫美は猫美なりに持てる力を精一杯使って、猫を助けていけばいいのだ。

（おれにしかできないことがあるって、信じてやっていこう……）

それともう一つ、今日改めて意識した大事なことがある。

「陽平……」

「ん？　なんだ？」

「ありがとう」

これまでずっとそばにいてくれて、と続けたかったのだがやはりうまく言えそうもなくて、一言だけになってしまった。それでも陽平は嬉しそうに笑い返してくれる。どうやら彼もわかってくれたらしい。今回のことで、猫美がスランプから抜け出せたことを。

「礼を言うのは俺のほうだ。おまえがいなかったら、あんなにスムーズに猫たちを助けられなかっただろうからな」

いや、どう考えても礼を言うのは猫美のほうだ。猫美のスランプにちゃんと気づいてくれて、出口を見つけるきっかけを作ってくれた。猫美を支えながらおばあさんと猫たちを助け、ついでに猫美まで救ってくれた。

思えば今までも、陽平のフォローのおかげで解決できた案件がいくつもあった。仕事のことに限らず、生活全般様々なことで細やかに猫美を気にかけてきてくれた幼馴染み。なぜ構われるのかわからず首を傾げる日々を積み重ねるうちに、いつのまにか彼が隣にいることが猫美にとって普通になっていた。

おかかのおにぎりの優しい味が、口の中によみがえる。

(これからも、一緒にいてほしい……)

思い切ってそう口にしようと拳を握ったところで、さぁっと吹いた風が桜の花びらを紙吹雪のように舞わせた。子猫がニャアッと声を上げる。桜を見るのは初めてらしい。

「そうだ、こいつにもちゃんと名前をつけてやらないとな。もう正式にうちの猫だし」

どうだ？　陽平が、たくさんの桜の花びらが乗っかったキャリーをのぞきこむ。

『お名前……？　ボクに？　本当……？』

「……よし、決めた。ヒデヨシだ。羽柴家最強の男子の名前だ。いいだろう？　おまえも天下獲れよ」

「ヒデヨシ」

猫美が呼びかけてやると、子猫はパチパチと目を瞬いた。

『ヒデヨシ……ボクの、お名前……！　ボクもう、陽平のおうちの猫なのね……！』

ヒデヨシは高い声でニャーと鳴き、ノドをコロコロと震わせる。泣き笑いのような表情がとても可愛くて、猫美の口もともゆるむ。

「おい、なんだって？　こいつ気に入ったって？」

「なんか、泣いてるみたい」

もちろん嬉し泣きだ。

「えっ！」

あわててキャリーの中に目をこらす陽平に、猫美とヒデヨシは一緒に笑った。笑うことが苦手な猫美とヒデヨシでも、口の端が自然に上がってしまうくらい、本当に嬉しかった。

「こら、泣いてねぇだろうが」

猫美の額をつつき、陽平も笑う。そして二人と一匹で、はらはらと花びらを落とす桜を見上げる。

こんな近くで桜を見たのは、祖母が亡くなる一年前の春以来だ。自分が死んだ後、猫美は誰と桜を見るのか、と心配そうにつぶやいた祖母。今猫美の隣には、一緒に春の景色を見る人がいる。陽平が、いてくれる。陽平と家族になった、猫のヒデヨシもいてくれる。

（おばあちゃん……おれ今、一人じゃないよ）

胸がじんわりと温かくなってきて、思わず隣を見た。桜を眺めていた陽平の顔が猫美に向けられ、とても嬉しそうに笑う。

「こうしておまえと桜が見れてよかったよ。この春は最高の思い出ができたな。おっと、もちろんおまえも一緒で嬉しいぞ、ヒデヨシ」

陽平がキャリーをのぞくと、

『ありがとね、陽平』

と、泣き笑いの猫が答える。そして『お花、とっても綺麗ねぇ』と明るい声で鳴いた。

「そうか、おまえも桜が好きか。しかし、ホント綺麗だよなー」と、陽平が花を見上げて目を細める。

「うん。綺麗だ」と、猫美も頷く。

――綺麗だねぇ。

祖母の声が続いた気がして、空を仰いだ。そこには真ん丸なお月様が、二人と一匹を見守るように輝いていた。

◇◆◇　夏　◇◆◇

一日のうちでもっとも暑い昼下がりの時刻、熱光線のような厳しい日差しが、《黒猫堂》の店先にも容赦なく注いでいる。熱中症で救急搬送される人の数が連日トップニュースになる、酷暑の最中の八月半ば。商店街に人の姿がまったく見えないのはその暑さゆえなのか。もしくは、今日からお盆休みという人が多いせいもあるのかもしれない。

桶《おけ》に汲《く》んできた水を柄杓《ひしゃく》ですくい店先にパシャリパシャリと打ち水をしても、ジュワッと音を立てそうな勢いで蒸発していくだけだ。これこそまさに《焼け石に水》、ならぬ《焼けアスファルトに水》といったところか。

ただでさえ暑さに弱い猫美はほとんど意識朦朧《もうろう》としながら、店に出入りする猫のために出してある縁台にへたりこんだ。もっともこの暑さで猫たちも涼しい場所に身をひそめているのか、今日はまだ一匹も顔を見せていない。

「あっつい……」

暑い暑いとぼやいてもなおさら暑くなってくるだけなのに、それ以外の言葉が出てこない。黒Tシャツに黒のコットンパンツという服装も日差しを吸収し、熱をさらにこもらせているのはわかっているのだが、猫美は黒以外の服を持っていないのだ。選ぶのが面倒くさいというのもあるが、実はもう一つ大きな理由があった。

――おまえって、やっぱ黒が一番似合うよ。

あれは確か高校入学のときだ。中学までの紺色のブレザーが黒の詰襟になり、初めて高校の制服姿で向かい合ったとき、陽平にそう言われたのだ。

眩《まぶ》しそうに目を細めたその表情が今になって浮かんできて、猫美の鼓動は少しだけ速くなる。そして、そういえば、と今さらのように首を傾げる。

当時も疑問に感じていたのだが、どうして陽平はもっと上のランクの高校に進学しなかったのだろう。彼の成績なら、県で一番高い偏差値の学校だって軽く合格できただろうに。

――よっ、猫美！　また一緒だな、よろしく！

と笑顔で手を上げた彼に、その理由を聞くことは結局できなかった。今でもなぜなのかわからないし、なぜ、と聞けないでいる。

高校生の頃の陽平の笑顔を思い浮かべていたら、あの頃よりたくましくなった広い胸と力強い腕の感触がふいによみがえってきた。あわてた猫美は桶の中に両手を突っこみ、バシャリと顔に水をかけた。ほどよく冷えた水が、内にこもっている熱まで冷ましてくれる。

桜の季節、猫美と陽平は猫屋敷のおばあさんと猫たちを火事場から助け出した。その際、焼け落ちていく家の中から駆り出してきた猫美は、安堵でよろめいた体を陽平に抱き止められたのだ。その感触が、すごくリアルに体に残ってしまっている。そして、そのときの情景を何度も思い返しては、今も一人頬をほてらせているのだ。

　祖母が亡くなってからは陽平との距離がそれまでにも増して近づいたように感じていたけれど、ここ一年ほどはまた違った意味で彼のことを意識するようになってきた気がする。猫屋敷の件以降はさらにだ。

　気がつくと、また陽平のことを思い浮かべていた。猫美はふるふると首を振ってその面影を頭から追い出し、水を顔に何度もかけた。

（こういうのって、誰に相談したらいいんだろう……）

　天国にいる祖母はもう答えてくれない。もちろん、陽平本人には絶対に話せない。それ以外に猫美が普通に話ができ、こみ入った相談事もできそうな相手といえば……。

「猫美君、こんにちは。そんなところに立っていると熱中症になりますよ」

　涼やかな声が届いて顔を上げると、まさに今思い浮かべていた人物が片手を上げて近づいてくるところだった。

「路彦《みちひこ》先生、こんにちは」

「いや〜、それにしても毎日暑いですねぇ」

　という嘆きも、彼が口にするとそよ風が鳴らす風鈴のように聞こえるのは、そのたたずまいが爽やかで涼しげだからだろうか。

品よく整った顔立ちは知的で穏やか。それはそもそも彼のために作られたアイテムなのではと思ってしまうくらい、眼鏡《めがね》がよく似合っている。《暑いですねぇ》と言いながら純白のシャツは長袖で、黒のスキニーパンツと合わせた姿はまるで品のいい正装のようだ。

彼の名は木佐貫《きさぬき》路彦。《黒猫堂》から歩いて二十分のところにある《きさぬき動物病院》の院長だ。

きさぬき動物病院には祖母も猫美も、猫の関係でいろいろと世話になってきた。迷い猫のケガや病気、その他保護猫の去勢手術や検査なども良心的な価格で、ときにはボランティアで行ってくれるのがその病院だ。

三十二歳の路彦は一年前に父から院長の座を継いだばかりだが、飼い主はもちろん、患者である猫たちからの評判も上々だ。猫美も祖母に連れられて幼い頃からきさぬき動物病院に出入りしており、そのたびに宿題を見てくれていた彼は兄のような存在だった。そのつながりは祖母が亡くなってからも切れず、路彦も何かと猫美を気にかけ、今でもこうしてしょっちゅう店をのぞいてくれるのだ。

猫美が構えず話せる人間はこの世に二人だけ、羽柴陽平と、この木佐貫路彦だった。

「あまりの暑さに耐えられなくなったのかな？　ずいぶんと盛大に水浴びしたようですね。髪までびしょ濡《ぬ》れですよ」

路彦はポケットから優雅にハンカチを取り出し、猫美の黒髪を丁寧に拭《ぬぐ》って微笑む。このソフトな微笑みがどうやらかなり罪作りなようで、彼に会いたさに頻繁に愛猫《あいびょう》・愛犬の健診に通う女性も結構いるのだと猫づてに聞いた。

確かに路彦は誰に対しても物腰やわらかで、穏やかな態度を崩さない紳士だ。子どもの頃から知っている猫美にも常に敬語である。

——何かあの先生、うさんくさくないか？

顔をしかめて彼をそう評したのは陽平だけで、路彦は獣医としての腕も人格も、地域一帯すべての人と猫に太鼓判を押されている。診察の予約は常にいっぱい、目が回るほど忙しいはずの彼がなぜこうして時間を作っては猫美のところを訪れてくれるのかというのも、実は大きな謎の一つだ。

なんでだろう、と路彦をぼうっと見上げている猫美の顔まで丁寧に拭《ふ》いてから、もう濡れていないか確認するように指先で頬を撫でる。

「今日は家の中にいたほうがよさそうですよ。命に関《かか》わる危険な暑さのようですからね」

桶と柄杓を持ってくれた路彦はさぁ、と促し、猫美の背を店の中へ押していく。店にはエアコンはついていないが、奥の和室からかろうじて冷風が届いてくる。外と比べると天国だ。

和室に上がりちゃぶ台の前に座ると、路彦は持参してきた紙袋を差し出した。

「はい、これ。差し入れです。夏は食欲がなくなるので、スタミナのあるものを食べて元

気をつけてください」

「磯松屋さん。おいしそう」

商店街のうなぎ屋だ。最近、陽平が夕食を作りに来てくれない日は、横着してそうめんばかりになってしまっているので、こってりと脂ののったうなぎを思い浮かべただけで食欲が湧いてくる。

「先生、ありがとう」

「どういたしまして。でもね、テイクアウトよりも、店で出来立てを食べるほうがずっとおいしいんですよ。今度一緒にどうです？」

路彦はたまにこんなふうに猫美を食事に誘ってくる。陽平同様猫美の食生活を気遣ってくれてのことなのだろうと最初は思っていたのだが、どうやらそれだけでもないらしい。食事のついでに映画は？　水族館は？　動物園は？　と違う場所にも誘われるからだ。

人ごみに出かけるのが好きではない猫美はそのたびに断っているのだが、一度だけ熱意に負けて商店街の寿司店・寿司岩で特上寿司をご馳走《ちそう》になったことがある。後で陽平にその話をしたらなぜか微妙に不機嫌になられたので、以後は食事も断るようにしている。

あのときの陽平はなぜかプンプンして、本当におかしかった。おそらく彼も特上寿司を食べたかったのだろうと、一人だけおいしい思いをした猫美は申し訳なく思ったものだ。

そして断る理由としてそれを路彦に話すと、珍しく体を折って爆笑された。何がそんなにおかしかったのか、猫美には今もってわからない。

「陽平も一緒でよければ」

猫美の素直な返事に、路彦はまたおかしそうに笑った。

「それは陽平君が断ると思いますけどね。私も、できれば君と二人で行きたいですし」

猫美は首を傾げてしまった。人間の中では断然話しやすい路彦と陽平の気持ちですら、猫美にはわからなくなることがある。とりあえずわかったのは、三人で磯松屋に行くのは難しそうだということだ。

「先生、今日、病院は？」

普通に水曜だけど、とカレンダーを見やると、

「今日から夏季休暇なんです。十六日の日曜日までね。基本的に私は、急患に備えて家で待機していますけど」

路彦はとても熱心で親身な獣医師だ。一見淡泊なように見えて、熱血なところもある。猫屋敷の事件の報告をしたときはとても心配してくれ、シェルターで引き取った猫たちの去勢手術を進んで引き受けてもくれた。彼は尊敬できる医師で、その上とてもいい人だ。

（なのに、なんで陽平は……）

「猫美君はどこかに出かけないんですか？　陽平君と一緒に。彼も会社が休みなのでは？」

偶然のタイミングで陽平の名が出て、猫美はひょっと肩を浮かせる。

「行かないです。え、どうして陽平と一緒って……？」

外面的には無表情で問い返しながら、内心はなぜかドキドキしてきた。路彦は猫美の動揺に気づいているかのようにくすりと笑う。

「いえいえ、誘われたのではないかと思ったもので」

「べ、別に、誘われてないです」

黒崎家の墓参りは初代が亡くなったとされる毎月十日にいつもしているので、お盆は特別なことは何もしない。陽平の実家は確か十六日の日曜日に家族全員で墓参りに行くと言っていたような気がするから、もしも会社が休みなのなら土曜日までは時間があるはずだ。

「友だちと、キャンプとか、海に行くんじゃ？」

陽平がしそうなことを想像して指を折る。猫美は実際に行ったことがないのでよくわからないけれど、自分たちくらいの年齢の若者は、夏は皆そういう楽しみ方をするのではないのだろうか。何しろ陽平には友だちが百人いる。夏の連休は八方から誘われて、それこそ大忙しだろう。猫美を誘う暇などあるはずがない。

「それはどうでしょうねぇ。陽平君にとって一番大事なのは、猫美君と過ごす時間だと思いますが」

意味深な微笑みで妙なことを言われ、エアコンの利いた部屋にいるのに猫美の頰は急にほてってきた。

（やっぱり、先生に聞いてみようか……）

さっきまで頭を悩ませていた疑問が、再び湧き上がる。

猫美より八つも年上だし、たくさんの人と接して人生経験豊富そうな路彦なら、もしかしたら教えてくれるかもしれない。なぜ陽平の笑顔を見ると、胸がドキドキしてくるのか。たくましい腕に体を支えられたときのことを思い返すとなんとなく嬉しいような、ふわふわした気持ちになってしまうのか。

う～ん、と考えこんでから、よし、と思い切って顔を上げたとき、

「お～い、猫美！　来たぞ！」

暑さを吹き飛ばすような元気のいい声が店から届いてきて、猫美は思わずちゃぶ台に突っ伏しそうになった。

「いや～、それにしてもあっちぃなー。スイカ買ってきたぞ。キンキンに冷えてるヤツ。一緒に……」

四分の一カットのスイカを持ち上げ和室をのぞきこんだ陽平の笑顔が、先客を認め瞬時に消える。

「木佐貫先生……っ！　来てたんですか」

「やぁ陽平君、こんにちは。お先にお邪魔してます」

思い切り眉《まゆ》を寄せた失礼な反応にも、路彦の涼やかな微笑みはまったく変わらない。むしろ嬉しそうに見えるくらいだ。

「なんですか？　今日は病院は暇なんですか？」

「十六日まで休診なんですよ。君もお休み？」

「ええ、まぁ……って、これ、磯松屋のうなぎっ？　しかも《松》か！」

自分の家のようにさっさと上がってきた陽平は、ちゃぶ台に乗せてあった路彦の差し入れの袋をのぞきこみ声を上げる。

「しっかりとした歯応えを残しつつ、ふわっとした触感。やはり磯松屋さんのうなぎは《松》一択でしょう」

言ってくれるぜ上流階級め～、などとつぶやきつつ天井を仰いでから「あ、とりあえず俺、挨拶があるんで。ちょっと待っててください」と、片手を上げて一方的に告げ、陽平はいつものように仏壇の前に座った。スイカを遺影の前に恭しく供えてから、両手を合わせ目を閉じる。

いつもは表情豊かな彼だが、真剣なときの横顔は相変わらず凜々しい。伸ばしていた髪は先月、暑くて耐えられんとぼやき短く切ってしまったが、短髪も男らしさが増してよく似合う。ネイビーブルーのカジュアルなシャツとデニムパンツ姿もおしゃれで、今日も完《かん》璧《ぺき》にかっこいい。路彦のかっちりした大人の装いとはまた違った素敵さだ。

路彦が隣にいると思うとじっと見つめることができず、チラチラと遠慮がちに陽平に目をやっていた猫美の肩を、伸ばされた手がゆさゆさと揺さぶった。ちょっと、と声を出さずに唇を動かし、親指を店のほうに向けた路彦は、先に立って店に出ていく。首を傾げながらも、猫美も後についていく。

「彼はいつもああなんですか？」

店に下りた路彦は猫美に顔を近づけ、小声で問いかけてきた。《ああ》というのは、来たらまず仏壇の前で手を合わせるということだろうか。猫美が頷くと、路彦は「ふぅん……」と陽平を見やり、目を細めた。口もとは微笑んでいる。

「猫美君、君には遠回しな言い方では通じないと思うので、ここは単刀直入に聞きますが」

前置きし、路彦は耳につくほど唇を近づけてきた。

「君と陽平君は、つき合ってるんですか？」

質問の意味がすんなりと理解できず、猫美の全身はカチンと固まった。

（つき、合ってる……？）

言葉の意味がわからずネジの切れた人形のように立ちすくんでいる猫美に、路彦はくすっと笑う。

「その反応では、まだのようですね」

猫美はコクコクと何度も頷いた。

路彦の言う《つき合ってる》は、友だちとしてのつき合いを指すのでは、おそらくないのだろう。そのくらいは猫美にもわかった。だったらもちろん、つき合ってはいない。

「じゃ、ついでにもう一つ。猫美君は、彼のことをどう思ってます？　好きですか？」

さっきよりもっと硬直してしまい、猫美はギギギと音がしそうなくらいぎこちなく首を傾げた。

（好き……って……？　陽平を……？）

好きか嫌いかと問われれば、もちろん好きだ。だがきっと、路彦が尋ねているのはそういうことでもないのだ。

「あ」とか「うっ」とか言いながら答えられずにいると、路彦は楽しそうに笑った。

「まだ、よくわからないんですね」

猫美はまた水飲み鳥のように頷く。

そうなのだ。よくわからないのだ。幼馴染みとか友だちの《好き》にしては、陽平のことばかり考えすぎてしまっているのは確かだからだ。

「では、最後の質問です。猫美君は、私とつき合ってくれる気はありませんか？」

「えっ？」

驚きすぎて少し大きな声が出てしまい、あわてて部屋のほうを窺った。幸いその声は届かなかったようで、陽平は仏壇の前でじっと目を閉じたままだ。

「すでに彼とつき合っているのなら引き下がろうと思っていましたが、そういうわけでもないようなので、私にもチャンスがあるかなと。私は君が好きなんです」

猫美の目をまっすぐ見ながら、路彦はニコッと微笑みかけてくる。

冗談なのか、それとも本気なのか。ただでさえ人の表情を読み取るのは苦手なのに、いつも穏やかな微笑を崩さない路彦の本心なんて、猫美にわかろうはずがない。

もしも本気だと仮定した場合、路彦が猫美を《好き》と言ったのは、もちろん弟のように《好き》ということではないのだろう。そして猫美に求めている《好き》も、兄に対するような《好き》ではないに違いない。

（先生と、おれが……つき合う……？）

「おいおい、そこ！　なに俺をハブにして、二人で内緒話してるんだよっ」

苛立《いらだ》った声がいきなり届いて、猫美はほとんど飛び上がった。祖母と両親への挨拶を終えた陽平が、両手を腰に当て仁王立ちになりジト目で二人を見ている。

「いやぁ、ごめんごめん。話し声が聞こえると邪魔かと思ったので」

路彦は涼やかな笑顔で片手を振ると、猫美の肩をポンと叩きさっさと和室に戻っていく。

「陽平君はいつもああして、お仏壇にまずご挨拶するんですね。猫美君のご家族も安心しておられるでしょう」

「まぁ、俺は晴江ばあちゃんからそいつのことを頼まれてますからね。すでに《黒猫堂》の一員みたいな気持ちなんですよ」

陽平は得意顔で胸を張ると、猫美にチラッツと目線を送ってきた。そちらを見返せず、猫美はとっさに俯く。つい一分前路彦に《好き》と言われたことを知ったら、陽平はどんな顔になるだろうと急に心配になったのだ。

「今スイカ切ってくるから。先生も食ってくでしょ？　ほらおまえも、早く上がれよ」

促され、まだ店にいた猫美もそわそわとちゃぶ台の前に座る。猫美のぎこちない態度には気づかないようで、さっさと台所に消えていく背中を見てホッとした。

「猫美君」

向かい側に座った路彦が顔を近づけてくる。

「さっきの返事は、気長に待ってますので」と小さな声で言ってすぐに離れ、「陽平君、その後ヒデヨシ君は元気ですか？」と何事もなかったかのように台所の陽平に話しかける。

「あー、おかげさまで。もらった薬で耳のただれたとこ、すっかりよくなりましたよ」

台所から届いてくる声は打って変わって明るい。ヒデヨシの話を振ると陽平の態度が軟化することを、路彦はよく知っている。

陽平の猫になってから、ヒデヨシは猫美の紹介できさぬき動物病院に世話になっている。ストレスやら栄養失調やらで小さな病気をいくつか持っていたヒデヨシも、路彦の手厚い治療が功を奏して今ではすっかり健康体だ。

たまに陽平がキャリーに入れて連れてきてくれるのだが、春とは見違えるように表情も明るく元気になっているのが猫美も嬉しい。ボサボサだった毛並みも今はふわふわのつやつやだ。つくづく猫にとっても人にとっても、環境というのは大事なのだなぁと思う。

「よかった。ヒデヨシ君はとてもお利口で可愛い猫君だから、君も成長が楽しみでしょう」

「いや〜、まぁ、そうかな。正直俺もね、あいつの真の姿を見損なってました」

切ったスイカを乗せたトレイを両手に持ち戻ってきた陽平は、来訪するなり路彦を見て眉をひそめたときとは別人のようにご機嫌だ。

「ホント賢くてさ、俺の言うことはなんでもわかるみたいで。それに見てくれもね。ほら、最初は痩せてしょぼくれた顔で、こりゃー俺以外にもらい手もないだろうなって感じだったけど、最近はもう見違えるようになって」

これ、一番新しい画像、とスマホを操作し路彦に見せている陽平に、猫美は思わず口を半開きにしてしまう。ここ数ヶ月の彼のヒデヨシの可愛がりっぷりは相当なものだ。

「へぇ〜、これは素敵なショットですねぇ。実に可憐だ」

「でしょー。写真映えもなかなかいいんですよ、うちのは」

「うんうん、いかにも賢そうなお顔で」

「そうだ、こっちも見てくださいよ、これっ」

「ああ、これは可愛いねぇ！」

路彦も、こういってはなんだが相当な猫好きだ。家業を継いだとはいえ、獣医は動物好きの彼の天職だったとも言える。

猫のことを家族とか友だちと位置づけている猫美には、《庇護《ひご》すべき可愛いペット》というう目で見ている彼らのメロメロぶりが新鮮に映るときがある。そして猫美絡みだとなぜかあまりいい雰囲気にならない二人が、ヒデヨシの話になると《同志》みたいになってしまうのも見ていて面白い。

「陽平君の溺愛《できあい》ぶりが想像できますね」

「溺愛ぃ？　いやいや、あれですよ。いくら可愛いとはいっても猫を盲愛するとか、俺はないですから。そのへんは、よくいる親バカ飼い主と一緒にしてもらいたくないですね」

十分親バカだと思うけど、の一言をかろうじて飲みこんでそっと路彦を窺うと、彼も同じ思いらしく苦笑している。

「まぁ、とりあえずスイカ食いましょう。冷えてるうちに」

陽平が取り分けてくれたスイカの、三角のてっぺん部分をスプーンですくって口に入れると、ひんやりとした甘さが広がった。三人ともしばし夏の味覚に舌鼓を打つ。

「そうそう、今日猫美君のところにお邪魔したのは、差し入れを届けるためだけじゃないんです。もちろん顔を見たいというのも、大きな理由ではあるのですが」

路彦の言葉に陽平はムッと眉を寄せ、猫美はドキリとする。よもや路彦はさっきの《つき合って》の話を、ここで蒸し返そうというのではあるまいか。

「ああ猫美君、安心してください。その件じゃありませんから」

見るからに顔色を変えた猫美に、路彦は片手を振ってくすっと笑う。内心ホッとするが、その件って？　と猫美に目で問いかけてくる陽平の視線が痛い。

「せ、先生、何か話が……？」

強い視線から逃れるように、猫美はおたつきながら話題をそらした。

「迷い猫捜索の依頼です。先日うちの病院に来られた人が、猫を捜しているらしくて」

きさぬき動物病院にも、迷い猫の相談がしょっちゅう持ちこまれる。主に、脱走してしまった猫がもしも病院に連れてこられたら連絡してほしいというものだ。路彦はそのたびに丁寧に事情を聞き、病院の掲示板にチラシを貼《は》るなど、できる範囲で飼い主に協力している。中でも特に気になる案件は、猫美に回してくれたりするのだ。

「話、聞かせてください」

気持ちを切り替えて、猫美が背筋を正す。

猫屋敷の件を終えて以来、それまでのスランプが嘘《うそ》のように猫美は張り切っている。依頼も積極的に受け、あれから何匹かの猫と飼い主を再会させた。自分を信じて前向きに行動できるようになるとすべてのことが順調に回っていくようで、今のところ勝率は百%だ。

陽平も時間が許す限り手伝ってくれており、それも大きな助けになっている。以前は、彼の力を借りなくてはならないのを力不足のように感じ申し訳なく思っていたのだが、陽平という心強い助っ人がいることも自分の強みだ、と前向きに捉えられるようになった。

最近は猫からの聞きこみは猫美、人間からの聞きこみは陽平と役割分担もできつつあり、コンビネーションもよくなっている。それに仕事の間は陽平と一緒にいられるというのも、モチベーションが上がっている理由の一つだ。

路彦が引き継いでくれる依頼は一筋縄ではいかない案件も多いが、猫美としてはやる気満々だった。もっとも人形めいたクール顔に、そのワクワク感はみじんも表れないのだが。

「暑い時期だし悪いかなとは思ったんですが……どうにも気になってね」

そう前置きしてから、路彦は事情を話し始めた。

三日前の夜、診療を終え閉めようとしたとき、一人の男性が病院の前に立っているのに気づいた。路彦と同年代に見える男性は、入ろうかどうしようか迷っているようだった。その暗い表情が気になった路彦はスタッフを帰し、彼を中に入れて話を聞くことにした。

「それが、病院の前にいた理由をなかなか話してくれなくてね。《やっぱりいいです》と帰ろうとするのを引き止めて、お茶をいれリラックスさせて、なんとか聞き出したんですよ」

陽平同様路彦も、人から話を聞き出すのはうまい。特に何か心配事を抱えている人は、彼の穏やかな物腰と微笑みに安堵感を抱くようだ。そしてその男性はなんとなく、《これから自殺しにいく人》のように見えたのだ、と路彦は言った。

「どうやら、ひと月前から飼い始めた猫が逃げ出したらしいんです。それで、何か情報があれば知らせてほしいと、うちの病院に来たということで」

彼が暗い顔をしている理由がわかった、と思ったのもつかのま、愛猫に逃げられ心配で憔悴《しょうすい》しているのとも違う何かを、路彦は感じたのだという。

男性はこう言ったそうだ。

――こうなることは、なんとなくわかってたので……。僕が飼うべきじゃなかったんです、きっと。

猫に脱走された飼い主は自分のせいだと思いこみ、激しい自責の念に苦しむことがある。だが彼のは、それとも異なっていたようだ。

「話を聞いていくと、彼は本気で猫を捜そうとしていないような感じなんですよね。自分のアパートの周辺をちょっと捜したくらいで、聞きこみやビラ貼りはもちろんのこと、関係団体に問い合わせもしていない」

「なんだよそいつは。最初っから猫に興味なんかなかったんじゃないのか？　ちょっと可愛いと思って飼ってみたらいろいろ大変で、要は面倒くさくなったんだろ」

陽平が憤慨した声を出す。猫美に感化されている上、今では自身も猫の飼い主である彼は、猫を大事にせずぞんざいに扱う人間に我慢ならないようだ。

「う〜ん、そういうのともまたちょっと違う印象を受けたんですよね。なんというか彼の中でも葛藤《かっとう》があって、諦《あきら》めているけれどもやはり諦めきれずに、足が自然にうちの病院に向いてしまった、といったような……」

路彦は顎《あご》に手を当て考えこむ。当時の男性の様子を思い出しているのか、難しい顔だ。

「私と話して少し気持ちが落ち着いたのか、彼も多少捜索に前向きになってくれた気がします。その道のプロ——猫美君のことですが——に話をつないでみてもいいかと聞くと、お願いしたいと言ってくれました。それで、今日お邪魔した次第です。猫美君にこの話を受けてもらえないかと」

「う〜ん……」

スイカをすくう手を止めて、猫美はしばし考えこむ。

正直猫美には、その男性が何を考えているのかを推測するのは難しかった。猫がいなくなってつらいのか、そうでないのか。本気で猫を捜したいのか、そうでないのか。

むしろ猫美にとって重要なのは、猫自身の気持ちのほうだった。

逃げた猫は、今どこにいるのだろう。飼い主の男性のことを覚えているだろうか。彼のところに戻りたいのに、戻れなくなってしまっているのではないだろうか。この猛暑の中、逃げた猫がどうしているのかと想像しただけで息苦しくなってくる。

結論としては一刻の猶予もなく、このままにはしておけない。まずは猫を見つけ出す。その男性に返すかどうかは、そのときに考えればいい。

「やります」

顔を上げきっぱりと言い切った猫美に、路彦は「そうですか」と安堵の微笑みを見せた。

「猫美、いいのか？　そいつだけど今先生の話聞いただけだと、ホントに猫を大事にしてたのかわからないよな。そいつとの生活が嫌で逃げ出した可能性だってなくないか？」

「だったらなおさら。まずは、猫を安全なところに保護するのが先。その人のところに戻るかどうかは、その子が決めることだから」

いつもよりはっきりとたくさんしゃべった猫美を、陽平も路彦も頼もしそうな眼差しで見つめてきた。なんだか急に気恥ずかしくなって、「と、思うけど……」とつけ加え首をすくめる。

「いや、猫美君の言うとおりです。この暑さではまず、猫ちゃんの保護が第一ですね」

「だな。猫美、おまえ最近迷いがなくなったな。今のなんか、晴江ばあちゃんだったらそう言っただろうって感じだったぞ」

「ああ、私もそう思いました」

路彦と陽平にニコニコ顔で頷かれ、さらに照れくさくなってくる。祖母のようだというのは、猫美にとって最高のほめ言葉だ。

「ＯＫ、そうと決まれば早速動こうぜ。どうする？　猫のこと考えると少しでも早いほうがいいよな」

当然のように言い切った陽平の顔を、猫美はあわてて見返す。

「え……陽平も？」

「当たり前だろ。ここまで聞いちまったんだから俺にも手伝わせろよ。ちょうど日曜まで休みだしな」

任せろ、と親指を立てる陽平を、横から路彦がのぞきこむ。

「おや、本当にいいんですか？　猫美君一人に押しつけるわけにもいきませんし、今回は私が手伝おうかと思ってましたが……」

「いや、大丈夫ですよ。俺だけで十分ですから、先生は病院で待機しててください。何か情報が入ってくるかもしれないし」

心配無用、とばかりに陽平が大きく手を振ると、路彦はくすくすとおかしそうに笑った。

「ではここは素直に身を引き、若い君たちにお任せしましょう。何しろ年寄りにこの暑さはこたえますから」

「ええ。まぁ、逃げた猫もここんちの大きい猫も、安心して俺に任せておいてください」

俺的にはすでに猫美の相棒というか、さっきも言ったとおり《黒猫堂》の一員のつもりでいますんで。な？」

得意顔の陽平に同意を求められ、猫美は戸惑いながらも「うん。ありがとう」と頭を下げた。陽平が一緒だと正直心強い。千人力だ。

「それでは、まず私が飼い主さんに連絡を取ってみます。二人とも、飼い主さんから直接詳しい話を聞いたほうがいいでしょう。彼も会社員のようなので、ちょうど今は夏休みかもしれません」

「俺の携番、その人に教えていいですから。猫美、安心しろ。そいつが本当に猫を大事にしてるヤツか、俺が見定めてやる」

この目でな、と、陽平は自分の澄んだ瞳を指す。確かに猫美一人では、路彦ですら読めなかったその男性の本心を見極めるのは到底無理だろう。

「ありがとう」と繰り返すと「なんの」と嬉しそうに微笑まれ、心臓がトクンと鳴った。

「無事に解決したら、お祝いに三人でプールでも行きますか？　夕食は寿司岩さんで特上寿司でも。おごりますよ」

「おっ、それ最高ですね～。って、ちょっと待ってください。プール、あんたも一緒に？」

「もちろん。猫美君は、水着は持ってます？」

「おいおい、妙なこと期待しないでくれよ。水着なんか持ってるわけないでしょ、こいつが。というか、こいつの水着姿を最初に拝むのは俺ですから。先生は遠慮してください」

「年寄りをそう邪慳《じゃけん》にするものじゃありませんよ。私だって素敵な夏の思い出がほしいんです」

「病院で猫たちと戯れて、いっぱい思い出作ればいいじゃないですか」

「君こそヒデヨシ君とお部屋で戯れてれば？」

「プール、おれ行かない。二人で行って」

延々と続きそうな会話をすげない一言でぶった斬《ぎ》ると、二人とも《やっぱり……》というしょっぱい顔で肩を落とした。どうでもいいプールよりも猫美の頭を今占めているのは、逃げ出した猫が日陰でふうふう言っているつらそうな姿だった。

＊

「マジか……」

ブルッと震えたスマホを操作し、陽平がわずかに眉を寄せる。

「なんと、今起きたところだと。これから支度して向かうから三十分くらい遅れるそうだ」

依頼人の男性からのメッセージのようだ。約束の十分前に指定の店に着いていた猫美と陽平は、思わず顔を見合わせてしまう。時計はちょうど午後一時を差している。

「今起きたって……まさか徹夜で猫を捜してたってわけじゃないよな。大丈夫なのか、この人」

「う〜ん……」

もしも真剣に猫を見つけたいと思っているのなら、今日の待ち合わせには遅れずに来そうなものだ。

昨日路彦から依頼を受け、すぐに連絡を取ってもらい、駅前の喫茶店でまず話を聞くことになった。猫美はなるべく早い時間を希望したのだが、午後一時で、と言ってきたのは相手のほうだ。

「心配なら、一刻も早く見つけてやりたいと思うだろうにな。どういう人だよ、ホントに。……あ、すみませ〜ん！　アイスコーヒーとクリームソーダお願いします。おまえ、クリームソーダでいいな？」

手を上げウエートレスを呼び止めオーダーする陽平に、猫美はうん、と頷く。仕事の打ち合わせのときは依頼人が来てから飲み物を頼むのが普通だが、あと三十分待つようなら先にいただいてしまってもいいだろう。

高校時代からたまに陽平に連れてこられるこの店で、猫美が頼むのはいつもクリームソーダだ。レトロな昭和風の店内は高校生の頃と何も変わっていない。昔ながらの喫茶店という雰囲気はとても落ち着くし、各テーブルの間が広く取られ観葉植物が仕切り代わりに置いてあるので、周囲を気にせず話ができるのもいい。

高校生のときは陽平に引っ張ってこられても、何を話していいのかわからず猫美はいつも困ってしまっていた。俯きがちな猫美が黙々とソーダをすすっていても、陽平は構わず一人でしゃべり続けていた。話題は彼自身のことに限らず、猫美や祖母のことも多かった。

俺は猫美のこういうとこがいいと思った、とか、こういうとこを真似《まね》したいと思う、というような耳がかゆくなるような話を、猫美はただ適当に相槌《あいづち》を打ちながら聞いていた。恥ずかしいからもうやめてと思うのに、本当は少しだけ嬉しかった。

だから今でもあのときの感覚が残っていて、この店に陽平と来ると少しだけ恥ずかしく、そして嬉しくなる。ましてや今は、隣同士で座っている。依頼人が来る予定なので、向かい側を空けてあるからだ。いつもより近い距離が猫美の鼓動をやや速くしていた。

「……かな。そう思わないか？」

ぼうっとしていた猫美は「えっ？」と聞き返した。

「なんだよ、聞いてなかったな」

陽平に笑って頭をつつかれ、心を読まれたわけでもないのに頰が熱くなる。

「や、木佐貫先生さ、ホントはおまえと二人で猫捜ししたかったんじゃないかって。なんか俺、あの人を無理やりハブにしたような感じで、大人気なかったかな」

陽平はばつが悪そうに肩をすくめる。心配は一切無用とばかりに大きく手を振った彼の自信満々な顔が思い出され、猫美は右に左にと首を傾げる。

「でも、最近はおれ、陽平と捜してるから」

そのことは路彦もよく知っているはずだし、昨日も《君にお任せして》と言っていた。気にすることはないと思うが、陽平の中では何かひっかかるものがあるのだろうか。

猫美の返事に、陽平はホッとしたような微笑みを見せた。

「ああ、そうだよな。別に先生も気にしちゃいないとは思うけど……どうもあの人の前だと、張り合おうとしてむきになっちまう。そういうの自体が、すでに負けてるんだよなー」

はぁと息を吐き額に手を当てる陽平を、猫美はまじまじと見つめる。いつも強気で自信に満ちた彼が、誰かに《負けてる》などと口にするのを聞いたのは初めてだ。

いつのまにか目の前に置かれていたクリームソーダの丸いバニラをすくっては口に入れながら、猫美は常日頃から気になっていたことを思い切って聞いてみることにした。

「陽平は、もしかして、先生が嫌い？」

誰に対しても基本にこやかで当たりのいい陽平が、路彦に対してだけは態度が変わることが猫美も前から気になっていた。路彦自身はまったく気にしていないどころか、むしろ陽平のその塩対応を楽しんでいるようにも見えるのが、また不思議なのだが……。

「や、嫌いじゃねぇよ。昔からおまえんちで出くわしてたから俺もあの人のことはよく知ってるし、町でのいい評判もそのとおりだって思ってる。ヒデヨシのことも安心して任せられるし、俺から見ても出来るいい男だよ。ただ……」

陽平はふいに口を噤《つぐ》み、複雑な顔で猫美から目をそらした。そんなふうに言葉を詰まらせるのは、常にオープンな彼にしては珍しいことだ。

「ただ……？」

促すと再び深く息が吐かれ、「あーもう。やっぱ黙ってられないわ……」と意味不明のぼやきが漏れた。そして、いきなり真剣な目が猫美に向けられる。猫美の心臓はドキンと音を立てる。

「おまえ、昨日先生に……なんて返事しようとしてた？」

「えっ……」

猫美はカチンと固まってしまった。

「交際申しこまれてただろ。ＯＫするつもりだったのか？」

「ま、まさか、聞こえて……っ」

「俺は地獄耳なんだよ。特におまえのことに関しては」

少し怒っている様子の陽平に猫美は青くなってくる。一体どのあたりから聞かれていたのだろう。陽平のことを好きかと問われ、答えられなかったところから、すべてだろうか？

「ち、違う……」

あわてて口にしていた。即答できなかったのは決して好きじゃないからではない。わからないからなのだ。

「や、いいんだって、ごまかさなくても。聞こえちまってたんだから」

猫美の返事をおそらく誤解して、陽平は片手を振る。

「まぁあの人のことだから、わざと俺に聞こえるように言ったのかもしれないけどな。宣戦布告的な意味で。……で、おまえ、どうするんだ？」

「ど、どうするって……っ」

猫美にしては珍しく声が上ずる。

正直猫のことで頭がいっぱいで、その件は今の今まで忘れていたくらいだった。どうするのかと問われても、まだ考えてみることすらしていない。そもそも兄のようにしか思っていなかった路彦にいきなり〈好き〉と言われても、すぐには受け入れられないというのが今の猫美の本心だ。

それをそのまま伝えたいのに、うまく言葉を選べずただあわあわしてしまっているうちに、陽平はまた猫美から目をそらしてしまった。

「まぁ、即答できないよな。あの人、晴江ばあちゃんとおまえのことはそれこそ俺が知り合う前からよく知ってるし、おまえをずっと見守ってきたんだろ？　おまえだって、あの人のことを信頼してるのはわかってる。おまえ、俺以外の人間で構えず話できるのって、先生だけだろ」

確かにそれはそのとおりだ。でもここで認めてしまうと陽平の表情が暗くなってしまいそうで、猫美は頷くこともできない。

「俺昨日、おまえが申しこまれたとき、反射的に飛び出していきそうになったよ。《ちょっと待った！》ってな。でも、できなかった。選ぶのはおまえだからな。あの後知らんぷりして普通に話してたけど、心の中はざわざわしっぱなしだった。おまえはどうするのかって、そのことばっか考えて……」

独白するように語る声を聞きながら、猫美の鼓動はだんだんと速くなり、頭の中は混乱してくる。陽平は、気にしていたということだろうか。猫美が路彦とつき合うのかどうかを。猫美が路彦のことを、つき合うくらい《好き》かどうかを。

「昨夜、一晩考えた。おまえのために俺はどうするのが一番いいのかって。でも……やっぱ無理だわ。冷静になんかなれるかよ」

首を振り、陽平が再び猫美を見た。心臓はさらに大きく鳴る。カチカチになった手をテーブルの下でいきなり強く握られて、「ほわっ？」とおかしな声が出てしまった。

「たとえ相手が先生でも、おまえがほかの男とつき合うとか、俺には認めるのは絶対無理だ。……猫美、俺は……っ」

切羽詰まった見たこともない切ない表情で、陽平が何か言い募ろうとしたとき、

「あの、猫捜索の方ですか……?」

聞き取れないほどの声が届いて、二人はハッと顔を上げた。テーブルの下、陽平の手がパッと離れる。

すぐ脇《わき》に男が立っていた。見るからにふさいだ暗い表情で、依頼人だとすぐにわかった。

「はい、そうです。俺たちです。あなたが土屋《つちや》さんですか?」

よそ向きの顔になった陽平がにこやかに問いかけると「はい……私です。遅れてすみません……」と、彼はやはり消え入りそうな声で答えた。

幽霊みたいな人、というのが猫美の彼に対する第一印象だった。痩身《そうしん》で小柄、顔立ちも目立つところがなく、こう言ってはなんだが町中ですれ違ってもまったく覚えられないタイプだ。よくも悪くも平均的な容姿に加え、身なりは皺《しわ》くちゃのYシャツにグレーのスラックス。さっき起きたというのは本当だろう。髪は寝癖で跳ねており、顎には無精ひげも目立つ。印象に残らないちょっとだらしない人、というだけではなく、その目にまったく光がないのが気になった。《これから自殺しにいく人》という路彦の形容は言い得て妙だ。

「はじめまして。こちらが猫捜索を引き受けさせていただく《黒猫堂》の店主で黒崎猫美、俺は協力者の羽柴陽平です。どうぞおかけください」

陽平の紹介に猫美も頭を下げ、そのまま突っ立っている相手を窺う。土屋は猫美とも陽平とも目を合わせようとしない。

「ああ……はい、ですがあの……すみません。せっかく来ていただいたのに申し訳ないんですが……やはり猫捜索の話はなかったことでお願いしたいんです」

しばし言いよどんでから、土屋は思い切ったように早口で言った。猫美と陽平は驚いて顔を見合わせる。

「それは……どういうことでしょう。もしかして見つかったんですか？」

「いえ、見つかってはいません。ですが……もういいんです」

力のない虚《うつ》ろな口調に、猫美はパチパチと瞬きして土屋を見返してしまう。見つかっていないのなら、どうでもいいわけがない。

「や、いいって……」

「動物病院の先生には、僕から謝っておきます。暑い中来ていただいて、本当にご迷惑おかけしました。それじゃ……」

「ちょっと待ってくださいっ！」

そそくさとテーブルを離れようとする土屋の足を、立ち上がった陽平の声が止めた。

「土屋さん、俺たちは先生からあなたのことをお聞きして、なんとか力になりたいと思って今日ここに来ました。とにかく、話だけでも聞かせてもらえませんか？　あなたもここにいらしたってことは、まだ迷ってるんですよね？　最初から断わるつもりならメッセージ一つで済むわけですし」

土屋の眉がわずかに寄せられる。陽平の言うとおり、それは迷っている表情だった。

「土屋さんはよくても、猫はよくないです」

猫美も隣から思わず口を出した。

しばし固まっていた土屋は、意を決したように息を吐くと向かいの席に座った。ホットコーヒーを注文しそれが運ばれてくるまで、彼は俯いたまま口を開かなかった。

「土屋さん、とりあえずまずは、猫がいなくなった状況から教えてもらえますか？」

「それと、猫とのなれそめも」

「なれそめ……？」

ほとんど表情のなかった土屋が、猫美の言葉に不思議そうな顔を上げた。

「飼うようになったいきさつ。その子のこと、知りたいから」

猫の背景を知ることは迷い猫の捜索には必須《ひっす》だ。それに猫美の場合、迷い猫を見つけたとき話がスムーズにできるかどうかといった点で、そのあたりは非常に重要なのだ。

土屋はしばし迷っていたが、ポツリポツリと話し始めた。

飼い猫の名はモモで、長毛種の血が入った五歳の女の子だという。モモは二ヶ月前に知人から譲り受けた猫で、一人暮らしのアパートの部屋でケージに入れて飼っていた。

ある熱帯夜明けの朝、気がつくとケージの扉と網戸が開いていて、モモの姿が消えていた。とても賢い猫だったので、土屋が扉や網戸を開けるのを日頃から観察していて、自分で出ていったのだろう、という話だった。

「あの子は……モモは、僕には全然なついてくれなかったんです」

土屋は淡々と言った。寂しそうでも悲しそうでもなく、仕方のないことだとでも言いたげに。

「同じ部屋で暮らしていましたが、僕も仕事で毎晩帰りが遅く、ほとんど構ってやれませんでしたし、モモも甘えてくるような性格ではなくて……。僕はただエサをやり、トイレを片づけ、モモはモモで、気ままに一人で遊んだり寝たりしていました。おそらく僕とのそんな生活で、ストレスが溜まっていたんでしょう。逃げ出すのも無理はありません」

「う〜ん……」

猫美は思わず唸って首を傾げてしまった。

一つ不思議なことがある。土屋はなぜモモを飼おうと思ったのだろう。猫美は人を見る目はないが、その人が猫好きかどうかはなんとなくわかる。一人暮らしなのに手のかかる猫をあえて飼いたいと思うほど、土屋は猫が好きというわけではないように思える。その知人というのがよほど困っていて、拝み倒されでもしたのだろうか。

詳しく聞きたいそのいきさつのほうを、土屋はほとんど語ってくれていない。ただ、

《知人から譲り受けた》としか。

「今は僕と離れられて、むしろせいせいしているのではないかと思います。毛足が長くてとても美しい猫ですし、首輪も嫌がってつけさせてくれませんでした。今頃は、誰かに拾われているんじゃないかな……。そのほうがきっと、僕と暮らすよりは幸せですよ」

土屋は力のない声で語り終えると、コーヒーを一口飲んだ。

話を聞いてわかったことがある。土屋にこんなにも生気がないのは、いなくなった猫を心配しすぎて憔悴しているからではきっとない。まるでモモを飼った最初から逃げられることを覚悟していたとでも言いたげで、見つかってもう一度引き取るかどうかはこの様子だと疑わしい。

（それにしても、なんで……？）

彼はこれほどまでに生気がないのだろう。猫のことどころか、自分のことすらどうでもいいといった感じに見える。

何を言えばいいのかわからず、猫美はそっと相棒を窺い見た。陽平は口もとに手を当て難しい顔で考えこんでいたが、土屋を厳しい目で見据えテーブルに身を乗り出した。

「土屋さん、あなたまさかわざとケージと網戸を開けて、モモを逃がしたんじゃないでしょうね？」

明らかに怒っているらしいこの問いには、猫美もギョッとしてしまう。さすがの土屋も俯けていた顔をハッと上げた。

「えっ、まさかそんな、違いますっ。そんなこと、するわけないじゃないですか……」

「そうですか。それならいいですけど。さっきからお話伺ってて、そういうこともなくもないのかと思ったもので」

陽平は口調を弱めたが、土屋から目を離さず、「実は俺も、四ヶ月前から猫を飼い始めたんですよ」と、穏やかさを取り戻した声で話し始めた。

「それまでは俺も、特別猫好きってわけじゃなかったんですけどね。猫と暮らしてみて、初めて感じたことがいくつかあるんですよ。その中でも大きかったのは、こいつを幸せにしてやれるのは俺しかいないんだっていう気持ちです。飼い主としての責任、みたいなもんですかね」

多頭飼育がうまくいかなくなったおばあさんの家にいたヒデヨシは、いい環境で生まれ育ったとはいえない。陽平の言葉からは、必ず自分がヒデヨシを幸せにしてやるという強い想いが感じられた。

「一度モモをもらったからには、なつかなかろうがなんだろうが、あなたはモモの飼い主です。モモを守って、大切に育ててやる責任があるんじゃないですか？　動物を飼うっていうのはそういうもんでしょ」

土屋は何か言いたげに口を開きかけたが、すぐにまた俯いてしまう。

「あなたが今、個人的に何かきつい状況にあるらしいのはなんとなくわかります。でも、モモのこともちゃんと考えてやってくれませんか？　誰かに拾われてるとか、いいほうに想像したい気持ちもわかりますけど、もしかしたらモモは今つらい目にあってるかもしれないんですよ？」

この猛暑の中、居場所もなくさすらっているだけでも命の危険がある。一刻も早く捜し出すには、やはり土屋の協力が必要だ。

「土屋さんは……モモから何ももらってない、ですか？」

猫美は思い切って口を開いた。ほとんどしゃべらなかった猫美が話しかけたので、土屋も俯けていた顔を上げる。

「モモと、なかよくできなかったかもしれないけど……モモが来る前と、来てから、何も変わりませんでした？」

土屋の瞳にわずかに動揺が走った。変化は、あったに決まっている。猫は、人の心を癒《いや》す。そういう動物なのだ。

「土屋さんが、モモをもらおうと思ったときのこと、思い出してほしい。何か事情、あったのかもしれないけど、もらったときはなかよくしようと思ってたはず。そのときの気持ち、まだどこかに残ってますか？」

気持ちが伝わるようにと、猫美は精一杯心をこめて話しかける。土屋の中にはまだきっと、モモを捜し出したいという気持ちが残っているに違いない。そこに訴えかけたい。

しばし考えこんでから、土屋はゆるゆると首を振った。

「……で、ですが、モモは私といるのが嫌で、自分から出ていったので……」

「本当にモモがそう思ってたのか、土屋さんにわかりますか？」

「え……」

「おれにはわかる。おれがモモに会って、モモから聞く。土屋さんが捜さなくとも、おれはモモを捜す。だからモモのこと、もっと教えて」

猫美は背筋を伸ばし、まっすぐに土屋を見る。呆然《ぼうぜん》と見返していた土屋は、熱意に負けたのか肩を落とした。猫美の想いが、少しは通じたのかもしれない。陽平が、がんばったな、というようにポンと背を叩いてくれた。


（夏って、毎年こんな暑かったっけ……）

木陰にペタンと尻《しり》をつきギラギラの太陽を見上げながら、猫美ははぁっと息をつく。もうそろそろ夕方だというのに、熱気がこもったようになって息をするのも苦しい。猫は人間よりも暑さに強いけれど、それでも連日の猛暑はこたえるだろう。

モモがいなくなってからもう四日。はたして無事でいるだろうか。

「そら」

ひやっとしたものを頬に押し当てられ、猫美は首をすくめた。自販機に寄っていた陽平がスポーツドリンクのボトルを差し出しニコッと笑う。

「とりあえず水分補給しろ。どうする？　今日はここまでにするか？」

ボトルを受け取りながら、猫美は首を振る。

「大丈夫。まだがんばれる」

「無理するなよ」

陽平も隣に座り、二人で命の水を補給する。生き返る。

――多分……モモは前の飼い主のところに戻ったんだと思います。

猫美と陽平の説得に心を動かされたのか、土屋はもう捜さなくていいとは言わず、有力な情報を示した。モモは前の飼い主にとてもなついていたらしく、土屋はその住所も教えてくれた。ただ、どういった事情で前飼い主がモモを手離すことになったのかについては口を閉ざし、同行することも拒否した。《戻ったのだと思う》と確信ありげに言いながら、彼自身はもとの飼い主を訪ねることはしていないようだった。

見つかったら連絡すると約束して土屋と別れ、二人は陽平の車で前飼い主のアパート付近までやってきた。だが、周辺の猫に聞きこみをしながらアパートへと向かう途中で、猫美がへたばってしまったのだ。車を降りてからわずか十分。真夏はほとんど家にひきこもっている猫美の、体力のなさが露呈した形だ。ちなみにサマースポーツすべてドンとこいの陽平は、まったくこたえていない様子だ。

「それにしてもあの土屋さん、ちょっとヤバいよな」

陽平が思い出したように言って、わずかに眉を寄せる。

「冗談抜きで《自殺しそうな人》に見えたぜ。あれは、モモのこととは関係ない何かがあって、すべてに上の空になってるんだろうな。先生が気になるってったのもわかるよ」

「うん……」

確かに、土屋の様子は明らかにおかしかった。飼い主があいった状態だとそれが伝わり、猫のほうもストレスが溜まっていただろう。深刻な悩み事を抱えながら猫の世話をするのはきついものがあっただろうに、土屋はモモを手離さなかった。そして逃げられても完全に放置することができず、心のどこかで捜し出したいと思っている。

（モモは、どう思ってたんだろう……）

早くモモを見つけ出して聞いてみたかった。モモは本当に土屋の言うように、彼のことが嫌いで逃げ出したのだろうか。

「陽平、モモ見せて」

「ああ……ほら。綺麗な猫だよな」

陽平が差し出したスマホの画面には、土屋から転送してもらったモモの画像が表示されている。毛がふわふわしたアイボリーの猫で、明らかにペルシャの血が入っていそうだ。澄んだ青い目が魅力的で、カメラ目線でツンとおすましている。そのままポストカードやカレンダーにでもなりそうな美しい猫だ。

　ちなみにその写真は半年前くらいのもので、前の飼い主が撮ったものだという。土屋が撮ったモモの写真は一枚もないらしく、毎日のように愛猫ヒデヨシを激写している陽平は、《全然ないんですか？》と目を丸くしていた。

　その写真を見ればモモが前の飼い主をとても信頼し、好いていたことがわかる。カメラを向ける飼い主を見る両目は信頼しきって、キラキラと輝いている。

「なんとかしてやらないとまずいな」

　スポーツドリンクを飲み干した陽平が、くしゃっとペットボトルをつぶしながらつぶやく。モモのことかと思ったが、「土屋さん」とつけ加えられた一言に猫美はパチパチと目を瞬いてしまった。

「まぁ俺も年上の人に、人生生きてりゃいいこともありますよ、なんて気楽なことは言えなかったけどさ。あの無気力さ加減はさすがに見すごせないよな。俺たちの仕事は猫捜しがメインだが、猫の幸せイコール飼い主の幸せってことにもつながるし。おまえどう思う？」

「そう思う」

聞かれて即答すると、陽平が嬉しそうに笑った。

「だな。つまり、モモにとっても土屋さんにとっても、よりよい結末を目指そうってことだ。モモが見つかって、土屋さんのところに帰りたがってくれて、土屋さんも猫愛に目覚めてやる気出してくれれば、もう万々歳だな」

片目をつぶる相棒に猫美はコクコクと頷く。

やはり陽平は頼もしい。正直猫美は、モモのことしか考えていなかった。これまでの仕事もそうだが、猫を助けるのでまだ精一杯で飼い主のことまで思いが及ばなかったのだ。

でも確かに陽平の言うとおり、猫が幸せになれるかどうかは飼い主にかかっている。

いなくなった猫を捜し出すというだけの狭い視野ではなく、猫も依頼人も笑顔にするつもりで取り組めば達成感も二倍になって、今よりもっとやりがいを感じられるようになるかもしれない。

「陽平」

「ん？」

「ありがとう」

本当に、陽平には礼を言ってばかりだ。ペコリと頭を下げた猫美を見て、陽平は「なんだよ、いきなり」と瞳を見開く。「なんでも」と答えると、ハハッと笑って大きな手が伸ばされた。いつものように髪をこしゃこしゃにされチラッと見上げると、細められた瞳がどこか切なそうに見えてドキッとした。

――猫美、俺は……っ。

あの後、陽平はなんと言おうとしたのだろう。土屋が来てしまって結局聞けなかった続きは、今回の件が片づいて、土屋とモモを笑顔にできたらちゃんと聞くことにしよう。

「おれ、もう大丈夫。行こう」

スマホを陽平に返し、猫美は立ち上がった。休んだせいか気力も体力も回復し、陽平のおかげでやる気もみなぎっている。

「おう。まずはアパートに行ってみるか」

陽平も腰を上げ、猫美の背をポンと叩いた。


前飼い主のアパートは、まだ真新しい白壁のしゃれた二階建ての建物だった。女性に好まれそうな小綺麗な外観はモモによく似合っている。とりあえずぐるりと建物の周囲を回ってみたが、モモらしき猫の姿はない。

「まずは前の飼い主の部屋に行ってみよう。二〇一号室だったっけ?」

陽平はもらった住所のメモを確認しながら、外階段を足取り軽く上がっていく。猫美も転ばないように慎重に後に続く。

土屋の話では前飼い主はもうそこには住んでいないということだったが、飼い主が引っ越してしまったことを知らずに猫が昔の家に戻ってしまうことはよくある。確認してみる必要はあるだろう。

目指す二階の一番端の部屋のドアには表札は出ておらず、新しい住人はまだ入っていないようだった。真っ白いドアは閉められたままで、その前に忠犬ハチ公よろしくモモがちんまりと座って待っている、などという都合のいい展開もなかった。

「実は部屋の中にいる、なんてことはないよな」

陽平がドアノブをガチャガチャいわせる。しっかりと施錠されている。

「このあたりの、どこかに隠れてるかも。猫は人目を避けるから」

「なるほどな。とりあえず俺は人間の、おまえは猫の聞きこみから開始するか」

といっても、お盆という時期とこの暑さで、あいにくと人も猫も姿が見えない。これは難航しそうだ、と二人で顔を見合わせたとき、

「その部屋に何かご用ですか？」

階段を上がってきた若い女性が、訝《いぶか》しげな顔で声をかけてきた。ナイスタイミングだ。

「もしかして、マリコさんのお知り合い？」

きりっとした知的な雰囲気の女性は、陽平と猫美を用心深く交互に見ながら重ねて聞いてくる。《マリコさん》というのが、どうやら前の飼い主のようだ。

「どうも、こんにちは。実は俺たち、マリコさんの知人の方から頼まれて……マリコさんの飼ってた猫のモモを捜してるんです。ご存知ですか？」

陽平が好感度抜群の明るい笑顔で話しかけるとたいていの人間は警戒を解くものだが、女性の表情は強張《こわば》ったままだ。

「モモちゃんなら知ってますけど……捜してるってどういうことですか？　モモちゃんは、土屋さんと一緒にいるんですよね？」

どうやら女性は、土屋と前の飼い主の共通の知り合いらしい。

「ええ、その土屋さんから頼まれたんです。モモが脱走したので捜してほしいと」

陽平が土屋からもらったモモの画像を見せると女性の表情は一変し、なぜかつらそうに眉を寄せた。

「前の飼い主さんのところに戻ってるんじゃないかって聞いて来てみたんですが……失礼ですが、あなたはこのアパートの方ですか？」

「ええ、私は二〇二号室……隣の部屋の者です。マリコさんとは歳も近かったので親しくしてました」

モモの画像で信用してもらえたらしく、女性の声はいくぶん穏やかになっている。

「そうなんですか。もしかして、モモをこのあたりで最近見かけませんでしたか？　それともしご存知でしたら、マリコさんの連絡先を教えてほしいんですが……」

マリコ本人に聞けば、モモのことをよく知らない土屋よりも有益な情報をもらえると思っての陽平の質問だったのだが、隣人の女性は見るからに驚いた顔で、「土屋さんから聞いてないの？」と声を張り上げた。その尋常でない様子に、陽平と猫美は一瞬目を見交わす。

「聞いてないって、何をです？」

女性はきゅっと唇を噛んでから、まっすぐな目を陽平に向けた。

「マリコさん……マリちゃんは、二ヶ月前に亡くなりました。交通事故で」

「えっ！」

虚ろな声で繰り返した瞬間、ザッと血の気が引いた。久しぶりに耳にする残酷な言葉にふらついた猫美の背を、陽平の力強い手がしっかりと支えてくれた。

「交通、事故……？」

隣の部屋の女性・斉藤佳乃《さいとうよしの》は前飼い主・明石鞠子《あかしまりこ》と、互いの部屋にしょっちゅう出入りするほど親しい間柄だったらしい。趣味の話から仕事の愚痴や人間関係の悩みまで、部屋飲みしながらよく二人でおしゃべりしていたという。

——マリちゃんはとても明るくて楽しくて、太陽みたいな人でした。

鞠子を思い出しながら、佳乃は瞳を潤ませ語ってくれた。

――彼女に話を聞いてもらって《元気出して》って励まされると、なんとかなるかもって気持ちになるんです。私のつまらない悩みも親身になって聞いてくれて……本当に優しい子で……。

それが二ヶ月前の雨降りの夜、鞠子は勤務先から自転車で帰宅する途中、車にはねられた。即死だったという。

とにかく急なことだったので、佳乃もなかなかその事実を受け入れられなかった。

――そしてそれは、土屋さんも同じだったと思います。

土屋は鞠子の恋人だった。婚活パーティーで知り合ったのだという土屋を一年前初めて紹介されたとき、佳乃はあまりいい印象を持てなかったそうだ。冴《さ》えない平凡な容姿と陰気な雰囲気は、魅力的で明るい鞠子とは合わなそうな気がした。恒例の家飲み会のとき正直すぎる土屋の印象を漏らした佳乃に、鞠子はひとしきり笑ってから言ったらしい。

――でもね、佳乃ちゃん。あの人、私がいなきゃ駄目なんだ。彼はきっと、私の運命の人なんだよ。

頬を染め微笑んだ鞠子はとても幸せそうで、佳乃はそんな嬉しそうな彼女を初めて見たのだという。

結婚を前提につき合っていた二人だったが、互いの両親にはそのことはまだ話していなかったらしい。鞠子の事故後、遠方の実家から両親が来たときに、土屋が鞠子の単なる知人だと自己紹介していたので佳乃は驚いた。佳乃も鞠子を介してしか土屋と話したことはなかったので、直接声をかけることはできなかったのだが、そのときの印象をこう語った。

――土屋さん、後追い自殺するんじゃないかと心配になりました。

だから、彼が鞠子の両親にモモを引き取らせてほしいと頼んだと聞いたときには、心から安堵したのだという。

――猫をもらうつもりなら、死ぬようなことはないなって。

鞠子の部屋で何度も飲んだ佳乃もモモのことを可愛がっており、もし両親が引き取れなかったら自分がもらおうと思っていたらしい。だが、なんでも土屋はぜひにと言ってモモを譲り受けたようだ。土屋のことは鞠子からいろいろ聞いていたが猫好きというのは初耳で、佳乃は少し意外に思ったのだという。

――土屋さん、どうしてるんですか？　モモに逃げられて心配して捜してるんだったら、それほどひどい状態ではないんですよね？

猫美も陽平も、その問いに答えられなかった。とりあえず適当にごまかし、佳乃にもモモの行き先に心当たりがないことを確認し、見かけたら連絡してほしいと頼んでその場を後にした。

「土屋さん……なんで鞠子さんのこと、俺たちに言わなかったんだ」

佳乃が自分の部屋に入っていくのを見届けてから、陽平が苦い声で言った。

「つらかったんだと、思う……」

猫美が答える。

土屋はきっと、鞠子が死んだときの悲しさを、今もそのまま抱えているのだ。突然だった鞠子の死を、まだ受け入れられないのかもしれない。だから二人の思い出がありすぎるこの場所を、再び訪れるのを拒否した。鞠子がもうこの世にいない現実を、否応なく突きつけられてしまうから。

「突然恋人がいなくなったんじゃ、ああなっちまうのも無理ないな。……猫美、おまえは大丈夫か？」

陽平が気遣わしげな目を向けてくる。鞠子の死因――交通事故が、両親のことを思い出させたのではと心配してくれているのだ。

「うん、大丈夫。おれのはもう、昔のことだから」

大切な人がそばからいなくなる悲しさは、猫美もよく知っている。けれど、猫美には祖母がいたし、猫たちもいた。おかげで、深い悲しみに飲みこまれずに済んでいた。

土屋には誰がいたのだろう。彼を親身に気遣い心配してくれる人が、彼の隣にはいたのだろうか。そして今、いるのだろうか。いや、もしいるのだったら、あんなひどい状態にはなっていないだろう。

（でも、どうしてかな……）

たいして猫好きでもなかった土屋が、鞠子の遺族に頼みこんでまでモモを譲り受けたのはなぜだろう。鞠子を思い出すのがつらいのなら、彼女が可愛がっていたモモがそばにいるのは精神的にかなりきつかったのではないか。そして、モモも……。

（モモも、同じようにつらかった……？）

胸の奥がズキンと痛んで、猫美は唇を噛む。

誰よりも大切な人を失ったモモと土屋。同じつらさを抱えた者同士が、狭い部屋で毎日顔を突き合わせる暮らし。そこに、癒しはあったのだろうか。

「陽平……」

「ん？」

「モモも、土屋さんも、おれたちが思うよりずっと、きつかったのかもしれない」

きっとその暮らしは想像以上に、悲しみに満ちたものだったのだろう。相手の顔を見るたびに、失ってしまった人のことを思い出してしまうのだから。

「ああ……俺もそう思うよ。佳乃さんにとってそうだったのと同じように、土屋さんにとっても鞠子さんは太陽だっただろうからな。きっと、モモにとってもだ」

アパートの周辺を隅々まで丹念に見て回りながら、陽平も頷く。

「けど、どんなに嘆いても現実は変わらない。土屋さんがいつまでも悲しんでたり、モモが行方不明のままだったりするのは、きっと空の上の鞠子さんだって心配に決まってる」

なんとかしてやらないとな、と猫美の背を叩き、陽平はアパートの裏手へと向かう。

陽平の言うとおりだ、と猫美も頷く。鞠子の話を聞いてしまった今は、土屋とモモのためだけでなく鞠子のためにもがんばりたい気持ちでいっぱいになっていた。

「猫美っ」

呼ばれて早足で追いつくと、陽平が前方を指していた。一匹のサバトラ猫がちょこんと座り、じっとアパートを見上げている。

「あいつの見てる方向って、鞠子さんの部屋っぽくないか？」

猫を驚かさないように、陽平が声をひそめる。確かに猫の視線はちょうど二〇一号室の出窓に向けられているように見える。これはいよいよ猫美の出番だ。おれが行く、と陽平に目で言って、猫美はそろそろとサバトラに近づいた。

「こんにちは。はじめまして」

驚かさないように声をかけたのだが、サバトラはピョンと飛び上がって逃げ腰になった。

「待って、大丈夫。おれ、黒崎猫美。君と話したい。言葉、わかるから」

『話ができるのっ？』

逃げかけていたサバトラは、一転して興味津々で目を光らせる。

「うん。君の言うこと、おれわかる。君は、このへんの猫？」

『ああ。このへんはオレの縄張りだ。いつもパトロールしてる』

サバトラは猫美に対する警戒を解き、えっへんと胸を張った。

「そうなんだ。あのね、今君、あの部屋見てた？　あの、飛び出した窓」

『えっ？　あ、べ、別にそんなに、見てないぞっ』

サバトラはなぜか急にそわそわし出した。どうやら恥ずかしがっているようだ。

「もしかして、モモのこと知ってる？　毛の長い、青い目の子」

『し、知ってる……。ていうか、知り合いじゃないけど。オレ、ノラだし』

照れ照れしながら、サバトラはチラチラと鞠子の部屋の窓をまた見上げる。

『あの子……モモちゃん、いつもあの窓のとこに座って見てたから。飼い主の女の人が帰ってくるの待ってたんだよね』

あそこを見てた、とサバトラが示したのは、アパートの駐輪場だった。

『じーっと見てるんだよ。早く帰ってこないかなって。飼い主の人が暗くなってから帰ってきて、窓見上げて《モモ！》って呼ぶと、高い声で返事してさ。飼い主さんのこと大好きなんだなって思ったよ』

そう言って目を細めるサバトラも、モモのことを密《ひそ》かに好きだったのかもしれない。

『すごくなかよさそうだったよ。でも……最近見かけないんだよね。モモちゃんも、飼い主さんも』

しょぼんと肩を落とすサバトラに、猫美も返す言葉を失う。

「モモはね、違ううちにもらわれていった。で、今そのうちを出ていなくなってるの」

『えっ！』

「おれたちね、モモを捜してるんだ。このあたりで見かけたりしない？」

『う、ううん、見てない』

サバトラは心配そうな顔で猫美をじっと見上げてくる。

『飼い主さんはどうしたの？　あんなになかよかったのに』

「えっと、事情があって遠くに行ったんだ。今は違う飼い主さんが、モモを預かってる」

『そっか……モモちゃん、もう、あそこの部屋には、いないんだね』

サバトラはもう一度、寂しそうに窓を見上げた。そして視線を駐輪場に移す。

『モモちゃん、いなくなったとしたら、きっとここに戻ってくるよ。飼い主さんのこと、捜してるんだと思うから』

見つけてあげてね、と名残惜しそうに言って、サバトラは走り去っていく。もうここには来ないかもしれないその後ろ姿を見送り、猫美は陽平を振り向いた。

「陽平、そこだと思う」

モモが帰ってくるなら、と猫美は駐輪場を指す。屋根のついた小さな駐輪場には、住人のものらしい自転車が数台停められている。

もしもモモが鞠子のところに戻るつもりだったら、まずは部屋を目指すだろう。だが部屋にはもう入れない。いつも鞠子を待っていた窓辺に行けなくなってしまった今、彼女の帰りを待つとしたら駐輪場付近にいるしかない。

「モモ多分、このへんに来る。きっと、夜になったら」

暑い昼間のうちはどこか涼しいところに身をひそめていて、夜になったら現れる。愛する飼い主を迎えるために。もしも猫美がモモだったら、きっとそうする。

「猫美それ、さっきの猫が言ったのか？　それとも、おまえの勘？」

陽平が聞いてくる。よく当たる陽平の勘と違って、自分の勘には自信がない猫美だ。絶対にそうだと言い切れる根拠は、これといってないのだけれど……。

「勘」

思い切って顔を上げ答えると、陽平はニコッと笑って親指を立てた。

「じゃあ間違いないな。俺はおまえの勘を全面的に信じるよ。猫に関することでは、おまえは絶対間違わない」

これまでもずっとそうだった。陽平はいつだって自分を信じてくれる。そのたびに猫美も、自分自身を信じられるようになるのだ。

「ＯＫ、しばらくここに腰を据えて、モモが来るのを待ってみようぜ。今夜は徹夜になるかもしれないな」

猫美は力強く頷き、空を仰いだ。暮れかかったオレンジ色の空の上から、鞠子が見守っていてくれるような気がした。

駐輪場のちょうど裏側、囲いのトタン板の壁に穴が空きのぞけるようになっている場所に、猫美と陽平は肩を並べてしゃがんでいた。道路に面していないので人目を気にする必要はなく、多少狭苦しくて湿っぽいのを我慢すれば落ち着く場所だ。変なたとえだが、陽平と二人で猫になってしまったような感じがして、猫美は妙に嬉しくなっていた。

話し声が響くと耳のいい猫には気づかれ怯えられてしまうので、二人は黙って体育座りをしていた。途中陽平が車まで戻り、コンビニでお茶とおかかのおにぎりを買ってきてくれた。疲れたら車で休んでこいと言われたが、猫美は首を横に振った。自分よりも、モモのほうがずっと疲れているはずだ。

幸いなことに、日が落ちてからは風も出てきて気温も下がり、だいぶ過ごしやすくなってきた。鞠子が応援してくれているような気がして、猫美は空を見て心の中で礼を言った。

待つこと数時間、動きがあったのは夜八時過ぎだった。陽平にゆさゆさと肩を揺さぶられ、今日一日の疲れが出てうとうとしかけていた猫美はハッと顔を上げた。

のぞき穴から駐輪場にじっと目を向けている陽平が、真剣な表情で人差し指を唇に当てる。猫美はわずかにも物音を立てないように体をひねると、穴から向こう側をのぞいた。

駐輪場の端のほうで、白っぽい影がうごめいている。その小さな影は用心深くじりじり
と近づいてくると、置いてある自転車から少し離れたところで止まった。

ふいに風が立ち、先ほどまで空を覆っていた雲が切れ、冴えわたる月が顔を出す。

（モモ……！）

浮かび上がったのはふかふかの毛玉だった。毛並みは写真よりかなりボサボサになって
いたが気高い顔立ちは同じで、闇《やみ》に浮かぶ青い瞳は凛《りん》と見開かれている。

モモが身じろぎもせず見つめているのは、アパートの少し先を走る広い通りのほうだ。

それは駅へと続く道で、鞠子はいつもその道を通って通勤していたのだろう。

モモは今も待っている。かろやかにペダルを踏む鞠子が、その道を通ってアパートに帰
ってくるのを。笑顔で《モモ！》と呼びかけてくれるのを。

陽平を見た。目を見交わし頷く。陽平の瞳が《頼んだぞ》と語りかけてくる。

猫美はモモを驚かせまいと駐輪場の表側には回らず、その場で話しかけることにした。

「モモ……こんばんは」

モモはビクリと跳ね上がり、即座に逃げられる体勢になる。猫美を睨《にら》みつける目は鋭い。

ひとまず弱ってはいないようで猫美は安堵した。

『あんた誰よっ？』

「おれ、猫美。黒崎猫美。モモと話したいと思って来た」

『猫と話ができるなんて怪しい人間ね。あいにく、そういうおかしな輩《やから》とは関わらないことにしてるの』

見た目どおりの気の強さ。つんと顎を上げる仕草はまるで女王様のようだ。

「おれ、土屋さんに頼まれてきた。君の飼い主さん。君のこと、捜してる」

怒ったのか、シャーッとモモが威嚇《いかく》してきた。

『俊夫《としお》に頼まれたですって？　嘘ばっかり！　それにあたしの飼い主はただ一人、鞠子だけよっ』

《俊夫》というのは土屋の名前だ。どうやらモモは、彼によほどの不信感を抱いているようだ。

「土屋さん、モモのこと心配してる。本当だよ」

『そんなわけない！　あんたなんかよりあたしのほうが、俊夫のことはよく知ってるの。どうせ、いなくなったらいなくなったでいいやくらいに思ってるんでしょ？　わかってるんだからっ』

吐き出すように激しく鳴いているモモだが、猫美はその鳴き声の中に怒りとも違う感情を感じ取る。それはおそらく、微かな寂しさのようなものだ。

「おい猫美、大丈夫か？　あいつ見かけはお上品だが、まるっきり猛獣だな。食いつかれないか？」

　モモの剣幕に、陽平が心配して脇腹をつついてくる。

『もう一人いるの？　そっちのでかいのは何よ？　今レディに対して失礼なこと言ったでしょ。聞こえてるんだからねっ』

「うおっ、怖ぇっ！　あいつ、俺のほうマジで睨んでないか？」

「陽平……ちょっと黙ってて」

　話がこじれモモの機嫌を損ねるとまずいと、猫美は自分をかばおうと前に出ようとする陽平を押しのける。

「おいモモ！　この猫美はな、おまえのことを心配して助けに来たんだぞ。それをおまえケンカ売りやがって。こいつに傷でもつけようもんなら俺が容赦しないからなっ」

「い、いいから……」

　猫相手に本気で人差し指を突きつける心配性の幼馴染みを、やっとのことでのぞき穴の前からどかせる。

『なんなのよ、バッカみたい』

　モモが呆れ声を出した。熱くなった陽平のおかげで、逆に怒りが落ち着いたようだ。

『あんた……猫美って言ったかしら？　その無駄に熱いボディガードと一緒にとっとと帰って。俊夫のところになんか、あたし絶対戻らないんだから』

モモはプイッとそっぽを向く。

「モモ……モモは、土屋さんのことが嫌いなの？　それで脱走したの？」

『そうよ、嫌いよ！　俊夫なんか大っ嫌い！』

即答だ。

「ど、どうして？」

『どうしてもよ！　あたしは前からあいつが嫌いだったのっ。あたしと鞠子の時間を、邪魔して……』

言葉を詰まらせるモモの表情に悲しげな影が落ちる。鞠子と一緒にいたときのことを思い出したのだろう。

「おれに聞かせて。モモと鞠子さん、とてもなかよしだったんだよね？」

モモはしばしためらっていたが、そろそろと穴に近寄ってくるとその前にぺたんと座った。警戒を解いてくれたようだ。もしかしたら彼女も、誰かに聞いてほしかったのかもしれない。

『なかよしなんてもんじゃないわよ。あたしたちは姉妹みたいなものだったの。生まれてのあたしを鞠子がもらってくれてから、五年間ずっと一緒にいたわ』

あの部屋にね、とモモは切なげな瞳でアパートの部屋を見上げる。

『鞠子はとてもいい子だったわ。優しくて明るくて。あたしみたいな可愛げのない猫でも、世界一可愛いって大事にしてくれたの。鞠子には仕事があったからあたしは留守番が多かったけど、帰ってくるとね、いっぱい遊んでくれたのよ。寝るときだって一緒。朝に弱い鞠子を、あたしが毎朝起こしてあげてたわ』

目が穏やかに細められる。その表情から、鞠子との日々がモモにとってどれだけ大切なものだったのかがわかる。

『あたしたちいろんな話をしたの。鞠子はあんたみたいに、猫の言葉がわかるわけじゃなかったけど、お互いにちゃんと通じてた。鞠子といるとホントに毎日楽しくて……こんな日々がずっと続くんだって思ってたのよ。……そこに割りこんできたのが俊夫よっ』

穏やかだった声がまた怒りに満ちる。

『《おつき合いしている人》って鞠子に紹介されたとき、なんでこんな男と？　って思ったわよ。冴えないし暗そうだし、鞠子ならもっといくらでも素敵な男を摑まえられるのにって。蓼食《たでく》う虫も好き好きってわかる？　まさにそれ。月とスッポンの見本みたいな二人だったわよ』

佳乃と似たような評価だが、さらに辛口だ。

『何が気に入ったのか、鞠子ったらすっかり俊夫に入れ上げちゃって。俊夫が部屋に来る日は私と遊んでくれなくなったの。ベッドもあいつに占領されちゃったわ。あたしがツンケンしてると鞠子ったら、《モモ、俊さんにあまり冷たくしないであげて》なんて言うのよ。《俊さんは不器用な人だから、どうやったらモモとなかよくなれるかわからないんだよ》ってね。知ったこっちゃないわよ。別になかよくなんか、なりたくなかったし』

プンプン怒っていながら、モモの声はどことなく弾んでいる。それはきっと、彼女の大切な飼い主が当時幸せだったからだ。

「モモは、誰よりも鞠子さんの笑顔が好きだったから、土屋さんのことも好きになろうって思ったんだよね」

『……猫美、あんたって嫌なヤツね』

モモはちょっと顔をしかめてから、気まずげに目をそらす。

『確かに俊夫と会ってから、鞠子は笑ってることが多くなったわよ。俊夫も変わったわ。初めて家に来たときはそれこそなめくじ並みに陰気なヤツだったのに、そのうち鞠子と一緒に笑うようになって、ちゃんと目を見てしゃべるようになって、おっかなびっくりだけどあたしのことも撫でられるようになったの。……猫美、あんた恋人いる？』

「えっ？」

唐突な質問に、猫美は言葉を失いあわあわあわと両手を振る。

「い、い、いない……っ」

『あらそう？　さっきのでかいのは違うの？　あっちはやけにご執心みたいだけど』

五歳の猫に《ご執心》などと言われ狼狽《ろうばい》し、猫美は絶句してしまう。モモは呆れたようにちょっと首をすくめた。

『まぁいいわ。とにかく、人間って恋人ができるとこんなに変わるんだって驚いたわよ。どんどん親しくなってく二人を見てて、あたしも、悔しいけど認めてあげようって思ったわ。ずっと鞠子と二人だったあたしの未来予想図に、不本意だけど俊夫のヤツを加えてあげてもいいかな、なんてね』

そう言ったモモの口もとは、少しだけ微笑んでいるように見えた。《ずっと二人で》が《ずっと二人と一匹で》になった。それは、笑顔が二倍から三倍になるということ。モモもきっと、嬉しかったに違いない。

けれどその幸せな未来予想図は、不慮の事故で突然奪い去られる。

モモの表情がふいに沈み、視線が道路のほうに向けられた。

『ねぇ猫美……あたし、ちゃんと知ってるのよ。鞠子はどんなにここで待ってても、もう帰ってこないんでしょう？』

力のない問いかけに、答えることはできなかった。

『二ヶ月前のあの夜……朝まで待っても鞠子は帰ってこなくて……次の日佳乃が教えてくれたのよ。鞠子は空の上に行ってしまったんだって。あたし、何がなんだかわかんなかった。そこに行くのはあたしのほうがずっと早いと思ってたのに、鞠子が先ってどういうことって。今でもまだ、信じたくない……』

「モモ……」

『鞠子の家族や佳乃はすごく泣いてたけど、あたしは泣くこともできなかったわよ。だってそんなバカな話、受け入れられるわけないじゃない。佳乃が持ってきてくれたご飯も食べられないで、あたしずっと嘘だ嘘だって、そればっかり思ってたわ。……そんなとき、俊夫が来たの』

凍りついたようなモモの横顔を見て、猫美の胸もずきりと痛む。最愛の人を失った土屋とモモの再会。その冷え切った静寂を想像するだけで、心が引きちぎられそうだった。

『初めて、俊夫とまっすぐ向かい合ったわ。あたしたち、しばらくお互いを見てた。あたしね、そのとき、鏡を見てるみたいだって思ったの。今の俊夫は、あたしと同じだ。あたしの気持ちを理解できるのは、こいつだけなんだって』

絶望で呆然自失していたモモと土屋。土屋もきっとモモと同様に、鞠子の死を受け入れられなかったのだろう。互いに向かい合ったとき、通じ合うものが確かにあったはずだ。

『俊夫は言ったの。《モモ、僕と行こう》って。それで、《何か食べないと》っておやつをくれたの。食べなきゃいけないのはあんたでしょって、あたし思った。だってあいつったら、まるっきり幽霊みたいになってたんだもの。仕方なく、あたし無理やり食べたわよ、おやつを。あたしが食べれば、あいつも何か食べるんじゃないかって思ったから……』

そのときのおやつは、モモにとってどんな味がしたのだろう。

祖母が亡くなった後、猫美も何を食べても味がしなくなったときがあった。でも陽平が握ってくれたおにぎりを頬張ったとき、久しぶりにおいしいと感じた。

たった一人の理解者である土屋の手からもらったおやつも、自失していたモモをそのとき現実に引き戻したのかもしれない。こんなにも悲しいのは自分だけではないと、モモにもわかっただろうから。

『俊夫があたしを飼う気になった理由はわかってたの。あたしたちは同類の仲間だから、傷を舐《な》め合って癒し合えるかもしれないと思ったのよね。二人でいれば、鞠子も一緒にいるような気持ちになれるかもって。だけど……無理だった。だって鞠子は、もういないんだもの。かえってそれを思い知って、苦しいばっかりで……』

モモは硬い表情で俯く。悲しみと悲しみを足し合わせても、薄くなるどころかさらに悲しさが増すだけだ。息苦しくなりそうな空気に満たされた土屋とモモの日々を思い、猫美も胸を詰まらせる。

『俊夫はあたしを撫でるどころか、目を合わせようともしなかった。あたしも、ゾンビみたいになっちゃってる俊夫を見てるのがつらかった。うんざりしたのよ。だから飛び出してきたの。網戸のロックがかかってなかったのはうっかりじゃなくて、わざとだったんじゃない？　あたしに出ていってほしくて』

吐き捨てるように言ってプイッと猫美から視線をそらしたモモは、また道路のほうに目を向ける。猫美も言葉を見つけられず、しばし沈黙が続く。

『……ちょっと余計なおしゃべりしすぎたわね。とにかくそういうことだから、もう帰ってくれない？　俊夫にも、あたしは一人でやってくから心配しないでって言っておいて』

「モモ、そんな……一人でどうやってやっていくの？」

子猫の頃から鞠子に大事にされていたモモは、ずっと家猫だ。今さらノラ猫になれるはずがない。

『どうとでもなるわよ。現に俊大の部屋を出てからだって、地域の保護団体の人がエサをくれてたし。仮にどうにかならなくたってどうでもいいわよ、鞠子はもういないんだから』

とっとと帰って、と顔をそむけ、モモはそれ以上の会話を拒否した。

（どうしよう……）

話を聞いてわかったことはいくつもある。その中で今もっとも大切なことは、モモも土屋もお互い嫌い合っているわけではないということだ。ただ、自分の悲しみに満ちた顔を鏡で見ているようでつらかったという、それだけなのだ。

「なぁ猫美、モモは帰りたくないって言ってるんだろ？　俺にも大体わかったぞ」

黙って二人のやりとりを聞いていた陽平が、身を寄せ穴をのぞく。

「陽平、だけど、あの、違うんだ。モモと土屋さんは……っ」

　モモから聞いたそれまでのいきさつをどうやって簡潔に説明しようかとあわてていると、陽平の手がポンと肩に置かれた。

「俺にはモモの言葉が聞き取れないから、あいつの気持ちはわからないけど、とりあえず土屋さんのことはわかるつもりだ。俺が話してみる。……おい、モモ」

　猫美を介さず、陽平は直接モモに語りかける。

『うるさい！　ちょっと猫美、そっちのでかいの連れて早くどっか行きなさいよっ』

　ニャーッと振り返って睨むモモに、陽平は怯《ひる》まない。

「土屋さんはな、こう言ってたぞ。モモはきっと今頃誰かに拾われてる。そのほうが自分といるよりは幸せだってな」

『それが何よ？　厄介払いできてせいせいしたってことでしょ』

「おまえの文句なんか一言も言わなかった。土屋さんは、自分が悪かったと言ってた。本心からそう思ってるから、自分じゃない誰かと幸せになってほしいと願ってるんだ。けどな、それでも捜そうとしたんだよ、おまえを」

　鋭かったモモの瞳がやや怯む。

『そ、そんなの……どうせ後味や体裁が悪いからとか思って、形だけのことよっ』

「土屋さん本人も、おまえを捜すことに迷いがあるみたいだった。俺が思うに、おまえを見つけても、また自分と暮らすことがおまえにとっていいのか悩んだからだろうな。何度も諦めようとして、でも、最終的には俺たちに頼んだ。きっとあの人の中で、おまえとやり直したいって気持ちがまだ残ってるからだろうと思う」

　モモが口を閉ざす。その目はじっと陽平を見返している。

「なぁ、モモ。土屋さん今ひでぇ状態だ。俺は仮にあの人が、今さっきビルから飛び降りましたってニュース聞いても驚かない。最愛の鞠子さんを亡くしたその気持ち、わかりそうな気はするよ。俺にも命がけで惚《ほ》れてるヤツいるからな。もしもそいつがいなくなったらと、想像しただけでおかしくなりそうだ。でもしょせんそれは空想で、おまえと土屋さんは今リアルにその絶望の中にいる。お互いわかり合えて慰め合えるのは、おまえたちだけじゃないのか？」

　陽平の声に力がこもる。

「おまえしか、今の土屋さんを救えねぇんだよっ」

『そんなの……絶対無理だったらっ！　頼むからもう放っておいて！』

　ニャーッと高く鳴いて、モモが身を翻す。

「モモっ！」

「おい待て！」

　駐輪場を飛び出し逃げるように走っていくモモを、陽平と猫美は焦って追いかける。闇雲に走っているモモは、一直線に大通りへと向かっていく。

『余計なおせっかいはうんざりよ！　あたしだって……あたしだってつらいんだから！』

すばやいモモに猫美はすぐに置いていかれ、陽平も距離を離されつつある。そこそこ車の通りもある道路を一気に横切ろうというのか、モモがまっすぐ突っこんでいく。

車のヘッドライトが近づいてくるのが見えて、猫美の全身は凍った。

「モモ危ない！」

叫ぶが、声は届かない。暗くてモモが見えないのか、車はスピードを落とさない。モモも止まらない。もうどうなってもいいと思っているのかもしれない。

（駄目だ……っ！）

絶望感が猫美の全身を襲ったとき……。

「っ……！」

車まであと数十メートルのところで、突然横手から飛び出してきた人影がモモを抱えこんだ。だが次の瞬間には、バランスを崩した人影はその場に転がってしまった。

ひかれる、と猫美が反射的に目を閉じると同時に、耳障りな急ブレーキの音が響いた。

衝突音は、聞こえない。恐る恐る目を開けた。

「陽平っ！」

両手を広げ車の前に立ちはだかった陽平と車の間は、もう一メートルもなかった。

非難するようにクラクションを鳴らしながら、車は走り去っていく。

息をついた陽平が振り向き、モモを抱えて道路にうずくまり震えている人の肩に手を置いた。

猫美も息を切らせながら駆けつけ、猫を守るようにしっかり抱えている人に目をやった。

「土屋さん……！」

「冗談じゃ、ないよ……」

掠《かす》れる土屋の声は、涙に濡れていた。

「もう、二度とごめんだから……。マリちゃんに続いて、モモまで車にやられるなんて……本当に、冗談じゃない」

しゃくり上げながら、土屋はモモを抱き締める。よかったと、何度もつぶやいて。

土屋の腕の中でモモも震えていた。顔を土屋の胸に伏せて、両前足の爪《つめ》を立ててしっかりしがみついていた。

『ホントに、どうしようもないんだから……』

モモの声も濡れている。

『大事なとこで、なんで転ぶわけ？　かっこ悪いったらないわっ』

「モモ、ごめん……ごめんね。僕は、自分の悲しみしか見えなかったんだ。モモも悲しいんだってことを、考えてなかった」

土屋はぎこちない手でモモを撫でながら、必死で訴える。その声は、猫美たちと話していたときの彼の無気力なものではない。

「モモを引き取れば、マリちゃんといた楽しい時間を思い出せるかもしれないと思ったけど……実際はつらくなるばかりで、モモを見ないようにしてた。嫌われてるのも知ってたし、逃げられても仕方ないと思ったんだ」

『バカ……嫌いじゃないよ……』

小さな声が届く。モモの声ももう、意地を張った強気なものではない。

『あんたって、ホントバカ……大嫌いだったのは、あたし自身っ。あんたのこと……鞠子が大好きなあんたのこと、前みたいに笑顔にしてあげられなくて……。だって、あたしも悲しかったから……っ』

モモはグイグイと土屋の胸に顔を埋《うず》めて、訴えかけるように鳴いている。土屋には猫の言葉は通じないのに、気持ちは伝わっているように猫美には感じられた。

「でも、考えたんだ。マリちゃんとの日々を共有できるのは、やっぱりモモだけだって。僕の人生で一番輝いてた日々を、君も一緒に過ごしたんだから……」

『あたしも……あんたのこと、最初は邪魔だったけど、鞠子がすごく嬉しそうに笑ってて、あんたも笑うようになって……だからあたしも、楽しかったの。鞠子と、俊夫と、あたし……みんなでいるときが一番、楽しかったよ！』

モモがニャーと高く鳴くと同時に、夏とは思えない涼しげな優しい風が通り過ぎた。猫美は空を見上げた。さっきまで見えなかった星が綺麗に輝いている。

「土屋さん。モモ」

猫美はひしと抱き合う二人に、静かに声をかけた。

「おれ、土屋さんがモモをもらおうと思ったのは、鞠子さんの導きだと思う。鞠子さんが、それを望んでるんだ」

土屋がそろそろと顔を上げ猫美を見る。涙でぐしょ濡れの情けない顔だが、幽霊のように虚ろだった昼までの顔よりはずっといい。

「鞠子さんの一番幸せな時を知ってるのは、土屋さんとモモだけだよ。二人が一緒にいれば、その思い出の中に鞠子さんもずっと一緒にいると思う。だからおれ、二人に離れてほしくない」

土屋の胸からモモも顔を上げる。意地っ張りの睨み顔ではなく、素直な泣き顔で。

「鞠子さんもきっと、そう思ってるよ」

土屋がぎゅっと目を閉じ、何度も頷いた。

「はい。モモを連れて帰ります。僕とマリちゃんの、大事な家族ですから」

モモがすすり泣くような声を出して、土屋の胸にまた顔を埋める。もうきっと、彼女が鞠子を恋しがってここに戻ってくることはないだろう。だって鞠子はもうここにはいない。土屋とモモがいる場所に、一緒にいて笑っているのだから。

顔を上げると、陽平が親指を立ててウインクしてきた。その嬉しそうな笑顔を見て、猫美の胸も安堵と喜びに満たされた。


「本当にありがとうございました」

モモの入ったキャリーバッグを大事そうに胸に抱え、土屋は深々と頭を下げた。

陽平の車で路彦の病院まで二人を乗せて、報告がてらモモを診察してもらってから、土屋のアパートまで送っていった。車を降りたのは、すでにもう日付の変わる時刻だった。

「お二人には、なんとお礼を言っていいかわかりません。黒崎さんと羽柴さんのおかげで、僕も目が覚めました。もう大丈夫です」

そう言ってわずかに口もとをゆるめる土屋は、もう幽霊ではない。やつれているのは相変わらずだが、頬には血の気が戻っている。

あの場所にどうして土屋がいきなり現れたのか不思議だったのだが、どうやら喫茶店で話した後にやはり気になって様子を見に行ったらしい。駐輪場のそばに身をひそめ、猫美と陽平の様子を窺っていたのだという。

——悲しみがぶり返してしまいそうで、彼女のアパートに近づくのはずっと避けていたのですが、逆でした。モモがあの駐輪場で彼女を待っていたんだと知って、胸が締めつけられるようになったんです。

そして、思い出したのだという。二人と一匹で過ごした楽しかった日々を。

──喫茶店であなた方に言われたことも、かなり心に響いてました。

そう言って、土屋はまた頭を下げた。

モモが突然道路に飛び出していくのを見たとき、何も考えずに体が動いたそうだ。もう決してモモを失いたくないと思ったのだと、土屋は言った。

──あんなに全力疾走したのは生まれて初めてでした。今、脚がガクガクです。

と、苦笑する土屋に、

──運動音痴のくせに、無茶するんじゃないわよっ。

と、いつもの調子を取り戻したモモが、キャリーの中からニャーッと鳴いた。

確かにあのときの土屋はすごかった。百メートルを十一秒台で走る陽平より速かったのだから、本当に奇跡の速さだったとしか言えない。きっと鞠子が背を押してくれていたんだな、と猫美は思った。

「よかったですね。土屋さん、とりあえず今後は網戸のロック忘れずに。そいつ、結構なじゃじゃ馬だから」

「あと、お願い。モモを、できればケージから出してあげてて。逃げるの心配だったら、ちゃんと戸締まりしてるときだけでも」

『何よ、もうっ。だ、大丈夫よ、二度と逃げたりしないから』

モモが不満げな声を出す。ツンツンした強気な彼女に戻っているが、駐輪場にいたときのような悲愴《ひそう》な影はもうない。

『大体あたしがいなくなったら、俊夫がまたゾンビになっちゃうでしょ。ホントにメンタル弱いんだから、こいつってば』

「何、モモ？　何か言ってる？」

「土屋さんメンタル弱いから、モモがいないとゾンビになっちゃうって言ってる」

親切に通訳してあげたつもりだったのだが「猫美おまえ、ぶっちゃけすぎ」と陽平が背中を叩いて爆笑した。土屋も、まだ弱々しくだが笑っていた。

「それじゃ、俺たちはこれで。また何かあったら連絡してください」

「はい、また改めてお礼に伺います。お世話になりました。モモも、ほら」

土屋がキャリーを持ち上げると、モモはそわそわと視線をそらし、『ありがとっ』とそっけなく言った。どうやら照れているようだ。

「幸せにね」

キャリーをのぞきこみ猫美が声をかけると、チラッと目を向け『あんたたちもね』と言ってくれた。

日付が変わった今日からきっと、二人の生活も変わっていく。時間はかかるかもしれないけれど、笑顔が少しずつ増えていくだろう。

そして二人が笑うときは、鞠子も近くで笑っているに違いない。

乗りこみ走り出した車のバックミラーには、見送ってくれている土屋とモモがずっと映っていた。

「よかったな。大変だったけど達成感のある一日だったよ。おまえどうだ？」

陽平が満たされた笑顔で聞いてくる。

「うん、よかった。土屋さんとモモ、もう大丈夫だね」

この仕事をしていて一番嬉しい瞬間は、問題解決した後の猫と飼い主の笑顔を見ることだ。そのたびに、何か温かいものが猫美の心の色を明るく心地よい色に変えていってくれる。祖母が言っていた猫の恩返しとは、こういうことなのではないかと思う。

「鞠子さん、土屋さんとモモにとってはすごく大きい存在だったんだろうなぁ。あのまま土屋さんたちが再会できなくて、悲しいままだったらと思うとゾッとするぞ。今回はホントにおまえの言ってたとおり、鞠子さんの導きがあったよな」

「うん……」

《ゾッとする》という一言で、猫美は体が凍りついたあの瞬間を急に思い出した。ぎゅっと閉じた目を開け、陽平が車の前に立ちはだかっているのを見た、あのときの……。

「もう……しないでほしい……」

猫美は無意識に口にしていた。声は少しだけ震えてしまっていた。

「ん？　なんだ？」

「危ないこと……しないで」

おそらく陽平のことだから、転んでしまった土屋とモモを助けようと躊躇せず飛び出したのだろう。けれど一歩間違えれば、彼自身が車に跳ねられていた。

(陽平が、いなくなってたかも……)

俯き震えている猫美の頭に、ポンと手が乗せられた。

「大丈夫だよ。あの車のスピードなら、ギリギリで停まれるだろうと踏んだから飛び出したんだ。勝算は百%だった。……でも」

手が優しく髪を撫でる。

「悪かった。おまえを不安にさせるようなことはもう絶対にしないよ。約束する」

波立った気持ちが次第に落ち着いてくる。陽平はこれまで約束を破ったことはない。

「おまえにとってはつらい話の多い一日だったな。きつかっただろう。大丈夫か？」

気遣う声に、うん、と頷く。交通事故で突然いなくなった鞠子。猫美の両親も同じだった。けれど幼い頃に亡くなった両親のことよりも、猫美は祖母のことを思っていた。

土屋とモモの悲しみを思いやったとき、かけがえのない大切な人だった祖母を亡くした当時の自分のようだと思った。あの頃の猫美も、それこそ生気のない人形のようだった。

悲しみに目を向けると溺《おぼ》れてしまい上がってこられなくなりそうで、仕事の引き継ぎなど事務的なこと以外は心の中からシャットアウトしていた。祖母のことを思い出させる出入りの猫たちの慰めの声も耳に入らなくなった。まるで透明な箱の中に一人で閉じこもるように外の世界に背を向けて、猫美はただ機械的に生きていた。

どうやって、あの状態から抜け出せたのだろう。どうして、祖母が思い出の中にともにいてくれることを実感でき、少しだけ笑えるようになったのだろう。

それは……。

(陽平が、いてくれたから……？)

祖母の病気がわかってから亡くなるまで、そしてその後も、陽平がそばにいてくれた。隣でずっと、いつもと変わらず笑いかけ、慰めてくれていた。だから猫美は、一人で悲しみの淵《ふち》に沈んでいかずに済んだのだ。

(そうだ、あの日も……)

思い出すのが怖くてずっと記憶の底に封印していた、火葬場の情景がふいによみがえってきた。

その日もちょうど今頃の季節で、とても暑い日だった。猫美は外で、焼かれる祖母が煙になって空に昇っていくのをぼうっと見つめていた。ほかに身寄りはおらず、祖母の遺志で知人の参列も断ったので、そこにいるのは猫美と無理やりついてきた陽平だけだった。

祖母の体がこの世から消えていく現実を夢の中にいるような心持ちで見上げながら、猫美はぼんやりと考えていた。

自分はこれから一人になる。たった一人で、猫だけを話し相手に日々を過ごしていく。声をかけてくれたり笑いかけてくれる、人間の家族はいない。

いつかその日が来ることは覚悟していたつもりだったのに、まるで見渡す限りの砂漠にポツンと一人取り残されたような心もとなさを覚えた。祖母がいなくなって悲しいという感情よりは、自分の存在が希薄になり、祖母の煙と一緒に空に昇っていくような、そんな感じがしていた。それはもう何もかもどうでもいいというような、無気力感にも似ていた。

呆然と空を見ていた猫美の耳に、嗚咽《おえつ》を堪《こら》えるような声が届いてきた。外部の音がはっきりと聞き取れたのは久しぶりのような気がした。音のほうにおもむろに顔を向けると、隣で陽平が泣いていた。あふれる涙を拳で拭いながら、猫美と同じように煙を見上げていた。

誰よりも強くほがらかで前向きな彼が、隠そうともせず男泣きするのを見るのは初めてで、猫美は驚いて陽平を見つめた。

――晴江ばあちゃん、大丈夫だ。俺がいる。

嗚咽の合間に漏れた声は、空に昇っていく祖母に向けられたものだった。

――俺が、猫美のそばにいる。ずっといるから、心配しないでくれ。安心して、そこで見守っててくれ。

「っ……」

急に息が詰まるような感じになって、猫美は胸を押さえた。あのとき無意識に抑えつけていた悲しみが、三年もたった今になって一気に湧き上がってきたのだ。

「え、猫美？　どうした？　気分悪いか？」

陽平の心配そうな声が届く。

「あのとき、お、おれ……」

「んっ？」

「おばあちゃんの……火葬場で……おれも、悲しかったんだ。ほ、本当だよ」

いつもはじっくり考えた末でも気持ちを口に出すのはためらうほうなのに、自然に言葉がこぼれてきてしまう。何年も抑えつけ、堰《せ》き止めていた涙と一緒に。

「よ、陽平が、泣いてくれてるの、見て……おれも、悲しいって、思えた。涙、出なかったけど……本当に、悲しかったんだ」

「猫美……」

「なんで、今まで忘れてたんだろ……。あのときのこと……」

車が停まり、ふわりと優しい感触に包まれる。両腕でくるまれるように抱かれて、安心するはずなのになぜか涙がさらにあふれてきた。

「わかってるよ、おまえが誰よりも悲しかったのは」

天使の編んだストールみたいな優しい声が、全身を包んでくれる。

「あー、ああいう場合は俺のほうがしっかりして、おまえに《泣いていいぞ》ってかっこよく胸を出すべきだったよな」

冗談めかして笑いながら、陽平はしきりと涙を拭う猫美の髪を撫でる。

「あのときからずっと、おまえはホントによくがんばってきたよ。今日もがんばったな。つらいことも思い出しただろうけど、泣きたくなったらいつでも泣けばいいんだ。我慢することなんかないんだぞ」

いつでも俺がいてやるから、と囁きが届いて、遅れてやってきた悲しみがやわらいでいく。目は涙で霞《かす》んでいる上に車の中は暗くて、そっと見上げた陽平が今どんな顔をしているのかわからなかったけれど、なぜか仏壇の前に座る彼の横顔が浮かんだ。

目を閉じ手を合わせた後、必ず祖母の遺影に向かって何か語りかけている彼の穏やかな顔。毎回何を言っているのだろう、近況報告かな、くらいに思っていたが、もしや……。

「陽平……陽平は、もしかしてずっと、言ってくれてたの……？」

「ん？」

「おばあちゃんに……おれの、そばに、ずっといるからって……安心してってって……」

対向車線から来た車のヘッドライトが一瞬照らし出した陽平の顔が目に入り、猫美の涙は急に止まる。代わりに胸がドキドキと高鳴り始め、緊張で体がカチンと固まる。見たこともないほど大人びた表情の彼が、切なげに眉を寄せて猫美を見下ろしていたのだ。

ギシッとシートを軋ませて、シートベルトをはずした陽平がかぶさるように体を寄せてきた。

「あ、の……陽、……」

言葉を奪われる。唇に触れてきたやわらかい感触は、陽平の唇だ。

（キ、ス……っ？）

そうだ、これはキス。愛し合っている恋人同士がするものだ。土屋と鞠子のように、深く愛し合い生涯をともにしようと決めた二人が交わす、愛の行為だ。

――猫美君は、彼のことをどう思ってます？　好きですか？

路彦の声が頭によみがえった。

「猫美、俺はおまえが好きだ」

いきなりのキスに混乱しカチンコチンになったまま言葉を失っている猫美に、陽平ははっきりと告げた。

「高校のときおまえには一度振られてるけど、俺は諦めてない。あのときも言ったが、おまえは俺の初恋の相手だ。ガキの頃からずっとおまえしか好きじゃないし、これからもおまえしかいないと思ってる。だから、木佐貫先生とつき合うのはやめてくれ」

そうか、これが喫茶店で言いかけていたことの続きだ。陽平は路彦が嫌いなわけではなかった。単にやきもちをやいていたのだ。頭では理解できたが、気持ちのほうはパニックを起こしたままだ。

「俺は晴江ばあちゃんに、ずっとおまえのそばにいて一生守ると約束した。もちろんそれはおまえの同意がない、一方的な約束だ。けど、これだけは自信を持って言える。おまえのことをこの世で一番好きなのは、この俺だ。だから、俺を選んでくれ。俺以外の、誰も選ぶな」

答える前にもう一度抱き寄せられ、さっきより深く口づけられる。いつもの陽平にはない強引さに少しだけ怖くなり、猫美は首を振りながら両手で胸を押し返した。

ハッとしたのか、陽平は自ら体を引いた。

「あっ、わ、悪いっ。猫美、怖かったか？　ごめんな」

あわてる声はいつもの彼のもので肩の力が抜けるが、狼狽しすぎて言葉が出ない。

「あーっ……もうちょっと、なんていうか計画的に、ロマンチックなシチュエーション作って言おうと思ってたのに、俺ってヤツは……。土屋さんと鞠子さんのこと聞いたばっかで、焦ってきちまった。一緒にいられる時間は、無限じゃないんだよな……」

陽平はぼやきながら運転席に体を戻すと、再びシートベルトをする。そして普段の彼に戻っていつもの調子で、固まっている猫美に明るく声をかけてきた。

「猫美、ホントごめんな。でも俺は本気なんで、急がないから返事聞かせてくれ。おまえ、こういうことはすぐに答え出せないと思うから、ゆっくり考えてくれていい」

なんと言っていいかわからず、猫美はただ俯く。陽平がくすりと笑う気配がする。

「あまり深刻に考えなくていいぞ。でも、考えたその上で、おまえが先生を選んだとしても、俺は一生おまえを守る。それは俺の人生を賭《か》けた誓いだから、そうさせてくれ」

甘さをともなう響きが耳をくすぐり、こそばゆさに猫美はもじもじと首をすくめた。

「おっと、もうこんな時間か……。早く帰らないとな。しかしホント、今日は盛りだくさんの日だったなぁ。帰ったらゆっくり眠れよ」

完全に普段の彼に戻った陽平が車を発進させる。見慣れた景色、家まではもうすぐだ。

今はとにかく一刻も早く家に帰り、一人になって考えたい。

（ゆっくり眠れって……そんなの無理だよ……）

心の中で陽平に少しだけ文句を言って、猫美は体を縮める。

悲しかったり嬉しかったり、怖かったり混乱したり、本当に大変な一日だったが、今はなんとなくふわふわした甘いもので全身を覆われているような、そんな気分になっていた。

◇◆◇　秋　◇◆◇

「おまえが好きだ！　俺とつき合ってくれ！」

いきなり直球でずいっと迫ってこられて、猫美は瞬間冷凍されたようにカチンとなりながらも、反射的に大きく一歩下がりつつ周囲に人がいないかとあわてて見回した。

高校の裏山の猫の溜《た》まり場には、同じ学校の生徒どころか地域住民もほとんど来ない。いつもいるのは猫美と顔見知りのノラ猫たちだけで、今は彼らも目をぱちくりさせ事の次第を見守っている。

「……おい、聞こえたのか？」

猫美の反応のなさに心配になったのか、羽柴陽平はやや眉《まゆ》を寄せ、顔をのぞきこむようにしてきた。真剣すぎるその目が怖い。

「き、聞こえた……」

黙っていると怒られそうだったので、とりあえず答える。あんな、裏山全体に響き渡るような大声聞こえないわけがないが、いかんせん意味がさっぱりわからず、猫美は内心あわあわしていた。

「で、答えは？」

「やだ」

身を乗り出してくる男から、のけぞるようにして返事をした。

「いやいや、それ即答すぎだろ」

陽平は見るからにガクッと肩を落とす。

「ちょっとは考えろよ。こっちは真剣なんだから」

その顔を見れば、確かに冗談ではないらしいのはわかる。けれど考えろと言われても、何を求められているのかが猫美にはやはりわからない。

「な、なんで？」

本当は今すぐ逃げ出したかったが、後で怒られると怖いのでひとまず聞いてみた。

「な、なんでっておまえ……っ」

いつもキリッとして誰《だれ》に対してもはきはきとよどみなくものを言う彼が、全校生徒集会で生徒会長として壇上に上がると常に弁舌爽《さわ》やかな彼が、困ったような照れた顔でうろたえるのにびっくりした。昼に何か変なものでも食べてしまったのではないだろうか。

「ていうか、まさか気づいてなかったのか？　俺に好かれてるの」

「全然」

かぶせるような即答に、陽平はさらに肩を深く落とした。

「や、まぁ、いいけどさ、おまえらしくて。じゃ、改めて言うけど……」

ここで咳払《せきばら》い。この時間を早く終わらせたいのに、どうやら話は長くなりそうだ。

「俺小坊のときから、おまえのこと可愛《かわい》くてしょうがないんだよ。なんか、初めて見たときはおまえ校舎の裏に一人でいて、猫に囲まれててさ。猫たちと目見交わして、話してるように見えて……それがなんか清らか、というか、まぁ、妖精、みたいな感じで……」

「よ、妖精……？」

あまりのたとえにめまいがしてきた。周囲で見物している猫たちの中でもリアクションのいいものは、ウニャッと派手にすっ転んだりしている。

言った本人も、高校生男子が口にするにはさすがにポエムに過ぎたと気づいたらしい。いつもの凜々《りり》しい彼とは別人のように大あわてだ。

「って、そ、そこで引くなってっ。だからつまり、それ以来ずっとおまえを見てきて、……やっぱどうしても可愛いっていうか……。男同士なのにヤバいとは思ってたよ俺も。けどどうしても、おまえ以外好きになれないんだからしょうがねぇだろ」

若干しどろもどろになりながら真摯《しんし》に想いを語る幼馴染《おさななじ》みを、猫美は呆然《ぼうぜん》と見返す。

どうやら陽平が言っている《好き》というのは、女の子とつき合って恋人になるという類《たぐい》の《好き》らしい。

男同士であるという点については、猫と話せるという特殊能力を持ち、すでに他人と異なっている猫美にとっては不思議と気にならなかった。気になるのは、なぜ自分なのかということだ。

羽柴陽平は誰もが認める、校内一のモテ男子だ。成績は常にトップのカリスマ生徒会長。バスケ部のキャプテンで《ダンク王子》なんて二つ名もあり、県内女子高生の間で非公認のファンクラブも結成されている。明るく誠実で万人に好かれる性格は周囲に人を集め、教師の覚えもめでたい。とどめに東京に遊びに行くたびに、芸能プロダクションのスカウトから声がかかるという美貌《びぼう》。

陽平とつき合いたいと思っている女子……もしかしたら男子だって、数えきれないくらいいいるだろう。つまり彼は、どんな相手でも選び放題なのだ。

（それなのに、なんでおれ……？）

――からかわれてる。

パニックを起こし《？》がぐるぐると回る頭の中に浮かんできたのは、その結論だった。

思えば小学生のときは、陽平にさんざんいじられたものだ。ふわふわの猫耳のついた自作の帽子をかぶせられ写真を撮られたり、祖母が猫美に似せて作ってくれた黒猫の顔のポーチを取り上げられ、しばらく返してもらえなかったりもした。中学生になってからはそういった《いじめ》まがいの行為はなくなったので安心していたのだが、もしや彼の中の眠っていたいじめっ子の虫がまたここにきて疼《うず》き出したのか。

もしここで猫美がＯＫしようものならあっという間にその話が学校中に広まり、黒崎猫美はとんでもない身の程知らずとして笑いものになるのかもしれない。それでなくとも変人で知られているのに、この上女子全員を敵に回したら、学校に来られなくなってしまうだろう。

「思い返せばおまえとはもう、十年以上のつき合いだよな。一言で十年とは言うけど、俺にとってはおまえとの思い出が詰まってる、大事な十年だったよ」

顔を強張《こわば》らせる猫美に反し、陽平は懐かしそうに宙を見上げながら、しみじみと一人で語り始めている。

「俺としてはその十年を、この先もさらに十年、二十年と積み重ねていきたいんだよな。来年になると俺たち三年で、受験勉強もあるだろ？　いろいろ忙しくなるだろうから、その前に俺はちゃんとおまえとさ……って、猫美、どうした？」

じりじりと後ずさる猫美にやっと気づいたのか、陽平が瞳《ひとみ》を見開き手を伸ばしてくる。

「やだ……」

「えっ？」

「つ、つき合わないいっ！」

近づいてこようとするのを首を振って拒否し、猫美は背を向けダッシュした。名を呼ぶ声は聞こえたが、振り返らなかった。とにかくわけがわからず、陽平が急に違う人になってしまったようで怖かったのだ。

ニャーニャーと鳴く猫たちの声で、ぼんやりと窓の外を見ていた猫美はハッと我に返った。ケージの中から猫たちが、お水ちょうだいと催促している。

「ごめんごめん、今あげるね」

猫美はあわてて、持っていた水差しの水を給水機に入れて回った。

ここはきさぬき動物病院に併設されたペットホテルだ。飼い主が旅行や入院などで短期間留守にする間、十匹ほどの猫たちが泊まれるようになっている。預かる猫の数が増えてくると、猫美が手伝いのバイトを頼まれるのだ。古書店はいつも暇だし猫捜索の仕事がない限りは、猫美も喜んで路彦の求めに応じている。

水とエサをチェックし終えホッと一息ついてから、猫美はもう一度窓の外に目をやった。気づけばもう十月も終わりだ。病院に面した並木道の葉もすっかり色を変え、はらはらと散り始めている。

思えば陽平に最初に告白されたのも、高校二年の年の十月だった。それにしても、あんなに衝撃的な事件をどうして忘れていられたのか、自分でもびっくりしてしまう。

夏の最中に陽平から想いを告げられ、《高校のときに振られている》と言われて、必死で記憶を探り当てたのだ。もともと人より記憶のキャパが少ない猫美は、覚えておきたいことだけを大事にしまって、それ以外のことはシャットアウトしてしまう傾向にある。

高校時代の陽平のその《告白事件》は、猫美にとっては《忘れたいこと》とタイトルのついたフォルダーに仕分けされ、そのまま思い返すこともなかった。現にその告白の後、陽平はまるで何事もなかったかのように普段どおりに接してきて、何かまたからかわれるのではないかとびくびくしていた猫美は胸を撫《な》で下ろしたものだ。猫美の反応が思ったようなものではなかったので、からかいがいがないと計画を断念したのだろうと当時は思っていたのだが、どうやらそうではなかったらしい。

陽平は、ずっと想っていたのだという。高校のときから、いや、小学生のときから、一筋に猫美のことだけを。

「う～ん……」

思わず呻《うめ》いて、猫美は熱くなってきた頰《ほお》を両手でこする。

あの夏の夜からずっと、告白されたときのことが頭から離れない。ヘッドライトに浮かび上がった、陽平の切ない瞳。抱き寄せてくる腕。そして、熱い唇。

猫屋敷の火事のときもその胸に抱きとめられたが、あのときの数倍の甘さをともなったときめきが猫美の全身を勝手にほてらせる。高校のときは、こんなふうにはならなかった。

もちろん当時はキスはされなかったのだが、もしされたとしても猫美は《嬉《うれ》しい》とは思わなかっただろう。

（え……？　おれ、嬉しい……のかな……？）

　されている最中は、とにかくびっくりし混乱していてよくわからなかった。でも後から思い返すと胸がふわふわしてきて、雲の上でポンポン弾んでいるような気分になってくるのだ。それは、決して嫌な気持ちではない。

　路彦にも好きだと言われた。でもそのことを思い返しても、陽平のときのようにドキドキしない。心臓の具合が妙な具合におかしくなるのは、陽平相手のときだけだ。

　あの告白以来、陽平は返事を急《せ》かしたりはしてこない。もちろんキスもしようとしない。猫美が自分で考えて答えを出すのを、ゆっくり待ってくれているのだろう。

　この二ヶ月、猫美もかなり真剣に考えてきた。頭の中のほとんどをそのことが占めていたくらいだ。でも、答えはまだ出せていない。

（おれも、陽平が好き、なのかな……）

　恋人の《好き》と友だちの《好き》。そして、家族の《好き》。人間同士のつき合いをほとんどしてこなかった猫美には、どう違うのかが今一つわからない。

「あ～っ」

　らしくなく変な声を上げてしまうと、

『だ、大丈夫っ？』

『どうしたのっ？』

と、そこここのケージから猫たちが心配そうに鳴いてきた。

「猫美君」

ノックとともに、白衣姿の路彦が入ってくる。今日は土曜日なので午後は休診だが、路彦は入院している犬猫の治療で忙しい。

「大丈夫ですか？　何か妙な声が聞こえましたが」

「な、なんでもない、です。もう、終わりました」

猫美はあわてて手を振り、うろうろと視線を泳がせる。どう見ても挙動不審だったのだろう。路彦はわずかに眉を上げ、くすっと笑った。

「なんでもないようには見えませんけど。とにかくお疲れ様。いつも突然お願いしてすみませんね。助かります」

「いいえ、おれもやりたいので」

猫の世話は大好きなので、路彦から声がかかるとすぐに飛んできてしまう。少々困るのは、陽平があまりいい顔をしないことだ。前はその理由がわからなかったのだが、やきもちなのだと今は知っているので、病院のヘルプに行くことをなんとなく彼に言いづらい。

今日のバイトのことも、陽平には言わずに来たのだが……。

「今日はもう上がってください。お迎えが来ていますよ」

路彦がやや苦笑気味に親指を外に向けたので、「えっ」と思わず声が出てしまった。

「さすが陽平君、猫美君のバイト日や終了時間をちゃんとチェック済みのようですね。いつも私が夕食に連れ出す前に、ぬかりなく迎えに来てしまう」

なんと答えていいものかわからずあわあわしていると、ずいっと距離を詰められ顔をのぞきこまれた。知的で上品な美貌がちょっといたずらっぽく微笑《ほほえ》んでいる。

「ところで猫美君、君は土屋さんの件以来ちょっと変じゃありませんか？　どこかぼんやりしているような」

「べっ、別に、してないです、よ？」

見るからにうろたえながら裏返った声で言っても、おっしゃるとおり大いに変なのだと白状しているようなものだ。

「そうかなぁ。猫たちも心配そうな顔で君を見てますけど？」

あわてて周囲を見ると、確かに気遣わしげな視線がいくつも向けられている。猫美は頬を赤らめ俯《うつむ》いてしまう。

以前は陽平に対する自分でも把握できない気持ちのことを、路彦に相談してみようかと思ったこともあったが、彼も自分を好きだとわかっている以上もうその話はできない。

「せ、先生、あの……」

そういえば、つき合うかどうかの返事もまだしていなかった。その気がないのなら、やはり早めに断ったほうがいいのではと口を開きかけると、ポンと両肩に手を置かれた。

「君の頭を今いっぱいにしているのが、私だったら嬉しかったんですけどね……。とにかく、君の中ではっきりと気持ちの整理がつくまで、あの返事は保留にしておいてください。もう少し、希望を持っていたいので」

ニコッと微笑む路彦の眼差《まなざ》しは優しく少しだけ切なそうだったが、胸が甘く高鳴ったりはやはりしない。ふわっと浮き立つような感じになるのは、陽平に対してだけだ。

「さぁ、あまり待たせてはいけませんよ。私があらぬ疑いをかけられてしまいます」

行きましょう、と背を押され、ホテルから渡り廊下を通って病院のほうに向かう。裏口で待っていた陽平が、振り向いて手を振ってきた。

「おう猫美、バイトお疲れ。先生にセクハラされなかったか？」

いたって普通。いつもと変わらない軽口と笑顔に、自分だけが妙に意識してしまっているのを感じ猫美はおろおろする。

「してませんよ、まったく。いつもお迎えご苦労様、保護者君」

路彦も普通に笑っている。

「や、お迎えというか、駅前に新しく今川焼の店ができたんで、一緒に食いながら帰ろうと思って買ってきたんですよ。あ、これは先生の分ね。スタッフさんは今日休みだろうと思って、そっちにはせんべい。来週皆さんで食べてください」

そう言って陽平は、二つ持った袋の大きいほうを路彦に渡す。こういう細やかな気遣いが、陽平は昔から行き届いている。会社では営業職だと聞いたが、そのせいもあるのかもしれない。

「これは……いつも悪いですね。おいしそうだ、ありがとう。……猫美君、またよろしく」

「はい、こちらも、よろしく、です……」

《いつでも呼んで》となんとなく言いづらくて、猫美はそれだけ言って頭を下げた。

見送る路彦にそれじゃぁと手を振り、陽平と並木道を歩き出す。あの夏の日以来、こうして二人で並んで歩くときは少しだけ緊張するようになった。

「おまえ、あんことカスタードとどっちがいいんだ？」

猫美の緊張を知ってか知らずか、陽平がのんきに聞いてくる。

「あ、あんこ」

「そう言うと思った。ほら」

紙にくるんだ今川焼を差し出され、受け取る。はむっとかじってみると、懐かしい甘さが口いっぱいに広がって、肩の力がいい感じに抜けた。

「なぁ、おまえもしかして怒ってたりしないか？」

笑顔を消した陽平にやや不安げに聞かれて、今川焼を喉《のど》に詰まらせそうになった猫美は、目だけでなんで？　と問いかける。

「おまえがバイトのとき、俺が頼まれもしないのにしょっちゅう様子見に行くからさ。まぁ、我ながら若干ストーカー入ってるとは思うんだが……さすがにうざいか？」

「ない。それはない」

トントンと胸を叩《たた》きなんとか菓子を飲みこんで、ぶんぶんと首を振る。怒ってもいないし、うざくもない。意識しすぎてしまって普通に接することができず、困っているだけだ。

「そうか。ならいいけど」

陽平は安堵《あんど》したように微笑むと、しばし無言で今川焼をぱくつく。チラッと窺《うかが》った横顔は特にいつもと変わらないが、沈黙が続くとそわそわしてくる。そんなわけはないのに、例の返事を急かされているような気分になってきてしまう。

高校のとき告白されたのを思い出したことを、猫美はまだ陽平に言えないでいた。あのときはごめん、本気だとは思わなかった、と、今さら謝るのもためらわれる。では本気だとわかっていたらつき合ったのか、と聞かれれば、答えはＮＯだからだ。

ただ今は、あのときとまったく気持ちが違ってきている。陽平に好きだと言われキスされて、心がふわふわと甘い感じになっている。だがそれが彼と同じ《好き》なのかどうか、猫美にはまだ自信がないのだ。

「……だったぞ。……って、猫美？　聞いてるか？」

「えっ？」

どうやら話しかけられていたらしい。ハッと顔を上げると、軽く額をつつかれた。

「またぼうっとしてたな。や、こないだ土屋さんにメッセージ送ったら元気そうだったぞって。病休してた仕事にも復帰して、モモともうまくやってるってよ。写真も送ってきた」

今川焼を食べ終えた陽平がすばやくスマホを操作し、ほらこれ、と画面を猫美に向けてくる。そこにはぼやっとした画像のモモが写っている。

「よく見えないね……」

「ブレブレだよなぁ。せっかくの美人が台無しだ」

アハハと笑う陽平につられて、猫美も少しだけ笑った。もっと綺麗《きれい》に撮ってよね、俊夫の下手くそ！　とプンプン怒っているモモの声が聞こえてきそうだ。

「しかし、ホントよかったよ。土屋さん、夏のときは相当メンタル弱ってたから。結果的にあの脱走事件が、二人の絆《きずな》を強くしたんだろうな。鞠子さんも喜んでくれてるだろう」

しみじみとつぶやいて、陽平は嬉しそうに目を細める。

陽平はあれから、たまに土屋と連絡を取り合っているようだ。彼にはそういう、弱い人を見捨てておけない優しさがある。たくさんの人に好かれているのは、きっと誰に対しても親身になれる思いやりを持っているからだ。

特別に意識し始めたからか、最近は陽平のいいところに改めて気づかされることが多い。そしてそんな彼がよりによって自分を好きだと言ってくれていることが、嬉しいというよりも信じられなくて不安になってくる。

「黒崎さんにもよろしくってさ。なぁ、今度遊びに行ってみるか？　モモにも会いたいだろ、おまえ」

「う、うん」

そういえばモモに、陽平は恋人ではないのかと問われたことを思い出した。確かモモは陽平が猫美に《ご執心》に見えると言っていたが、猫から見ても彼の想いはそんなに漏れ出ていたのだろうか。ずっとそばにいたのに、猫美は全然気づかなかった。

またしても今川焼を喉に詰まらせそうになり胸を叩いていると、「ちょっと待ってろ」と近くの自販機に駆け寄った陽平が、お茶のボトルを買って戻ってきた。

「ほら」

笑いながら差し出され、猫美は冷たいお茶で胸につっかえた甘さを流しこむ。視線を感じて顔を上げると、横からじっと見つめられていて心臓がトクンと鳴った。

「猫美……おまえあれからさ、俺に対してちょっとぎこちないよな。もしや、俺といると緊張するか？」

やや切なげな微笑みを向けられ、猫美は焦る。

「そ、そんなこと、ないよっ」

あわてて言い返すが、陽平に下手すぎるごまかしは通用しそうにない。

「や、いいんだよ。無理もないって。あのときは、おまえの気持ちも聞かずにいきなりあんなことしちまって……悪かった。ごめんな」

陽平がキスのことを持ち出すのは、あれ以来初めてだ。ばつ悪そうに頭をかく陽平になんと返せばいいのかわからず、猫美は俯く。嫌じゃなかった、驚いただけだと言わなきゃいけないと思うのに、うまく言える自信がない。

「でも安心してくれ。もうおまえの同意なしに、ああいうことはしないから。あのとき話した俺の気持ちはホントだけど、返事は急かさないし、いつまでもゆっくり考えてほしいと思ってる。だから、あんまり気にせずに気楽に……前と同じようにしててくれないか？」

困ったような苦笑を向けられ、猫美のほうこそ申し訳なくなってくる。あの夜以来、陽平を変に意識しすぎて目もろくに合わせられなくなっていたので、きっと不安にさせていたことだろう。ずっと想ってきてくれた彼に誠意を持って早く答えなくてはと、猫美も少し焦りすぎていたのだ。改めてゆっくりでいいと言ってもらえ、肩の力が抜けた気がした。

「うん……陽平、ありがとう」

小さく礼を言ってそっと見上げると、いつものように髪をくしゃっとされ、「いい返事期待してるぞ」と、冗談めかして片目をつぶられた。

「あ〜、しかし秋はいいよなー」

再び歩き出しながら、陽平が日の落ちかかった空を見上げ伸びをする。

「気候もいいし、秋ってさ、どっかに出かけたくなるよな。なぁ、猫美、来週の週末、紅葉でも見に……」

「行かない」

いつもの調子で即答してしまうと、おそらくその答えを予想していたのだろう陽平は、がっかりするよりむしろ嬉しそうにアハハと笑った。


読書の秋だからかどうかは不明だが、このところ古書店《黒猫堂》の本業のほうもなかなか順調だ。巷《ちまた》の猫ブームも加勢して、《猫本専門》の看板に引かれふらっと立ち寄ってくれる通りすがりの客も多い。最近は裏稼業の依頼も、幸いにしてと言うべきかなかったので、大変ありがたいことである。

「お母さん、この本ほしい！」

お勧め棚に面陳してある、黒猫と少年が描かれた可愛らしい表紙の絵本を手に取った女の子が、目をキラキラさせながら母親にねだりレジに持ってきた。猫美も大好きな絵本だったので、手離すのはちょっと名残惜しいけれど買ってもらえるのは嬉しかった。

「ありがとうございました」

手を振る女の子に自分も振り返し、店先まで見送る。なんと今日は全部で十五冊も本が売れてしまった。いつもは閑古鳥《かんこどり》が鳴いている《黒猫堂》にしては大繁盛だ。

『黒崎の若いの。最近はなかなかの盛況ぶりだな』

足もとから声をかけられ下を見ると、見るからにヨボヨボの薄汚れたサビ猫がなごやかに見上げてきた。

「紋次郎《もんじろう》親分、こんにちは」

おう、とノラ猫は鷹揚《おうよう》に頷《うなず》く。穏やかな風貌《ふうぼう》の中、老いても鋭い瞳は輝きを失っておらず、《無敵の紋次郎》として鳴らしていた若い頃の片鱗《へんりん》がある。

紋次郎はこの地区ではかなり有名な老ノラ猫だ。本当の歳《とし》は不明だが猫美が小学生のときにはすでに店に出入りしていたので、ノラにしては異例の長寿であることは間違いない。

若かりし頃はそれはもう見事な男ぶりで、強くたくましくケンカでは負け知らずだったようだ。まともに睨《にら》み合えば犬もしっぽを巻いて逃げ出したという逸話もある。今は痩《や》せ細ってしまっているが、昔は体も大きくのっしのっしと風を切って歩いていたものだ。

だがこの半年ほどは持病が悪化し、しきりと咳《せ》きこんだり苦しげに息をしたりすることも多くなってきた。すっかり弱ってしまった年寄り猫の紋次郎だが、地域の猫たちの《レジェンド》であることには変わりなく、畏敬《いけい》の念を持って《親分》と呼ばれている。

「体の調子はどう？」

『うむ、暑さが落ち着いてからはだいぶいい。夏も年々暑くなって、年寄りにはこたえるよ』

人間の老人と同じようなことを言って、紋次郎はケホンと咳をする。一度路彦に診《み》てもらおうと猫美が何度も勧めているのだが、紋次郎は病院は嫌だ、と頑として行こうとしない。もっとも診察してもらったところで手のほどこしようがないだろうことは、猫美にもわかっているのだが。

『ところで小耳に挟んだんだが、おぬし最近、何か悩み事があるらしいな』

猫コミュニティの情報は伝わるのが早い。猫美が店先で何度もため息をついたり、う〜んと呻いたりしているのを、気遣ってくれる猫はたくさんいる。その中の誰かが長老の紋次郎に注進したのかもしれない。

「えっと……う〜ん、ちょっと」

曖昧《あいまい》な返事で流そうとしたが、じっと向けられている鋭い古老の目にごまかしは通用しなさそうだ。

『どうだ。一つこの老いぼれに話してみんか。生きてきた年数はそなたのほうが長いだろうが、人生……いや、猫生経験という点では、わしのほうが積んでおると思うが？』

「親分に……？」

猫美は腕を組み考えこむ。確かに、紋次郎の言うことにも一理ある。猫とはいえ、海千山千・波乱万丈の猫生を送ってきた一匹狼《おおかみ》ならぬ一匹猫・紋次郎親分ともなると、そのへんの人間の平凡な一生にひけを取らない稀有《けう》な経験を積んでいるだろう。路彦にも相談できなくなってしまった今、実際人間では話せる相手が思い当たらない。

「親分……聞いてくれる？」

紋次郎は仙人のような瞳で猫美を見上げ『店先で聞くほど軽い話ではなさそうだな』と、自分から店内へと入っていく。猫美はいつもの店番用の古椅子《いす》に座り、紋次郎は来客猫用の台に苦労しながらよいしょと乗った。

「実はおれ……自分の気持ちが、よくわからなくて……」

何からどう話したらいいのかわからずもじもじと語り始める猫美を、紋次郎は澄んだ目で見つめ頷く。なんだか祖母と話しているような気持ちになり、ためらいがちだった猫美の口も軽くなってくる。それに人間相手よりも猫相手のほうが、やはりずっと話しやすい。

たどたどしく、ところどころつっかえながらだが、猫美は紋次郎に陽平とのことを正直に打ち明けた。高校のときの告白事件から始まって、猫屋敷事件からモモ捜索の件。キスされてつき合ってほしいと言われてから、急に意識し出してしまったことまで。

話し出すと止まらなくなり、とにかく一気にすべて吐き出してしまった。

まどろっこしい猫美の話を、紋次郎はたまに深く頷きながら聞いていた。そしてひととおり話し終えた猫美に、ふむ、と一つ大きく頷いてからまず一言、断言した。

『それは恋だな』

「こ、恋……っ？」

自分でも薄々そうではないかと思っていたことでも人に、いや、猫にずばりと言われるとドキリとする。

「恋、なのかな……」

もう一度つぶやいてみる。

『わしにはそのように思えるが』

「でも、相手は陽平だよ？」

『うむ、あの威勢のよい若いのだろう？　わしもよく知っておる。目が合うたびに、体はどうだと声をかけてくるし、町で困った人を見かけると手を貸してやったりもしておる。感心な若者だよ』

紋次郎の目が優しく細められる。

『なるほど。よくこの店に現れると思っておったが、そういうことだったか』

合点がいったとしみじみ頷かれ、猫美は頬を染めてしまう。

「だ、だけど親分、おれも陽平も、男、なんだよ？」

『問題があるのか？　確かにわしら猫は同性同士で夫婦にはならんが、人は違うのだろう？　いろいろな形の愛があるらしいではないか』

猫美もそれは知っている。一応聞いてはみたものの、そのことについては実はあまり抵抗感はない。むしろやはり気になるのは、自分の気持ちが本当に恋かどうかのほうなのだ。

「ほ、本当に、恋、なのかな……。昔からそばにいたから、友だちとして好きっていうことじゃなくて？」

なんとなく違うのは自分でも感じているが、客観的な意見を聞いておきたかった。紋次郎がやけに真面目《まじめ》な顔になる。

『ふむ……それを言うなら、友情と恋愛では一つ大きな違いがあるぞ』

「えっ……その、違いって？」

『その者と交尾したいかどうかだ』

「えっ？　こうび、って……」

『人語で言うところのセックスだな』

ビシッと言われ、猫美は思わずのけぞった。あわあわと言葉を失くす猫美に、紋次郎は表情一つ変えず続ける。

『先ほどの話では、そなた口づけられてふわふわした感じになった、とのことだったな。そのときのことが忘れられない、とも言っておった。それはできればもう一度口づけを、そしてその先もしたいと思っておるということではないのかな？』

紋次郎は大真面目だ。決してからかっているわけではない。

これは自分もちゃんと考えねばと、猫美も難しい顔で再び腕を組む。はたして自分は陽平と、キスやそれ以上のことをしたいと思っているのだろうか。

「う～ん……」

やはり簡単に答えが出せない。確かに、キスされて嫌ではなかった。でも、もっとされたいかというと……。

「よく、わからない」

正直に答えると、紋次郎はなるほどなるほど、とまた深く頷く。

『要するにまだ、友だち以上恋人未満というところだな。はっきりと恋心に変わればわかるはずだぞ。相手を求めずにはいられなくなるだろうからな』

まったく老猫らしくないことを言って、紋次郎はパタパタとしっぽを振る。

「親分も、そういう気持ちになったことあるの？」

祖母から聞いた話だが、若き日の紋次郎はメスにモテモテだったらしいので、さぞ恋愛経験も豊富だろうと逆に質問してみる。

『もちろんだ。若い頃はな、自分で言うのもなんだがかなり浮名を流したもんだわ。地域のメスで、わしの手のついていない猫はいなかったくらいだぞ』

紋次郎はえっへんと自慢げに顎《あご》を上げてから、ふと真剣な表情になりしばし考えこんだ。

『……黒崎の若いの、少し訂正させてもらえんか』

「訂正？」

『真の恋というのは、交尾の欲だけではないな。交尾した後もその者と添い遂げ、一生ともに暮らしたいと思うかどうかだ』

「添い遂げる……一生……」

交尾、のところではいまいち納得いかなかったのが、すとんと落ちた感覚があった。一生、その相手と一緒にいたいかどうか。それだったら、答えは出そうな気がする。

若い頃浮名を流しまくった紋次郎は、しみじみと目を細めている。その表情がとても優しくて、今彼が、昔恋をした相手のことを思い浮かべているのがすぐにわかった。

「親分にも、恋した猫さんがいたんだね」

『ああ、おったよ。一匹だけ、所帯を持って一生ともにしたいと思ったおなごがな』

「その話、聞きたい」

『こんな老いぼれの昔話を聞きたいとは、黒崎の、そなたも酔狂だの』

そう言いながらも紋次郎はどことなく嬉しそうな顔になり、ケホッと小さな咳をしてから静かに語り始めた。

『そのおなごと出会ったのは、わしがまだ血気盛んな暴れん坊の頃だったよ。毎日のようにほかのオスと縄張り争いをし、一度も負けたことはなかった。無頼者を気取って町中を闊歩《かっぽ》しておったがただの粋がっていたガキで、心の中には虚《むな》しいものを抱えておったのよ』

そんなある日、盗みに入ろうと思って近づいた豪邸の窓辺に彼女はいたのだという。名前は《ワカバ》で、とても可愛らしい三毛猫だった。

『愛嬌《あいきょう》のある優しい顔立ちでな。わしを見ても怖がりも逃げ出しもせず、ほんのりと笑いかけてくれたのよ』

——あなた、その前脚ケガしてるね。大丈夫？　痛そうよ？

そう言って、ワカバは見るからに凶悪な面相のノラの紋次郎を心配してくれたのだそうだ。これまで家猫のメスはすべて自分を見ただけで一目散に家の奥に逃げこんでいったので、紋次郎は驚き、おっとりとした雰囲気のワカバに惹《ひ》かれた。

『わしはそれからその家に通って、窓越しにワカバと話をするようになった。ワカバはいつも窓辺に座って、わしのことを待っていてくれた。彼女は好奇心旺盛《おうせい》でな。外の世界のことをいろいろ知りたがった。わしの武勇伝を嬉しそうに聞いてくれて……そうこうしているうちに、互いに想いを寄せ合うようになったのよ』

その頃、ワカバは初めての発情期を迎えていたらしい。去勢手術の日程が決まったと不安げなワカバから聞き、紋次郎はワカバを連れ出すことを決めた。彼女と一生離れたくないと思ったからだ。それはほかのメスには感じたことのなかった、深く激しい想いだった。

『わしは飼い主の目を盗んでワカバをおびき出し、ともに遠くに逃げた。家猫のワカバは体力がなかったが、文句ひとつ言わずついてきてくれたよ。それからわしらは結ばれて、三匹の子が生まれた。その頃が、わしの猫生でも一番幸せな時期だったな……』

紋次郎は穏やかな口調で空を見上げる。それはとても、優しい眼差しで。

『わしはワカバと子たちを養うためになんでもやった。ほかのオスが寄りつかないねぐらを見つけて、家族のために食料も調達した。……だが、ワカバはもともと大切に飼われていた家猫だ。わしの運んでくるエサも体に合わず、だんだんと痩せていったのよ』

それでもワカバは毎日笑っていたそうだ。子どもたちを可愛がり、出かけていく紋次郎のことを気遣った。優しくておっとりした性格はいつも変わらなかったという。

『だがある日、ワカバがいきなり熱を出して倒れてな。意識のない状態になった。わしはあわてた。どうすればいいかわからず途方に暮れて、初めて人間に助けを求めた。そなたの祖母にな』

「おばあちゃんに……！」

『晴江とはそれまでも、何度か話をしたことがあった。会うたびに《紋次郎、あまりやんちゃするんじゃないよ》などと説教めいたことを言ってくる、うるさいヤツだと思っていたが、いざとなったら助けてくれる人間だということは知っておった。わしの話を聞いて、晴江は夜中なのにすぐにねぐらに飛んでいき、ワカバを病院に連れていってくれた』

幸いワカバは一命を取り留めたが、相当弱っており予断を許さない状態だった。

──紋次郎、どうする？　ワカバと子どもたちのことはあんたが決めなさい。一家の主《あるじ》なんだから。

一方的に紋次郎からワカバを取り上げたりせず、祖母はそう言ったそうだ。紋次郎は考えた。考えて、考えて、悩み抜いた末に決断した。

ワカバと子どもたちを、もとの家に帰すことを。

「親分……」

そのときの彼の心境を思うと胸が痛み、猫美は言葉を失ってしまった。静かな瞳で空を見ていた紋次郎は、すっと目を伏せ俯いた。

『ねぐらに連れて帰っても、ワカバはまた無理をして同じように倒れるだろうと思ったのよ。もとの家に帰ればきっと、ワカバも子らも安心して元気に暮らせる。……ワカバと出会う前は自分のことしか考えていなかったわしが、自分のことより家族の幸せを優先した。それに気づいたとき、嬉しかったよ。ワカバと出会うまでずっと抱えていた虚しさが、いつのまにかどこかにいってしまっていたのでな』

紋次郎はワカバと子どものことを祖母に頼み、家族に別れも告げずそのまま旅に出た。

それでもどうしても会いたくなり二年経って戻ってきたとき、祖母からその後のことを聞かされた。ワカバと子たちは前の飼い主に迎え入れられ元気で暮らしていたが、半年前に、飼い主家族とともにどこかに引っ越してしまったのだという。

――私もあれ以来ワカバと話す機会がなかったんだけど、いつも窓辺に座って外を眺めてる姿は見ていたよ。

祖母はそう言って、紋次郎を慰めるように優しく撫でたらしい。

話を終え、じっと瞳を閉じていた紋次郎が急に激しく咳きこみ始める。苦しそうだ。

「親分っ、大丈夫？」

猫美が水を入れた器を差し出すと、ぺしょぺしょと飲んでほうっと深く息をついた。

『ああ、大丈夫だ、ありがとう。……黒崎の若いの、感謝するぞ。老いぼれの昔話を聞いてくれて』

「ううん、おれこそ、ありがとう」

ワカバや子猫たちと別れる決断をしたとき、紋次郎はどんなにつらかっただろう。それでも彼らのために、その悲しみを耐えてみせた。

自分より相手のことを考えられる――猫でもそういう恋愛をするのか、と猫美は感動していた。そして、それが恋というものなんだ、としっかりと胸に刻んだ。

『お迎えが近いせいだろうか。最近よく、夢に若い頃のワカバが出てくるんだよ。出会った頃のように、ほんわかと笑っていてな。わしが何も言わずに旅に出たのをさぞ恨んでいるだろうと気にしておったから、笑顔のワカバと夢で会えるのは嬉しくてな』

（恨んで……？）

そうだろうか、と猫美は首を傾《かし》げる。聞く限りにおいてはワカバも紋次郎のことを深く想い、過酷な環境でも一緒に暮らせて幸せだったように思える。それならきっと紋次郎の悲しい決意のことを理解して、恨んだりしてはいないのではないか。

「親分、ワカバが今どうしているかは、わからないの？」

『さあなぁ。飼い主家族が引っ越してもう十五年以上経つでな。あれも年だし、すでに先立ってしまっておるかもしれん』

紋次郎はもう一度空を見上げる。

「おれ、捜してみる」

言葉が自然に口をついて出ていた。紋次郎が珍しく驚いた顔で猫美を見る。

『なんと？』

「ワカバがどうしてるか、おれも気になる。生きてればきっと、親分のこと覚えてると思うし。親分の気持ち、伝えたい」

『若いの……そなたが迷い猫の捜索を生業《なりわい》にしておるのは知っておるが、見てのとおりわしは老いたノラ猫、一文無しだ。礼金は支払えんぞ？』

「それは、もうもらった。れ、恋愛相談と、引き換えだよ」

頬を赤らめ俯く猫美をまじまじと見て、紋次郎がほっほっと少し笑った。

『おぬしは、晴江によく似ておるな』

「えっ？」

祖母に似ていると言われたのは二回目だ。最初にそう言ってくれたのは陽平だった。

――猫美は晴江ばあちゃんに似てるな。一緒にいると、なんか和んでくるところがさ。

すべてにおいて祖母とはまるで似ていないという自覚があった猫美はびっくりする。

「おれ、おばあちゃんに似てる……？」

『うむ、似とるよ。わしら猫のことを親身に思って、一生懸命になってくれるところがな。晴江はいい跡継ぎを持った』

信じられないくらい嬉しい言葉に胸が詰まった。

「親分……ありがとう」

『礼を言うのはこちらのほうだ。……では、頼んでもいいかい？　ワカバや子らが元気でいたとわかれば、わしも安心してあの世へ行けそうな気がするよ』

「任せて。とりあえず、ワカバが前に住んでた家とか、いろいろ教えてほしい」

紋次郎の記憶ははっきりしていた。ワカバの飼い主の家やその他の必要な情報を聞き取り、猫美はしっかりとメモを取った。まずは、飼い主の引っ越し先を捜すところからだ。

『若いの。何しろ昔のことだ。無理はしないでいいぞ』

「大丈夫。人間からすればそんなに昔じゃないよ。あと……陽平のことも、ありがとう。おれ、もっとちゃんと、どうしたいか考えてみる」

最後の一言は照れくさくて、もじょもじょと独り言のようになってしまった。紋次郎はよいしょと台の上から下り、励ますように猫美の脚を前足で叩いた。

『恋愛に真剣に悩めるのも若い者の特権だ。悩む時間を楽しむのもまた一興。がんばれよ』

短いしっぽを左右に振ってヨタヨタと店を出ていく後ろ姿が視界から消えるまで、猫美は店先に出て見送っていた。

＊

「猫美！　引っ越し先わかったぞ」

意気揚々と店に飛びこんできた陽平に、猫美は「えっ！　もう？」と驚きの声を上げた。早すぎる。ワカバのことを相談したのは、ほんの三日前なのだ。

ちょっと得意げに胸を張る陽平は、今日はやけにご機嫌だ。

三日前の水曜日、紋次郎から話を聞いた日の夜、会社帰りの陽平がたまたま店をのぞいてくれた。紋次郎に《恋だ》と断言され、姿を見ただけで落ち着かない気分にはなったが、そのときの猫美の頭の中はむしろワカバのことでいっぱいだった。どうしようかと思っていたところにちょうど陽平が現れたので、思い切って相談したのだった。

ボランティア案件なので今回は一人でがんばるつもりだったのだが、猫美だけだと何しろ要領が悪い。それに紋次郎の体調を見る限り、そう時間もかけてはいられないと思ったのだ。

話を聞いた陽平は、ワカバの捜索に快く協力を申し出てくれた。たまに見かける紋次郎が最近すっかり弱っていることに、彼も胸を痛めていたらしい。

――ワカバは親分を恨んだりしてないだろ。むしろ、向こうも気にしてるんじゃないか？

陽平も自分と同じ意見だったことが、猫美は嬉しかった。

――よし、とりあえずまずは、ワカバの飼い主の引っ越し先の特定からだな。人間相手のあれこれは俺に任せろ。

そう言って陽平が親指を立ててから、まだ今日で三日目。役所だって赤の他人に個人情報を明かしてはくれないだろう昨今、時間がかかることを覚悟していたのだが……。

「わかったの？　引っ越し先が？」

思わず確認してしまうと、おう、と陽平は頷く。

「といっても、簡単だったんだ。もとの家に今住んでるのが、飼い主の息子さんご夫婦でさ。ワカバを飼ってたのはご両親だそうだ。で、事情を話したら快く、引っ越し先の住所を教えてくれた」

「すごい……」

こういうときの彼は本当に頼りになる。いきなり訪問した見知らぬ若い男が、猫に会いたいのでご両親の住所を教えてくださいなどと言ったところで、怪しまれるのが普通だろう。けれど陽平には初対面の人を信用させる、持って生まれた人徳のようなものが備わっている。

「その引っ越し先がすごいぞ。なんとなんと、星《ほし》が湯《ゆ》温泉町だ！」

聞いて驚けとばかりに弾んだ声で言われたが、猫美には《なんと》が二つもつく意味がわからない。ただその町がバスで二時間のところにある、小さな温泉町だということは知っている。全国的な知名度は低いが、いい湯が出るということで県内ではそこそこ有名で、一年中観光客でにぎわっているらしい町だ。

祖母も、確か町内会のバス旅行で友だちの老婦人たちと一緒に、星が湯温泉に一泊旅行に出かけたことがあった。土産《みやげ》の温泉まんじゅうを食べながら、星空を見上げて入る露天風呂《ぶろ》の話を祖母から聞き、それは気持ちよさそうだなと思ったのを覚えている。

いずれにせよ、そんな遠くまでは半ひきこもりの猫美は行けそうもない。ワカバと直接話すのは無理そうかな、と腕を組んでしまうと……。

「ついでに電話もつないでもらえて、ご両親とも話せた。ワカバに会いたいならいつでもどうぞ、歓迎します、とのことだ」

「ええっ？」

陽平はさらに得意げに人差し指を立ててるが、猫美は思わずのけぞってしまった。普通の感覚では《近場》なのかもしれないが、猫美の感覚では星が湯温泉町はとてつもなく遠い。それにそんな遠方まで、出張旅費も払えないのに陽平に同行してほしいと頼むわけにはいかない。さすがにそこまで迷惑はかけられない。

「おまえ、もちろん行くだろ？　行くよな？」

あわあわしているところに、当然のように畳みかけられる。なぜかキラキラと瞳を輝かせている相棒は、少なくとも《迷惑だ》とはまったく思っていないようだ。

「安心しろ。星が湯温泉なら俺の車であっという間だ。ただ心配は、紅葉シーズンで宿が取れないんじゃないかってことだったんだが、日頃の行いがいいせいだろうな。たまたまキャンセルがあったところにするっと入れたんだよ。休日だと混むと思って、急だけど来週の木曜に一泊で予約した。おまえ大丈夫だろ？」

俺も有給出しとくわ、とかご機嫌でまくしたてる陽平に「と、泊まるのっ？」と、あわてて聞き返してしまう。陽平は、当たり前だろ？　とでも言いたげに瞳を見開いた。

「そりゃあな。だって、考えてみろよ。星が湯温泉までは大体二時間だろ。着いて昼飯食って、その後飼い主さんの家に行ってなんだかんだで一時間以上はお邪魔するとして、帰りは多分渋滞にひっかかる時間になるよな。まぁ、日帰りでも行けるだろうが、ドライバーとしてはちょっときついよな〜」

それを言われると、猫美はうっと呻いて黙るしかない。毎回たいした協力料は受け取ってもらえていないが、何しろ今回はただ働きなのだ。

しょぼんと肩を落とすと、陽平がアハハと笑った。

「冗談だよ、冗談。だけど、いいだろ？　行楽の秋だしうまいもの食って、温泉入ってゆっくりしようぜ。や、もちろんメインはワカバの件だけど、がんばってる俺たちにたまにはごほうびってことで」

「ごほうび……？」

ピンとこない。旅行自体に行ったことがなく、そのよさがわからない猫美は内心首を傾げてしまう。だが、旅行から帰ってきた祖母の満ち足りた顔を思い出すと、そんなにいいものなのかな、と気にはなってくる。

しかし冷静になってみると、旅行なんてやはり自分には贅沢《ぜいたく》だ。両親と祖母の遺してくれた金とわずかな売り上げと猫捜索の依頼料で慎《つつ》ましやかに暮らしている猫美にとっては、旅館の宿泊費は予定外の大きな出費になる。

猫美が何を心配しているのか即座に察した陽平が、安心しろと片目をつぶる。

「ちなみに金のことは心配するな。これは俺からの礼だと思ってくれ。ほら、春に猫屋敷につき合ってくれただろ。その礼」

「えっ、でもあれは、おれも行ってよかったし……」

「いやいや、そもそもは俺が頼んだんだから。なぁ、断るなよ。これは俺の自己満足だ。一応これでもおまえより稼いでるからな。旅行くらいおごらせてくれ」

そこまで熱心に言われてしまっては、陽平のやけにご機嫌な様子に水を差すのも気が引ける。貴重な体験になりそうだし、何よりもゆっくりワカバに話を聞きたいし、ここはありがたくおごられようかと頷きかけてから、猫美ははたと重大なことに気づいた。

(陽平は……まさかおれと、こ、交尾、するつもりじゃ……?)

互いに好きな者同士が——もっとも猫美のほうはまだ気持ちがはっきりしていないのだが——旅行をするというのは、そういうことなのではないか。今後は猫美の同意なくキスしたりしない、とは言っていたが、ここで頷いたら同意したと見なされるのでは……。

頻繁に出入りはしていても、陽平が猫美の家に泊まっていったことはまだない。彼と一つの部屋で枕《まくら》を並べて眠ることを考えただけで急に心臓がドキドキしてきて、猫美は焦る。

「どうした、猫美？　……あー、そうか」

よほど挙動不審だったのだろう。そわそわし出す猫美をまじまじと見てから、陽平はポンと手を打ち苦笑した。

「それは、大丈夫だ。よからぬことは一切考えてない。部屋は一部屋しか取ってないが、おまえを押し倒したりしないよ。晴江ばあちゃんに誓う」

陽平は厳粛な顔で言って、右手を上げ宣誓のポーズを取る。頭の中をのぞかれてしまった気がして、猫美の頬はますます熱くなる。

「べ、別にあのっ……おれ、そんなことは……」

あわてて言い訳しようとするが、陽平には読まれてしまっており笑い飛ばされた。

「ごまかさなくてもいいって。そりゃ心配するよな。でも安心してくれ。先生にも抜け駆けみたいで悪いとは思うが、今回は純粋に友人同士の旅行ってことでいこう」

カチコチになっている猫美の肩をポンと叩き、陽平は明るく言った。そして、かっこいい顔をいきなり猫美の耳に近づけてくる。

「そりゃー俺としては、いつかは特別な旅行をおまえとしたいとは思ってるよ。そこは忘れないでくれよな」

髪をくしゃっとやってすぐに猫美から離れるその顔は、一瞬の甘さを消していつもの彼のものに戻っている。

「あ〜、俺も温泉旅行久しぶりだわ。目いっぱい楽しんでこような」

紋次郎親分にも感謝しなきゃ、などと舞い上がっている陽平を横目で見ながら、猫美は破裂しそうな動悸《どうき》を胸をさすって落ち着かせなければならなかった。

＊

「いや～、日頃の行いがいいと大気にも恵まれるな！」

陽平が晴れやかな空に向かって大きく伸びをする。その先には、紅葉の赤や黄色で華やかに化粧した山並みが見えている。日常から離れた美しい景色の数々を心のアルバムに保存するのに忙しく、猫美は先ほどから目をきょろきょろさせている。吸いこむ空気もいつもと少しだけ違う。山に近い高所なので格段に澄んでおり、そして、なんともいえない独特の香りが混じっている。陽平の解説によると、これが温泉地特有の匂《にお》いなのだそうだ。

「猫美、大丈夫か？　疲れてないか？」

「だ、大丈夫だよ」

いつものように気遣ってくる相棒に、うんうんと二回頷く。実際、疲れを感じる余裕がなかったというのが正直なところだ。

いつもよりちょっと早起きして陽平の運転する迎えの車に乗り出発。途中、行楽シーズンの渋滞にひっかかったが、十時半には星が湯温泉町に無事到着した。武家屋敷を思わせる旅館は無知な猫美にもランクが高いとわかる立派なたたずまいで、一泊いくらなんだろうと今さらながら心配になってきた。

せっかくだからちょっと奮発しちまったよ、と照れくさそうに笑う陽平に引っ張られ、百人の小人が毎晩せっせと手入れしていそうな整えられた庭園を抜けて玄関を入ると、そこはまた古風な雰囲気の素敵なロビーになっていた。たとえ日本一高級な旅館であろうと物怖《ものお》じしないだろう陽平はフロントで手早く手続きを済ませると、旅行バッグを預けて猫美を観光に連れ出した。部屋に入れるのは二時からだし、ワカバの飼い主である北山《きたやま》邸を訪問するのも昼過ぎの予定なので、まだ時間があったのだ。

星が湯温泉町はその名のとおり温泉が有名だが、特に観光名所があるわけではないようだ。山の景色は見事だが、登山道が整備されておらず登るのは禁止されているのだという。結局見るべき場所といっても、駅前から百メートルばかり続く土産物店街と、鄙《ひな》びた温泉街の風景だけということになる。

けれどそれだけでも、猫美にとってはすべてが新鮮で刺激的だった。そして、日本中のあらゆるところに旅行している――出かけるたびにその地の土産を買ってきてくれていた――陽平も、見るからに楽しそうだ。こういってはなんだが、目立った特徴があるわけでもない土産物店を流して歩いて、何がそんなに楽しいのだろうと首を傾げそうになる。

とはいうものの、猫美もいつもよりややテンションが上がっていた。考えてみると猫捜索以外で陽平と遠出し、こんなふうに見慣れない町をのんびりと歩くのは初めてだ。外に出るのも歩くのも基本的に好きではない猫美だったが、こうして陽平と適当にだべりながら散策するのは確かに楽しい。

「お、猫美、これめちゃめちゃ可愛くないか？　ヒデヨシのベッドに敷くのに買っていってやるかな」

丸文字で《ほしがゆ温泉》と書かれた極彩色の変顔猫柄クッションを指して、陽平が弾んだ声を上げる。こういってはなんだが、彼はたまにこれはちょっとどうかと思うような土産をくれることがある。菓子や食べ物ならいいのだが、観光地丸出しの大きなタペストリーとか、持ち歩くには大きすぎるお寺のミニチュアのキーホルダーとか。髪型や服と土産選びのセンスは、どうやら別物のようだ。

「う、うん……で、でもおれ、こっちのほうが喜ぶと思う」

一泊だけの旅行ということで、ホテルに入るより家でおとなしくお留守番を選んだいい子のヒデヨシのために、猫美はその隣の地味な可愛い丸クッションを勧める。キジトラの柄に優しい黄緑色が似合いそうだし、ほっこり系の猫柄も可愛い。もっともヒデヨシは極彩色のほうでも、陽平が買ってくれたものなら《ありがとね》と喜ぶだろうが。

「そうか？　うん、おまえが言うなら間違いないな。よし、こっちにするか。あと、木佐貫先生にも忘れずに何か買っていこうな。……どんな顔するか楽しみだ」

ニヤニヤしながら土産を物色する陽平は、ちょっと悪い顔をしている。きっと猫美と旅行に行ったことを、土産を渡しがてら自慢するつもりなのだろう。路彦にどうやって言い訳しようと悩みつつ、いや今回は猫関係の調査も兼ねた友人同士の親睦旅行なのだから、と自分に言い聞かせる。

　ヒデヨシ用のクッションのほかに、路彦と病院スタッフには無難に温泉まんじゅうを買い、自分たちの分も同じまんじゅうをひと箱買って土産物店街を出た。シーズンなので平日とはいえ観光客はそこそこいて、人波に慣れていない猫美は無意識にホッと息をついた。

「猫美、そろそろ疲れただろう。その角曲がったところにいい店あるから、そこで休憩しよう」

　陽平がポンと背を叩き、猫美を促した。

　そういえば、と猫美はふと思う。まったく知らない土地なのに、着いたときから陽平はスマホも見ずにスムーズに移動している。旅館から土産物店街へ行く道もかなり入り組んでいてわかりづらかったのに、すいすいと一度も迷わずたどりついていた。

「陽平は、この町に来たことあるの？」

　素直な疑問を口にすると「いや、ないよ」と首を振る。

「近場だからいつでも来られるだろうって思ってて、かえって来なかったたっていうのもあるかもな。それにここ、わりとお年寄りの保養地ってイメージあったし」

　確かに道行く観光客も高齢者が多い。なかよさそうに寄り添い歩く老夫婦の姿になんとなく胸がほっこりする。猫だけれど、紋次郎とワカバを重ねそうになる。

「お、あったあった。あの店だ」

角を曲がって陽平が指差した先を見ると、《星が湯プリン》と書かれたのぼり旗が見えた。緋毛氈《ひもうせん》をかけられた縁台がいくつも出ていて、数人の観光客が座っている。手にしたガラスの器に乗っているのは、プルンとした黄色いプリンだ。

「ほら、座れ座れ。すいませ〜ん！　プリン二つお願いします！」

縁台に猫美を腰かけさせ店内に向かって指を二本立てながら、陽平も隣に座ってくる。

「結構うまいみたいだぜ。おまえ絶対好きだろうから、連れていこうって決めてたんだよ」

ニコッと笑いかけられ、胸がきゅんと音を立てた。

「し、調べておいてくれたの……？」

やっとわかった。移動がスムーズだったのも、猫美が好きそうな店をすぐに見つけてくれたのも、あらかじめ下調べをしておいてくれたからなのだ。確かに陽平は昔から、ざっくりした大らかな性格でありながら、繊細で細やかな心遣いのできる男だった。

「あ、いや、まぁな。効率的に時間使いたかったからさ」

と照れ気味に頭をかくが、道に迷って猫美を疲れさせないため、休憩の甘味店まで調べて導いてくれたのは間違いなく、猫美の心はほんわかと温かいものに包まれる。

礼を言おうと口を開きかけたとき、お待ちどおさま、とプリンが二人の前に置かれた。

とてもおしゃれなガラスの皿に乗ったドーム型のプリンの上に、トロリと香ばしいカラメルソースがかかっている。見ているだけで舌がとろけそうな魅力的なスイーツだ。

「どれどれ……ん、うまい！」

スプーンで大きくすくって口に入れた陽平が感嘆の声を上げる。たまらず猫美も一口いただくと、舌の上で優しい甘さがとけて思わず笑顔になった。

「おいしい！」

「うまいよな」

そのまま無言で甘味に舌鼓を打っていると、高校のときのことが思い出されてきた。

当時、陽平は大体月に一度のペースで放課後猫美を摑まえ、甘味の店に連れていきおごってくれた。あんみつとかパフェとか、何を頼むのかはその日の彼の気分次第だったが、駅前の甘味店のメニューはどれもおいしかった。悪いのでたまには自分もおごらなくてはと猫美も思っていたのだがなかなか言い出せず、財布を出すのはいつも陽平だった。

特に会話が弾むわけでもなく、《おいしい》《うまいよな》と言いながら黙々と食べるだけなのだが、猫美はその時間が楽しみだったのだと今になって思う。

高校の頃までは陽平がなぜ自分に構ってくるのかわからなかったし、誘われるたびに何か思惑があるのではとビクついていた。なので甘味店に連れていかれるときも緊張していたはずなのだが、同時にふわっとした心地よさを覚えていたのも思い出す。《うまいか？》

と微笑みかけられると胸が変にときめいて、ろくに返事もせず頷くことしかできなかった。

だがいつしか陽平は、猫美を甘味の店に連れていかなくなった。

(そうだ……確か、告白されてから……)

その後の態度はまったく変わらなかったけれど、それまでのように《行くぞ》と言って、猫美の返事も聞かず引っ張っていくことは二度となくなった。

放課後、猫美は校門の陰でこっそり陽平を待っていた。部活が終わる時間まで、根気強く待ち続けた。今日こそおごろうと、財布には余分にこづかいを入れて。けれど陽平は友だちと笑い合いながら、猫美に気づかずに通り過ぎていってしまった。その背中を見ながら感じていたのは、そこはかとない寂しさだったかもしれない。

「陽平……甘味の店……」

「ん?」

「いつからか、行かなくなったよね」

思い切って言ってみると、陽平は何のことかすぐにわかったようで困り顔で苦笑した。

「あー、そうだったな。おまえにきっぱり振られたからさ。エサで釣ろうとしてるのかって思われるのが嫌だったんだよ。まぁ、それまでもそういう下心がなかったとは言えないんだが、それだけじゃなくて……おまえと一緒にいるのが楽しかったんだ、俺は」

陽平はしみじみと言って目を細める。当時のことを思い出しているのかもしれない。

「俺一人で勝手に、デートしてるような気分になってたんだよな。おまえには迷惑だったろうが。ホント言うと振られてからも、それまでどおり誘いたかったよ」

ハハッと笑い、陽平はコツンと拳《こぶし》で猫美の頭をつついた。

本当は、誘ってほしかった。どうしてあのとき言えなかったのだろう。猫美から、甘味の店に行こうと。今日はおごるからと。勇気を出して言えていたら、何かが変わっていたかもしれない。

食べ終わった皿にスプーンを置くカランという涼やかな音が心を震わせ、少しだけ勇気が湧《わ》いてきた。今さらだけれど。

「陽平……」

「ん？」

「おれも、楽しかった」

「えっ？」

陽平は意外そうに目を見開いた。本当に嫌がられていると思っていたのが、その表情からわかる。言葉にしないことで誤解されていることが、もしかしたらまだほかにもあるのかもしれないと、そのとき猫美は思った。

「ここは、おれにおごらせて」

言えなかったことを、やっと言えた。七年ぶりだ。

陽平は猫美をまじまじと見てから嬉しそうに破顔した。

「じゃ、たまにはおごられるかな。でも、次はまた俺がおごるぞ。今日のお礼だ」

「じゃ、じゃあ、その次はおれ。お礼の、お礼で」

「そしたらそのお礼はまた俺が……って、キリないよな」

二人で一緒に笑った。きっとこんなふうに、高校生のときも笑いたかった。向かい合って、甘いあんみつを食べながら、一緒に声を立てて笑ってみたかった。

「猫美、サンキューな。楽しかったって言ってくれてさ」

嬉しそうに目を細める陽平に髪をくしゃっとされる。猫美も嬉しいはずなのに、なぜか胸が詰まって瞳が熱くなった。


再び旅館に戻り買った土産を預けてから、二人は北山邸に向かった。目指す家は旅館から歩いて十分の場所だった。おそらく陽平があらかじめそこまで調べて、近い宿を予約してくれたに違いない。

北山家は引っ越す前もなかなかの豪邸だったというが、こちらの家も目を引く素敵な洋館だ。こんな家で大事にされていたのなら、ワカバは結構なお嬢様だったのだろう。

陽平がインターフォンを押して名乗ると、すぐに上品な老婦人が中から出てきた。

「こんにちは。羽柴陽平です。こちらは《黒猫堂》の黒崎猫美です。このたびは電話での無理なお願いを聞いてくださって、本当にありがとうございます」

陽平のそつのない挨拶《あいさつ》に、北山夫人も笑顔を返す。とても優しそうでおしゃれな女性だ。

「お電話ではどうも。北山です。まあ、遠いところはるばるいらっしゃって。羽柴さんと……もしかしてそちらは、晴江さんのお孫さんかしら？」

どこか祖母に似たところのある穏やかな瞳にじっと見つめられて、猫美は思わず背筋を伸ばした。

「は、はい、そうです。晴江は、祖母です」

「あらまあ、じゃ、《黒猫堂》の跡継ぎさんなのね。晴江さんには、ワカバや子どもたちのことでお世話になりました」

丁寧に頭を下げられ恐縮してしまう。

「いえ、あの、こちらこそ……今日は、ありがとうございます」

「ずいぶん昔だけど、ワカバが行方不明になってしまって諦《あきら》めかけたときに、晴江さんが捜してきてくださったのよ。子猫までついてきたから驚いちゃったけど、どの子も本当に可愛くてね」

そう言う北山夫人のとろけそうな顔を見れば、猫好きだということはすぐにわかった。

「今日はわざわざワカバに会いに来てくださってありがとう！　さぁ、お二人とも、どうぞどうぞ」

　促され、夫人に続いて門をくぐろうとしたとき、

「奥様！」

　と、玄関から白いエプロンをつけた若い女性が飛び出してきた。

「雅恵《まさえ》ちゃん、どうしたの？」

　北山夫人は、家政婦さんです、と二人に紹介してから、女性に尋ねる。

「それが、ワカバがまたいなくなって……。ついさっきまで猫ベッドにいたんですけど」

　家政婦の雅恵は困り顔で二人をチラッと窺う。今日はお客さんがワカバに会いに来るから、とあらかじめ聞いていたのだろう。

「あらまあ、また抜け出してあそこに行ってるのね。まあまあ、どうしようかしら……」

　北山夫人が顎に手を当てて首をひねった。

「北山さん、ワカバ、逃げたんですか？　俺たち捜しますよ」

　慣れてますし、と、夫人を安心させるように陽平が笑顔で申し出る。

「ごめんなさいね、せっかく来ていただいたのに。でも、行き先はわかってるんです。いつも同じ場所なので」

「家を抜け出して……同じ場所に……？」

　猫美が思わず聞き返した、脱走した猫が決まって同じ場所に行きたがるのは、そこにな

んらかの思い入れがあることが多いのだ。モモが駐輪場で鞠子の帰りを待っていたように。

「ええ。この家の裏に林があるの、わかります？」

あそこに、と夫人の指差す先に、木々が固まって生えているのが見える。

「あの林の入口から十メートルくらい入ったところにね、大きな岩があるんです。その岩、中がくりぬかれたようになっていて草が生えてるんですけど、ワカバはそこが好きみたいで、たまに行ってるの。日もほとんど差さない薄暗いところなのにね」

北山夫人は困惑顔で首を振る。

「わかりました。俺たちが行ってワカバを連れてきますね。キャリーをお借りしたほうがいいかな」

「あ、それは大丈夫。見つかると帰らなくちゃと思うのか、あの子一人で歩いて戻ってくるんですよ。ごめんなさいね、私は膝《ひざ》が悪くていつもは主人が行ってくれるんですが、今日はあいにく出かけていて……」

「心配しないでください。ただ俺たち知らない人間が行ったら、怖がって逃げたりしませんかね？」

陽平の懸念に、北山夫人はニッコリと笑って首を振った。

「それも大丈夫ですよ。お二人が行っても逃げません。あの子はもう、誰を見ても区別がつかないんです」

「うおっ、結構すごいな。まるで山の中って感じだ。猫美、足もと気をつけろよ」

「う、うん」

林の中は道らしき道がなく、鬱蒼《うっそう》と生い茂る木々が日差しを遮り昼間なのに薄暗かった。必死で目をこらし危なげな足取りで一歩一歩進んでいきながら、猫美は北山夫人の最後の言葉を反すうしていた。

——もうおばあちゃん猫なので、すっかり認知症になってしまって。

「なぁ、猫にも認知症ってあるのか？」

「うん、ある。異常にご飯ほしがったり、徘徊《はいかい》したり」

「人間と同じだな。てことはもしや、紋次郎親分のことも忘れてる可能性あるかもな」

「う～ん……」

ワカバがまだ生きていたと聞いて単純に喜んでいたが、そちらの可能性は考えていなかった。紋次郎にいい報告ができるだろうか。

「お、でかい岩って、あれじゃないか？」

陽平が指差す先に、直径一メートルくらいの丸い岩が見えている。それほど奥まったところまで行かずに済んで助かった。

「ワカバ」

驚かさないように小さめの声で呼んでみるが、動きはない。二人はそろそろと足音を忍ばせながら、岩の後ろ側に回りこむ。

「っ……」

いた。岩の中央、綺麗に丸くえぐられたところに、枯葉が寝床のように敷き詰められている。その上に香箱座りをした丸っこい三毛猫がちんまりとくつろいでいた。まるで日光東照宮の眠り猫のような穏やかな顔で、口もとは微笑んでいるように見える。

「ワカバ……ワカバ？」

猫美がもう一度、静かに呼びかけた。

『はぁい？』

うとうとしていたらしい老猫がパチパチと目を開く。初対面の猫美と陽平を見ても、逃げるどころか警戒する気配もない。

『あら、こんにちは。どちらさま？』

「おれ、猫美。黒崎猫美。こっちは羽柴陽平。はじめまして。今日は紋次郎親分に頼まれて、ワカバに会いに来た」

紋次郎の名を聞いても、その表情に変化はない。『あら、そう』と、ただニコニコしているだけだ。

「紋次郎親分を、覚えてる？」

『えーっと……どなたかしら……。ごめんなさい、最近物忘れがね』

猫美も認知症の猫と話すのは初めてだが、まるっきり人間と同じだ。

「ワカバはどうして、ここに来るの？」

質問を変えてみると、ワカバは、なぜそんなことを聞くの？　と言いたげに首を傾げた。

『あら、それはだって、子どもたちにお乳をあげなきゃ。ここは私のうちですからね』

ほんのりとした顔で言って、ワカバはコロンと横になり自分の腹のあたりに優しい目線を送る。とても慈しみあふれたその目はもしかしたら、もうとうにそこにはいない子どもたちを見つめているのか。

「陽平……ここきっと、ワカバが親分や子どもたちと暮らしてたところに似てるんだ」

振り向くと、陽平も薄々感づいていたらしく、なんともいえないやわらかい眼差しでワカバを見つめ頷いた。

「認知症とはいえ、昔のことをどこかで覚えてるんだろうな」

「ここは、ワカバと家族のうちなの？」

確かめるように聞いてみると、ワカバはちょっと不思議そうな顔で首を傾げた。

『そうねぇ……あら、でもどうだったかしら……。家はちゃんとあるんだけど、ここに来ると家族に会えるのよ』

そう言ってほんわかとした表情になるワカバを見て、猫美の胸は温かいもので包まれる。

『あら……？　あなた方は、どちらさま？』

しばらくほわほわした顔で腹のあたりを見守っていたワカバは、まるで初めて気づいたように顔を上げ聞いてきた。

「おれたち、北山さんのうちにワカバを訪ねてきたんだ。ワカバが元気でいるか、会いに来た」

『あら、そう。じゃあ、お客様ね。家にお連れしないと……どうぞ、こっちよ』

ワカバはふくよかな体をよいしょと起こし、しっかりとした足取りで岩穴を出てスタスタと歩き出す。

「おい、なんだって？　帰るって？」

「うん。案内してくれるみたい」

迷わずスムーズに林を抜け、ワカバは北山邸に二人を先導していく。庭では北山夫人がそわそわと待っていた。

「まあ、ワカバ！　またあそこに行ってたのね。急にいなくなると心配するじゃない」

『あら、大丈夫よ智子《ともこ》。子どもにお乳をあげに行ってただけだから』

智子というのは北山夫人の名前だろう。ニャ〜と答えるワカバの表情はなごやかで、飼い主といい関係を築いているのが窺える。

『それより、お客様よ。お茶をお出ししましょう』

「ありがとうございます、お二人とも。やっぱりあそこにいましたか？」

「ええ。言われたとおり、岩の中におとなしくしてましたよ。くつろいでたよな？」

「うん。あの……北山さん、お願いがあります」

言っておいたほうがいいだろうと、猫美は真剣な瞳を北山夫人に向ける。

「これからも、ワカバが行きたいときは、あそこに行かせてあげてほしいんです。あそこ、ワカバが昔いたところに似てるみたいなので……」

信じてもらえるかどうか不安だったが、北山夫人は知ってますよ、というようにニッコリ笑って頷いた。

「そうじゃないかと思ってました。もちろん、そのつもりでいますよ」

とても優しいその微笑みに、猫美は心から安堵した。


「本当に、よく眠ってる……」

陽だまりになった居間の窓辺に置かれた猫ベッドに横になり、ワカバはすやすやと寝息を立てている。リラックスしきった安らかな顔だ。北山夫人は起こさないようにそっとその頭を撫でてから、猫美と陽平に向かい合ってソファに座った。

「林から帰ってくると、いつもぐっすりお昼寝なんですよ。最近は一日のほとんどこんな感じで寝ていますね。もう相当なおばあちゃんですから」

もしかしたら私よりもね、と夫人は笑い、二人に紅茶と手作りのベリータルトを勧める。いただきます、と口に入れたタルトは甘味抑え目の上品な味で、とてもおいしい。茶葉の良し悪しにこだわりのない猫美にもわかるほど紅茶も美味で、白で統一されたリビングルームはインテリア雑誌にでも載りそうなおしゃれさだ。

きっと前の家でも同レベルの暮らしだったのだろう。そこで大事にされていたワカバにとって、紋次郎との新居はさぞ過酷な環境だっただろうに、岩の中に座っていたときの彼女はほんわかと幸せそうだった。そこでの家族との生活が、ワカバにとってどんなに大切なものだったのか顔を見ればわかった。

ワカバのことを祖母の墓前に報告したいので、なんでもいいから教えてほしいと頼むと、北山夫人は懐かしそうに語り出した。

「ワカバが脱走したときは本当に心配しました。箱入り娘で、去勢手術の前でしたしね。それはもう必死で捜しましたよ。でも、晴江さんですら見つけられなくて……」

祖母が見つけられなかった迷い猫は数えるほどしかいない。おそらく紋次郎がその猫離れした知略を駆使して、誰の目にも届かない場所にねぐらを作っていたのだろう。

「ふらりと戻ってきてくれないかと待ち続けて、もう駄目かもしれないと諦めかけたときに、晴江さんが捜してきてくれたんですよ。それも、三匹の可愛い子猫つきでね。本当にびっくりしたわ」

そのときのことを思い出したのか、夫人はくすりと笑う。

「ワカバはだいぶ弱ってましたけど、お医者さんに診てもらって体のほうはだんだんと回復してきました。ただね、しばらくは元気がなくてねぇ……」

回復したワカバは、また何度も脱走を試みたという。可哀想《かわいそう》にも思ったが部屋に閉じこめると、一日中窓辺に座り、たまに切ない声で外に向かって鳴いていたらしい。その頃の彼女は、子どもたちのことも忘れてしまったようだったという。

「晴江さんに相談して、何度か来てもらってね。その頃から少しずつもとに戻って、子どもたちと一緒に遊んだりするようになったんです。脱走しようとすることもなくなったけれど、窓から外を見るのは引っ越した後でもずっと続いてるわね。今でもよ」

祖母はきっとワカバに話したのだろう。紋次郎がワカバと子どもたちの幸せを思って旅立っていったことを。そしてワカバはちゃんと、その想いを受け取った。紋次郎の気持ちを理解はしたが、やはり寂しかったのかもしれない。だから窓辺で彼を待ち続けた。一縷《いちる》の望みをつなぎながら。

「北山さん……あの、ワカバ、弱って戻ってきたけど、外でつらい目にあってたわけじゃないんです」

わかってほしいと口を開いた猫美に、夫人は穏やかな笑みで深く頷いた。

「ええ、ええ、そのようね。晴江さんから聞きましたよ。大好きなオス猫さんができて、家族になって暮らしてたのよね」

確信を持っているその様子に、猫美と陽平は顔を見合わせる。《猫がこう言ってました》と伝えても、ほとんどの人はそれを心から信じてはくれないものだが……。

「わかりますよ。だって、あんなに恋しそうな表情で、毎日外を見て鳴いてたんですから。猫にも表情ってあるんですね」

「ああ、わかります。俺も猫飼って初めて、こいつも思ってること結構顔に出るんだなって知って」

「ね、わかるわよね。飼い主ならではの能力っていうのかしら」

「まさしくそれです」

猫飼い同士、夫人と陽平は意気投合して頷き合う。

「私もね、それを知ってからは、ワカバが切なそうに窓の外を見るたびにつらかったんです。でもその表情が、時が経つごとに変わってきてね。安らかな、穏やかな顔になっていったんですよ。それを見て、ああ、ワカバの心にも変化があったのかなって思いました」

「変化……」

「お二人はお若いからわからないかしら。私たちくらいの年齢になるとね、一番輝いていた若い頃に戻りたいっていうよりも、その日々を大切に想い返しながら心静かに余生を送りたいっていう気持ちになるんです。だからきっと、ワカバもそうなってきたのかなってね。そのオス猫さんに感謝して、幸せを祈るような気持ちでね、窓の外を見てるんじゃないかなって」

猫美は深く頷く。きっと夫人の言うとおりだ。ワカバのことを話してくれた紋次郎の表情を思い出す。強面《こわもて》の紋次郎がとても優しい瞳で遠くを見ながら、嬉しそうに語っていた。きっとワカバも同じ眼差しで、窓の外を見ていたのだろう。

「この一年ほどはすっかり認知症になっちゃって。窓の外を見てるときは、なんだか菩薩様みたいな顔だなって思うときがありますね。猫に菩薩様だなんて、おかしいけどね」

ふふっと笑って、夫人はワカバのほうを見た。すぅすぅと寝息を立てているその姿に、なんだか後光が差して見えてくる。

「ところで、ワカバの子どもたちってどうなったんですか？　元気でいるんでしょうか」

陽平が聞いてくれた。そうだ、それも紋次郎にきちんと報告しなくてはならない大事なことだった。

「ええ、ええ、元気ですよ！　雅恵ちゃん、ちょっと、用意しておいたあれを持ってきて」

ちょうどお茶をいれ替えにきた雅恵は、夫人に言われ居間を出ていくとすぐに戻ってくる。夫人が受け取った簿冊のようなものの表紙には、《Ａｌｂｕｍ》の文字があった。

「二匹の女の子は里子に出したんです。里親さんのところから折に触れ写真が送られてきてね。可愛くて全部取ってあるの」

開かれたアルバムの写真を見て、猫美と陽平は思わず声を上げた。二匹ともワカバによく似た丸顔の三毛だ。ほんわかとした癒《いや》し系の顔立ちがとても可愛らしい。姉妹そろってもらわれたらしく、二匹一緒の写真が多い。手書きメモの年月ごとに少しずつ大きくなって、一番最後の写真はワカバそっくりの立派なおばあちゃん猫になっている。

「へぇ〜、可愛いなぁ！」

「ワカバそっくり」

「二匹ともまだ元気よ。きっと長生きの家系なのね」

「ちょっと写真撮らせてもらっていいですか？」

許可をもらって、陽平がスマホに三毛娘たちの画像を収める。紋次郎に見せたらきっと喜ぶだろう。

「あの……子ども、確かもう一匹……？」

「ええ。男の子はね……」

北山夫人はちょっといたずらっぽい笑みを浮かべると、口の脇《わき》に手を当てて振り向き声を張り上げた。

「大福《だいふく》～！　こっちいらっしゃい！」

猫美と陽平が大福っ？　とのけぞっていると、数秒の間をおいて大柄なサビ猫が姿を現した。

「親分っ？」

思わず二人で声を合わせてしまう。眼光鋭い強面。傭兵《ようへい》のようなサビ柄。見るからにたくましく強そうなその猫は、紋次郎の若い頃にそっくりだった。

「大福ちゃん、おいで～。お客様にご挨拶してね」

よく似てはいるが、往年の紋次郎よりさらに一回り大きい。のっしのっしと関取のごとく近づいてきた大福は、うさんくさそうに猫美と陽平を睨み上げる。

『若い男の客とは珍しいな。なんの用だ』

「うわっ、すごい迫力だな……親分より強そうだぞ、こいつ」

確かにものすごい存在感だ。睨みの威力が半端ではない。年齢を考えるとかなりの高齢猫のはずなのだが、いい家で大事に育てられたせいかふくふくとして若々しく、家猫にしては凄味《すごみ》がある。

「この子が残りの一匹の大福です。この子だけは里子に出さずに、うちで飼うことにしたんですよ」

陽平にガンをくれている大福の頭を、北山夫人が愛《いと》しそうに撫で撫でする。

「女の子たちはワカバにそっくりだけど、この子だけ毛並みが違うでしょ？　きっとお父さん猫に似たのね。でも顔の輪郭とか、おっとりした癒しの雰囲気とかは、ワカバによく似てるでしょ？」

おっとりした癒しの雰囲気？　と猫美も陽平も若干顔を引きつらせるが、飼い主というものは自分の猫を愛するあまりときとして盲目になってしまうものだ。もう本当に可愛くてね～、と大福の喉をこしょこしょしてやる夫人の瞳はとろけそうだ。

『お、おい智子、やめ、やめろっ』

弱いところを撫でられてほわんとした顔になりかけた大福はふるふると首を振って逃れ、また二人に対峙《たいじ》する。

『若造ども、答えろ。なんの用かと聞いてるんだ』

「大福、こんにちは。おれ、猫美。黒崎猫美。こっちは羽柴陽平。今日はおれたち、ワカバに会いに来た」

礼儀正しく挨拶すると、大福は『オフクロにだって？』と目を見開いた。

「あら、猫美さんを見てると晴江さんを思い出すわねぇ。晴江さんもそういうふうに、猫たちに丁寧に話しかけてたから」

「猫にも礼を持って接するっていうのが、《黒猫堂》の流儀なんです。これまでも結構この手法で、迷子の猫を見つけたりしてきて……」

陽平が迷い猫捜索の話題を持ち出し、夫人がそれを聞きたがり注意がそれたのを見て、猫美は大福と向き合った。

『俺たち、大福のお父さんに頼まれてきた。ワカバと大福たちが、元気でいるか確かめてほしいって』

猫美の心での語りかけが届いて、大福はさらに驚いた顔になる。

『おまえ、猫と話ができるのか。そうか、あのばあさんの血筋だな。同じ匂いがするぞ』

『うん、孫』

『俺のオヤジとか言ったが、まさか生きてるのか？』

『生きてるよ。大福たちのこと、最近よく思い出すって』

猫美の言葉に大福は感激するどころか、ケッというバカにしたような顔をした。

『俺たちを捨てて旅に出ちまったくせしやがって、今さらだな。あの世で会ったら文句の一つも言ってやる』

『大福、それ誤解。紋次郎親分……お父さんは、ワカバと大福たちを助けたくて、一人で離れていったんだ。ノラの暮らしは大変だから、安心な家で暮らしてほしかったんだよ』

『オフクロも同じことを言ってたよ。けど、俺は知ってるぞ。どうせ、重い荷物を捨てていっただけだろうってな』

憎々しげに吐き捨て、大福は眠っているワカバのほうを見る。

『北山の家に戻されてから、オフクロがどんな思いをしてたか……オヤジのことを思って一日中泣いててな。来もしない迎えを窓辺でずっと待ってたんだ。引っ越してもう絶対に来ないとわかってからも、オフクロは窓辺に座り続けた。もうやめろ、忘れろと俺は何度も言ったが、いいんだと言い張ってな。ここにいると、オヤジと出会ったときのことを思い出すからって』

ワカバは窓辺で、紋次郎はどこかの陽だまりで、同じ風景を胸に描いていたのだろう。たとえ距離は離れていても、そのときの二人の心はきっと寄り添っていた。

『自分を捨ててった男のことを毎日毎日想い続けて、すっかりボケちまっても昔のねぐらに似た場所に出かけてく。まったく哀れなもんだ』

口調は呆《あき》れていても、ワカバを見る大福の目には深い慈しみがこもっている。母のことをずっと心配し、そばで見守ってきた息子の温かい目だ。

だからこそ誤解を解きたいと、猫美はソファから下り、大福の前に膝をつく。

『大福、違うんだ。聞いて』

真剣な猫美の様子に、大福は気圧《けお》されたようだ。訝《いぶか》しげな顔で一歩下がる。

『想い続けてたのは、ワカバだけじゃないんだよ。お父さん……紋次郎親分も同じだったんだ。ワカバは生涯で唯一、親分が恋をした相手だって、おれに話してくれた』

大福は言い返そうと口を開きかけたが堪《こら》え、ムッとしたまま猫美の顔を見返している。

『親分、こうも言ってたよ。ワカバや大福たちのことを、自分のことより大事に思えたのが嬉しかったって。みんなで暮らせた頃が、親分の猫生でも一番幸せな時期だったって。それ、本当だと思う。だって、だって……』

訴える心の声に熱が入ってくる。長年の大福の誤解を、なんとかして解いてやりたい。紋次郎の真心をちゃんと届けるのが、猫美の今回の使命だ。

『だって、そろそろ終わりかもしれないときに思い出すことって、自分にとって一番大切な思い出だろうから。それはきっと、猫も人間も同じ』

猫美の言葉に、大福は目を見開く。

『終わり……オヤジのヤツもかなり年老いて、弱ってるってことか？』

猫美はゆっくりと頷く。大福の顔から険が次第に取れていく。紋次郎だけでなく、大福ももうかなりの老猫だ。まだまだ健康そうに見えるが、猫生の終盤を迎えているのは紋次郎と変わらない。その心境は彼自身にも覚えのあるものだったのだろう。

『若造、それは……本当なんだな？』

『本当だよ』

確認してから、大福はゆっくりと目を閉じる。そのままじっと動かずにいたが、再び目を開けたときは鋭かった顔つきが変わっていた。

『そうかよ……。オヤジは、俺たちのことを忘れてなかったのか……。オフクロの言ったとおりだったんだな。オフクロや俺たちのことを思い出しながら、短い余生を送ってるのか……』

ずっと抱えこんでいたわだかまりが消えたのだろう。大福は見違えるほど穏やかな顔になっていた。伝えたかった大事なことは、ちゃんと大福の心に届いたのだ。猫美の胸に安堵が湧き上がる。

ニャッ、と眠そうな声が聞こえて顔を向けると、ふわぁと大きなあくびをしたワカバが起き上がっていた。大福が近づいていくとほんわかと幸せそうな顔を向け、呼びかけた。

『あら、紋さん』

えっ？　と思わず大福を見る。

『ボケてからは、俺とオヤジを間違えてる。どうやら似てるらしいからな。俺はここのとこ、ずっと《紋さん》だ』

大福は苦笑気味にニャ〜と鳴く。

「この子たちね、とっても仲のいい親子なんですよ。いつも二匹でこうしてるの」

寄り添う二匹を北山夫人が愛しげに見やる。

『ねぇ、紋さん。子どもたち、最近びっくりするほどお乳を飲んでくれるのよ。みんな紋さんに似て元気な強い子に育つね』

『ああ、そうだな。このとおり元気だ』

『紋さんと一緒になれて本当によかったよ。こういう幸せがあるなんて、私思わなかったもの。これからもみんなで、ずっと一緒にいようね』

『ああ、そうだな』

息子に紋次郎を重ねているワカバと、それに適当に合わせる大福。二人ともとても静かで安らいだ顔をしている。家族で岩場にひっそりと暮らしていたときは、さぞ大変なことも多かっただろう。けれどきっとそのねぐらは、小さな幸せに満ち満ちていたのだ。

そしてワカバの心は、今そこに帰っている。自分が一番キラキラと輝いていた、家族で暮らした時間の中に。

頭をすりつけ合うワカバと大福を見ていたら瞼《まぶた》の裏が急に熱くなってきて、猫美はあわてて目をこすった。大きな手がそっと背を撫でてくれる。隣を見ると陽平が、俺にもわかったぞ、という顔で微笑み頷いてくれていた。

『おい、あんた……猫美』

大福が猫美に向かってニャーと鳴く。

『オヤジに伝えろ。もうすぐあの世で会えるだろうが、そのときはまず一発殴らせろって。それから……また家族で暮らそうってな』

そう言って少しだけ口の端を上げる大福に、猫美は涙を拭《ふ》きながら何度も頷いた。何もわかっていないらしいワカバはただほわんとした安らかな顔で、日の光のいっぱい差しこむ窓を見つめていた。

「お〜、いい湯加減！　最高だな、この風呂！」

陽平のご機嫌な声が露天風呂のほうから響いてくる。

「猫美〜、早く来いよ。気持ちいいぞ〜」

猫美は脱衣所でモタモタと服を脱いでいるところだ。

北山邸を辞して旅館に戻り、二間続きの広い部屋に通された後、夕食までまだ時間があるというので部屋つきの露店風呂に入ってみようと陽平が言い出した。

猫美も露天風呂には密《ひそ》かに興味津々だった。祖母が町内会の旅行から帰ってきたとき大絶賛していたからだ。そんなに気持ちがいいものなら、一生に一度は入ってみたいとは思っていたのだが、初めての温泉が陽平と一緒というのはいきなりハードルが高すぎた。

(どうしよう……全部脱いだほうがいいのかな……。え、パンツも……？)

風呂なのだから、やはりパンツも脱ぐのが普通だろう。だが当たり前だが、脱いでしまったら二人とも素っ裸になってしまう。

——交尾したいかどうかだ。

こんなときに紋次郎の助言がよみがえってきて、猫美の頬はかあっと熱くなってくる。

いや、大丈夫だ。陽平は今回の旅行では手は出さないと約束してくれている。猫美だけ変に意識していたら、逆に何か期待していると思われてしまいかねない。

「猫美ー？　いるのか？　大丈夫か？」

あまり遅いので心配になったのだろう。気遣う声が届いてきた。

「いますっ。だ、大丈夫、です」

なぜか敬語になってしまいながら潔くパンツを脱いだ猫美は、タオルを念入りに腰に巻きつけ、恐る恐る露天風呂のほうへと出ていった。岩に寄りかかった陽平の背中が見える。自分の貧弱な体とまるで違うがっしりとしたその肩から目をそらしながら、「し、失礼します……」などと口走りつつ、そろそろと風呂に足をつけていく。

「おいおい、なんだよ、そんな遠くに」

陽平が笑う。部屋つき露天風呂といっても畳四畳分ほどの広さがあって、四人くらいは悠々と一緒に入れそうだ。見るからにぎこちなく硬くなりながら、陽平から一番離れたところにちょこんと浸《つ》かった猫美は「ゆ、ゆったりと入ったほうが……」などともっともらしい言い訳を口にする。

「猫美、おまえもしかして、俺に襲われるんじゃないかって心配してるか？」

陽平は身を乗り出し、楽しそうに聞いてきた。猫美はあわてて顔の前で両手を振った。

「そ、そんなっ！　してないっ」

彼のことを疑ったり、怖がっているわけではない。ただ猫美が勝手に妙に意識して、心臓がドキドキしてしまうのが困るだけだ。

「安心しろよ。約束しただろ？　おまえの気持ちがはっきりするまで何もしないって」

陽平はハハハと笑いながらゆったりと伸びをする。

「あ～、しかし疲れ取れるな。おまえ、どうだ？　露天風呂初体験の感想は」

「えっ……」

聞かれて改めて、猫美はカチコチになっていた手足の力を抜き湯の中で伸ばしてみた。そうしてみてやっと、周囲の景色を見る余裕も出てきた。

竹垣に囲まれた広い庭はきちんと手入れがされており、どこからともなく秋の虫の声が届いてくる。秋の日はつるべ落としというがあたりはすでに夕闇《ゆうやみ》に染まって、趣のある灯《とう》籠《ろう》の明かりがやわらかく風呂を照らしている。心休まる風景とともに、じんわりと全身に沁《し》みてくる湯の温かさが強張りを解いていってくれる。

「気持ちいい……」

素直な感想が口をついて出た。

「そうか？」

「うん、すごく」

これは祖母が大絶賛していただけのことはある。やはり食わず嫌いはよくない。何事も経験してみないとそのよさはわからないものなのだな、と猫美は認識を改めた。

「よかった。この風呂だけでも連れてきた甲斐《かい》があったな」

陽平は嬉しそうに言った。

「でも今回はこれだけじゃなく、大いに収穫があったよな。ワカバと大福に会えたし、北山さんの話も聞けたし」

猫美は、うん、と大きく頷く。

「帰ってから、親分に伝えられることがいっぱいあるね」

「親分がワカバと子どもたちをずっと想ってたのと同じように、ワカバたちも忘れられなかったんだよな、家族で暮らした日のことを」

陽平が目を細め、空を見上げる。オレンジから紫に変わりつつある空には、チラチラと星が瞬き始めている。

「北山さんの家での生活は安心だし、もちろん幸せだったと思うけど……ワカバの心で一番輝いてたのは、親分といた頃のことだったんだな」

「うん、大福も、ワカバはずっと、親分のこと想ってたって」

「互いに惚《ほ》れ合ってたんだろうなぁ、心から。十何年も離れてても忘れられないくらいに。認知症になったワカバの頭に残ってたのは、結局その頃のことだったんだもんな」

「ワカバ、すごく安らかな顔してた。あの目……親分と同じ目だったよ」

遠くにいても心は寄り添ったまま、絆を結び合わせていた紋次郎とワカバ。空の上で再会できる日は、きっとそう遠くない。

老猫たちの深い想いに打たれ、二人ともしばし黙して、だんだんと紫色が濃くなっていく空を見上げていた。山に近いせいか、自分の町から見る空とは少し違う。空自体がもっと広く大きく感じるし、星もたくさん見える。とても綺麗だ。

「なぁ……人生の終盤になって思い出す景色ってのは、どの景色だろうな」

陽平が独り言のようにつぶやいた。猫美は首を傾げる。

終盤に至るまでも繰り返し繰り返し思い出して、人生の最期にはあざやかに色づき愛しさと尊さで心を包んでくれる景色。きっとたくさんありすぎて選べないけれど、猫美にとっては陽平がいる景色ではないかとふと思った。

特に今こうして、初めての旅行で一緒に露天風呂に入って、星空を見上げている時間。紋次郎とワカバの一途《いちず》な想いが胸に沁み、自分も大切な人をずっと想い続けたいと感じているこの時は、猫美の人生の中できっといつまでも輝き続けるだろう。

「う〜ん、いっぱいあって選びきれないな」

これまでの人生で最高の景色を考え続けていたのだろう。陽平は首を振って苦笑する。

それはそうだろう。彼にはそれこそ数え切れないくらいの、輝かしい瞬間があったはずだから。けれど、続く言葉に猫美は目を見開いた。

「まずは小坊の頃、おまえを見つけた瞬間。おまえが初めて俺に口利いてくれたとき。笑ってくれたとき。初めて甘味屋に誘えたとき」

陽平が指を折って数え始めたのはすべて、猫美と過ごした時間だった。

「俺が東京行くって言ったらちょっと寂しそうにしてくれたとき。楽しかった景色じゃないけど、晴江ばあちゃんが亡くなったとき。初めて相棒として迷い猫を捜し出せたとき。一緒に桜を見たとき。それと……一方的だけど、キスしたとき」

ありすぎるわ、と笑い、指を折るのを諦めてから、星を見上げてホッと息を吐く。

「けど、やっぱ今かな。こうしておまえと旅行に来て、露天風呂入って星を眺めてる。今日のことは、俺の人生の終わりには欠かせない思い出になったよ」

これまで数々の素敵な名所に出かけたくさんの人と楽しい思い出を作ってきただろう陽平が、この小さな温泉町で猫美とこうして風呂に入っている景色を一番に選んでくれた。そのことに胸がじんわりと温まり、そしてきゅっと優しく締めつけられる。

言わないと、と思った。大事なことは思ったそのときに伝えておかないと、高校のときのようにすれ違ってしまうかもしれない。この口は、猫と話すためだけにあるものではないのだ。

「お、おれも……そうかも……」

「ん？」

声が小さすぎたようだ。距離を取りすぎたこともあり聞こえなかったらしく、陽平は首を傾げて猫美を見る。

「おれも、だよ。きっと、今の景色だ……」

陽平を見て思い切って、もう少し大きな声で言った。今度はちゃんと届いたようで、その嬉しそうな笑顔にホッとする。

「そうか、よかったよ。おまえ露天風呂相当気に入ってくれたんだな。どうだ、旅行もなかなかいいもんだろ?」

ちょっと違う、と訂正したかった。旅行も風呂も星空ももちろんよかったけれど、陽平と一緒でなければ意味がない。けれどどうまく言える自信がなくて、結局唇を震わせるだけで猫美は俯いてしまう。もう少し人間と話す訓練をしてくればよかったと思う。

(だけど……本当だよ)

せめて、心の中でそっと語りかけた。

紋次郎とワカバが人生の終わりにきて互いのことを思い返しているように、猫美も死ぬ前にはきっと今を思い出す。意識があるうちは今日のこの美しい景色を何度も心に浮かべ、いよいよというときには安らいで微笑むだろう。そんな気がする。

「猫美」

顔を上げると、陽平がとても穏やかな微笑で見つめていた。トクンと胸が甘く高鳴る。

「そっち行っていいか？　何もしないから」

迷わず頷いた。今はもう緊張していなかった。むしろ猫美も、彼の存在を近くに感じたかった。空を見上げたままややかしこまり待っていると、湯の流れが変わる気配がして陽平が隣に来たのがわかった。

「なぁ……もしもおまえがこの先、今日のこと思い出すときは、これから言うことも一緒に思い出してくれ」

近くなった声が優しく耳に届く。

「紋次郎とワカバみたいに、俺もおまえをずっと想い続けるよ。この先もしも俺たちが離れることになっても、俺の気持ちは絶対に変わらない。心だけはずっとおまえに寄り添って、一緒にいる」

遠慮がちに、怖がらせないようにそっと、肩に手がかけられる。

「病気で余命わずかになっても、ボケて何もわからなくなっても、おまえのことだけ忘れなければ、俺はきっと幸せだ。生涯一度の恋っていうのは、そういうもんだよな」

一つ一つの言葉が宝石のような輝きを散らしながら、猫美の心の奥まで届く。

陽平と交尾したいかはまだわからないけれど、一生添い遂げたいかどうか、ともに暮らしたいかどうかはわかる。そういうことなら、これはやはり、恋かもしれない。

（やっぱりおれも、陽平、好きかも……）

そうだ。多分、きっと、陽平のことが好きだ。それはおそらく、恋という意味で。

「ハハッ、ちょっとキザだったか？　もしかして引いてるか？　勝手に盛り上がっちまったけど、今のは俺の本心。親分に負けてられないからな。少しはカッコつけさせてくれ」

初旅行記念に、と照れくさそうに笑う声を聞きながら、猫美は返事ができなかった。なんだか泣き声になってしまいそうだったから。

帰ったら、紋次郎に報告することがもう一つできてしまった。自分の《恋》が、少しだけ進展したこと。きっと、紋次郎も喜んでくれるだろう。

「それにしても見事な星空だなぁ」

感嘆の声を上げる陽平と寄り添い空を見上げ、猫美もその得難い景色を心に刻みつけた。

＊

紋次郎に少しでも早く報告したくて、翌朝は早めに宿を発《た》ち午前中には自分たちの町に戻ってきた。

ちょうど昼の休診時間だったので病院に寄り、路彦に土産の温泉まんじゅうを渡した。猫美があわあわするのも構わず、旅行が《めちゃめちゃ刺激的で楽しかった》と思わせぶりにテンション高く報告した陽平に、路彦は苦笑で手を振った。

——いやいや、どうせ幼馴染み同士の親睦旅行止まりだったんでしょ？　顔を見ればわかりますよ。

路彦の悔しがる顔が見たかったらしい陽平は、なんでわかるんだと地団駄を踏んでいたが、猫美は思わず笑ってしまった。

帰りがけに、路彦に猫美だけ呼び止められた。

——二人の仲に大きな進展はなかったようだけど、猫美君の心の中では……もしかしてあったのかな？

長年のつき合いの路彦には、顔を見ただけで何か感じるものがあったようだ。猫美は小さく頷き、そして言った。

——先生、あの話、おれ……やっぱり、ごめんなさい。

路彦とはつき合えない、と伝えた。そういう意味でつき合いたいのは、陽平だけだとわかったから。

路彦は少しだけ残念そうに、それでもどこか嬉しそうに微笑んでくれた。

——そうですね。振られるのはわかってましたよ。私の告白が君たちの背を押すことになったのなら、むしろよかったです。

ありがとう、と猫美は礼を言った。路彦の思いやりが胸に沁みた。

一緒に並んで露天風呂に入って、おいしいご馳走《ちそう》を食べて、並べられた布団にそれぞれおとなしく寝ただけの健全な旅行だったけれど、きっと何かが少しだけ変わった。少なくとも猫美の中では、もやもやした霧の中にあったものがだんだんと見えてきた感じだった。

その後《黒猫堂》に戻ると、二人の帰りを待っていたらしい紋次郎がつくねんと店の前に座っていた。二人は、北山家訪問で知り得たことをすべて詳しく報告した。

ワカバも子どもたちも元気で、幸せでいること。ワカバは紋次郎を恨むどころか、ずっと、今でも恋しく想っていること。今は認知症になってしまったけれど、幸福な思い出の中に生きていて幸せだということ。

紋次郎はじっと動かず、たまに深く頷きながら猫美たちの話を聞いていた。その表情は次第に穏やかになっていき、最後には陽平が撮ってきた家族の写真を見ながら、瞳に涙をにじませていた。

猫美が大福からの伝言を伝えると、紋次郎はこれまで見た中で一番明るい笑顔を見せて言った。

――どうやらわしに似て、負けん気の強いオスに育ったようだな。あの世で会うのが楽しみだわい。

その晴れやかな表情と声に、ワカバたちに会いに行って本当によかったと猫美は思った。陽平もとても嬉しそうに笑っていた。

「よぉ猫美、おはよ！」

翌日の土曜日、店を開けるとほどなくして陽平が現れた。爽やかな笑顔がいつもよりかっこよく見えて、猫美の胸はトクンと甘く高鳴る。

昨日は一人になってから、なぜか急に露天風呂でのことを思い出してしまったりして、一晩中よく眠れなかったのだ。触れてきた腕や、すぐそばにあったたくましい肩、熱い眼差しが夢にまで出てきかけ、あわてて飛び起きては水で顔を洗ったりしていた。はたしてこれはいい変化なのか？　また紋次郎に相談してみようかと、悶々《もんもん》としていたところだ。

「どうだ？　昨夜《ゆうべ》はよく眠れたか？」

さらっと聞かれ、心を読まれたのかと両肩に力が入ってしまう。

「う、うん。ぐっすりと」

とっさに嘘《うそ》をついてしまった。

「そうか。やー、俺は何かあまり眠れなくてさ。おまえとの旅行が楽しくて、いろいろ思い出しちまって……ガキかよって感じだよな」

照れくさそうに頭をかく陽平を見て、ああどうして自分もこういうふうに正直に言えないんだろう、と後悔する。今さら《実は俺も》なんて言っても、気を遣っていると思われるのが落ちだ。

「そうだ、これこれ！　ちょっと見てくれよ」

差し出されたスマホの画面をのぞきこむと、土産に買ったクッションにちんまりと乗っかっているヒデヨシが表示されていた。あまりの可愛さに「わっ」と声が出てしまう。

「気に入ったみたいでさ。こっから離れないんだ。おまえに選んでもらってよかったよ」

黄緑色は思ったとおりキジトラ柄によく合って、ほんのりとした可愛らしさのヒデヨシにぴったりだ。普通にしていても泣きそうな顔が、ほわんと微笑んでいるようなのがとても愛らしい。《ありがとね》という声が聞こえてきそうだ。

「可愛い」

「だろう。早速、先生にも送ってやったよ。大事に保存するって」

とろけそうな顔の陽平は、もういっぱしの親バカ飼い主だ。

「ところで、今日もちょっと親分のところに行ってみないか？　昔のねぐらっていうのがどんなところか気になってさ。ワカバと子どもたちと暮らしてた場所、見てみたくないか？」

「うん、見たい。親分にも、もっといろいろ話聞きたいし」

実は猫美も同じことを考えていたので、嬉しくなって大きく頷く。

昔暮らしていたところを写真に撮って、ワカバや大福、北山夫人にも見せてあげたい。心の中でぼんやりしかけている思い出が、きっとさらに鮮やかになることだろう。

「ＯＫ、行こうぜ。猫美おまえ、親分がいつもどのへんにいるか知って……」

『黒崎の若いの。羽柴の。おぬしら早いな』

「親分っ」

噂《うわさ》をすればなんとやらで、いつのまにか軒先に現れた紋次郎に二人は顔を輝かせる。紋次郎も、今日はとても元気そうだ。体は相変わらず痩せ細り顔もところどころただれているが、表情に活気が満ちている。

『昨日はありがとうな。おかげで昨夜はいい夢が見られた。こんなに清々《すがすが》しい目覚めも久しぶりだ』

「親分、よかった。役に立てて、おれたちも嬉しい」

いつもより張りのある鳴き声で、陽平にも彼が喜んでいるのがわかったのだろう。嬉しそうに頷いている。

「それで、親分。よかったら今日もまた、おれたちに家族の話、聞かせて。できれば、昔暮らしてたところも見せてほしいんだけど」

『うむ。そうしたいのはやまやまだが、できそうもない』

「え……どうして？」

『昨夜ひと晩考えて、決めたんだよ。わしはこれから、ワカバと息子のところに行ってみようと思う』

「えっ！」

「なんだ、どうした？」

いきなり大きな声を出した猫美に驚いて、陽平が横から聞いてくる。

「親分が……これから、ワカバのところに、行くって……」

陽平はハッとした顔になり、まじまじと紋次郎を見つめる。

「親分、本気か？　星が湯温泉までは百キロ近くあるんだぞ？　一体どれだけかかると思ってるんだよ」

『重々承知だ』

「それなら俺の車で行こう。車の中は窮屈だろうが、二時間くらい我慢してもらえば……」

陽平の声にかぶせるように、紋次郎が強く鳴く。拒否の声だ。

『ごめんだね。わしは車は大嫌いだ。あの、キャリーバッグとかいうのも好かん。自分の足で行きたいんだよ』

「む、無理だよ。しかも、その体で……」

言い返そうとした猫美は口を閉ざす。紋次郎の瞳がとても澄んでいたからだ。

『もう決めたことだ。止めてくれるな』

ニャーと鳴いた声は迷いなく、しっかりとしていた。

『大丈夫だ。昨夜それを決めてからは、急に気力がみなぎってきたのよ。女房と息子に久々に会いに行く旅は、さぞ楽しかろう』

そう言って、紋次郎は星が湯温泉町の――西の方角の空を見上げ目を細める。心から期待に満ちた顔で。

いつどうなってもおかしくない体を引きずって、百キロもの道のりを歩き続けるなんて絶対に無理だ。ワカバや大福のところに行きつける可能性は限りなくゼロに近い。紋次郎はきっと、旅の途中で果ててしまうだろう。

けれど、猫美には止められない。なぜなら紋次郎自身も、きっとそのことを知っているのだろうから。その上で、あえてそうしたいと言っているのだから。

「そうか……どうしても行きたいんだな。わかった。気をつけて行けよ」

「陽平……っ」

驚いて見上げると、陽平は静かな微笑みで猫美に頷いた。目を見てわかった。彼も、そのことをちゃんと知っている。

「星が湯温泉町まではこの道をまっすぐだ。日の沈む方角へ進んでいけばいい。大通りは避けろ。危い」

『ああ、そうだな。車には十分気をつけよう』

「親分……ワカバと大福に、よろしくね」

涙声になってしまいそうになるのを、猫美は拳をぎゅっと握って堪えた。笑顔で送り出してやらなくてはいけない。なぜならこの別れは、紋次郎にとって光に満ちた永遠の幸せへと続く門出だからだ。

旅の間中彼はずっと、ワカバと子どものことを想い続けるのだろう。一歩一歩、彼らと距離が近くなるごとに、その笑みを深くしていくのだろう。たとえ途中で足が動かなくなっても、その目に映るのは愛した家族たちの顔なのだ。

いつどこでどうなっても、紋次郎は笑顔で旅立っていけるに違いない。

肩に手が置かれた。いつも猫美を支えてくれる、大きくて温かい手だった。

『黒崎の、本当に世話になったな。そなたはよい跡取りだ。晴江もあの世で誇らしく思っておることだろうよ』

最高のほめ言葉をもらって猫美は頷き、潤んでくる目を拳で拭《ぬぐ》った。

『それと、老いぼれからの最後の助言だ。好きな男の手を決して離すでないぞ。互いの手さえしっかりと握っておれば、この先どんな困難もともに乗り越えられよう』

紋次郎は二人の顔を交互にじっと見つめてから、

『どれ、ぼちぼち発つとするか。今日も旅日和《びより》でいい天気だ』

と、ゆっくりと踵《きびす》を返した。

「親分、気をつけてな！」

「いってらっしゃい！」

送り出す声に応《こた》えるようにしっぽを振りながら、痩せてはいるが力強い足取りの後ろ姿が次第に小さくなっていった。瞳に溜まった涙のせいか、猫美にはその姿がキラキラと輝いて見えた。

紋次郎が視界から消えていったところで、陽平の声が届いた。

「絶対にたどりつけないなんて、誰にも言えないよな」

隣を見ると、彼は清々しい瞳で西の空を見上げていた。

「ずっと想い続けてた親分とワカバだったら、奇跡だって起こせるんじゃないか？　愛の奇跡ってヤツをさ」

おまえもそう思わないか、と猫美に笑いかけるその顔は、確かに奇跡を信じていた。

陽平はやはりすごい。いつだって彼は、物事をいいほうに考える。だからどんな苦しい状況でも、そこには必ず希望があるのだ。

(陽平といれば……いつでも、希望と一緒なんだ……)

「うん、思う」

猫美は頷いた。

「奇跡、あると思う」

繰り返して言いながら、猫美も信じようと思った。紋次郎が無事に星が湯温泉町にたどりついて、この世でワカバたちと再会できることを。

陽平が気持ちを切り替えるように大きく伸びをした。

「さて、親分が旅立っちまったことだし……時間が空いたな。甘味屋に葛餅《くずもち》でも食いに行くか？」

「えっ、こんな朝から？」

「あの店、九時から開いてるんだよ。軽く朝のデザートってことでさ。その後は、ふらっと散歩でもしながらまた戻ってこよう」

「うんっ」

たまには、店を開けるのを少し遅らせてもいいかもしれない。行こうぜ、と促す陽平の隣に並び、猫美は歩調を合わせる。

――決して離すでないぞ。

人生、いや、猫生の先輩の最後のアドバイスがよみがえり、猫美は恐る恐る手を伸ばすと隣の手をそっと握ってみた。

陽平がどんな顔をしているのか恥ずかしくて確かめられず俯いたままでいると、すぐにしっかりと握り返されトクンと鼓動が高鳴った。二度と離れないくらい固く握られ、ぬくもりがやわらかく心を包みこんだ。

◇◆◇　冬　◇◆◇

「ところでさ、おまえ、二十四日の夜は何か予定あるか？」

唐突に尋ねられ、猫美は「うん？」と聞き返した。それまで近所の地域猫の話などしていたのに、なんの脈絡もなく問われ、面食らってしまったのだ。向かい側に座った陽平は、らしくなくそわそわと目を泳がせている。

ボーナスが出たからおごると言われ、誘われた焼肉屋だ。甘味の店や喫茶店にはたまに連れていかれるが焼肉屋というのは初めてで、猫美のテンションはよくも悪くもかなり上がっていた。何しろ、肉がおいしい。安い肉がたまたま手に入ったときなど家でも一人焼肉をするが、店で食べるほうがずっとおいしい。炭火で焼いたものを、その場ですぐに食べられるからかもしれない。

テンションの高い理由はもう一つある。今日は陽平が会社帰りのスーツ姿なのだ。

彼のスーツ姿ならもう何度も見ている。平日の夜でも用事があるときは、ちょくちょく《黒猫堂》に寄ってくれるからだ。そのたびにかっこいいとは思っていたのだが、こうして差し向かいに座り、じっくり眺めるのは初めてだ。

スーツだと普段着よりも一段と大人っぽさが増す。いつもはラフに乱している髪もきちんと整えられて、また違った素敵さがある。本当にこの人は自分の幼馴染みの羽柴陽平か、と疑ってしまいそうなくらいイメージが違うので、いつもの倍ドキドキしてしまっている。

肉はおいしいわ、陽平はかっこいいわで落ち着きがなかったところに突然の質問で、猫美は上カルビを喉に詰まらせそうになった。

「だから、二十四日の夜だよ。予定あるのかって聞いてんの」

相変わらず陽平は猫美と視線を合わせない。忙《せわ》しなく網の上の肉をひっくり返している。

「なんで？」

そもそも猫美に予定があるかないかなんて、陽平がわざわざ聞いてきたことはない。いつも勝手に来て、猫美が忙しければ――ということもほとんどないのだが――勝手に帰っていくし、暇なら、今日は××に行くぞ、というふうに一方的に決めて引っ張っていくのが常だ。あらかじめ予定を聞くなど初めてのことだ。

「や、もし暇だったら、俺んちに泊まりに来ないかと思って」

らしくなくボソボソっと言われて首を傾げてしまった。

「陽平のうちに？」

「ほら、あれだ、ヒデヨシもおまえに会いたがってるし。俺もその日は、何がなんでも残業しないで帰るからさ」

陽平の仕事は一年のうちでも、年末の今時期が一番忙しい。十二月に入ってからは土日出勤もあり、《黒猫堂》にも顔を見せられないことが多かった。就職してからは毎年そうだったし、年明けにはノーマルペースに戻るので、それからゆっくり会えばいいと猫美のほうは思っていた。

それが年末もいよいよ押し迫った忙しさのクライマックスだろう二十四日に、猫美がのんきに遊びに行ったりして大丈夫なのだろうか。

陽平のアパートには何度か昼間に招待されて、並んで買った限定品の甘味を二人で食べたりしたことならあるが、泊まったことはもちろんない。いきなり誘われた意味がわからず戸惑いながらも、猫美は店の壁にかけられていたカレンダーに目をやった。そして、今年の二十四日は金曜日だと気づく。

「ごめん、行けない」

「えっ！　どうしてっ」

テーブルに身を乗り出すほどの相手の勢いに身を引きつつ、「バイト」と答える。

例年十二月の最終週の金土日は、ペットホテルの手伝いのバイトを入れているのだ。年末のホテルの掃除も兼ねて、留守番猫たちの世話をしに行くのである。

「バイト……って、まさか木佐貫先生のとこか！」

ほとんど椅子を蹴《け》って立ち上がりそうな陽平にやや引きながら、猫美はうんと頷く。

「猫たちがちゃんと寝るまで様子見るようだから、多分遅くなる。その週末は無理かも」

「そ、そうなんだ……」

口を半開きにし明らかに落胆した様子の陽平は、ガックリと肩を落とした。それほどまでにショックを与えるとは思わず、猫美は思わず「ご、ごめん」と謝ってしまう。

「なぁ、おまえ……ホントにバイトだけだよな？」

じろっと見てくる目が、少しだけ怖い。

「え？」

「バイト終わった後、先生と食事に行くとか、先生の家に泊まるとかは、ないよな？」

「それはない」

真剣すぎる目に気圧されるが、きっぱりと否定した。

一体何を心配しているのだろう。これまでバイトのときにそんなこと聞かれたことはないのに、やはり様子が変だ。

猫美の顔を探るようにじっと見ていた陽平は、はあっと息をついてから苦笑した。

「了解。じゃ、うちに泊まるのはまたいつかな。バイト、がんばれよ。……あ、ほら、こっちのもう焼けてるぞ。いっぱい食え」

「う、うん……」

いい感じに焼けた肉をどんどんよこされてまた食べるのに夢中になるが、心の隅がちくくりと痛んでいた。陽平の笑顔が、少しだけ寂しそうに見えたから。

温泉旅行以来、陽平の存在は猫美の中でさらに大きくなっていた。

毎日陽平のことばかり考え、家に来てくれると胸がひどく高鳴る。キスのことや露天風呂でのことを思い返すとさらにドキドキするし、もっとしてみたいという積極的な気持ちはなくても、してもいいかなくらいには思う。そして何よりずっと陽平のそばにいて、紋次郎とワカバのように心を沿わせていきたいと思うようになった。

紋次郎に指摘されたとおり、これはきっと恋だ。あとは猫美がちゃんとそれを認めて、彼の想いを受け入れるだけなのだが……。

（おれで……いいのかな……）

それが、最近の猫美の悩みだった。高校のときと同じだ。

陽平は非の打ちどころのない完璧《かんぺき》な男だ。彼に告白されたいと胸をときめかせ期待している人間は、どれだけいるかわからない。その中には猫美より顔も頭も性格もいい、すべてにおいて陽平の恋人として相応《ふさわ》しい相手がたくさんいるだろう。自分を卑下するわけではないが客観的に見て、猫美は彼にとってむしろ相応しくないほうの相手と言える。

紋次郎はワカバの幸せのために家族と離れ、一人旅に出ることを選んだ。猫美も陽平の幸せのために、ここはやはり身を引く方向で考えるべきではないのだろうか。

たとえ別れても好きな人を想い続ける気持ちがあれば、一生幸せでいられることを知った。陽平との思い出は、もうありすぎるほどある。それを何度も思い返し彼の無事を祈っていれば、これからも猫美は一人で生きていけるだろう。

けれど、そうしたほうがいいと思いながら、実際はできそうもない。一緒にいたいという気持ちが強すぎるのだ。

陽平には、答えは急がないと言われている。それをいいことに、猫美は今の中途半端な状態を引き伸ばしていた。彼を待たせていることに罪悪感を覚えながらも、なかなか決断ができないでいるのだ。

こんなにも自分に関すること――しかも恋愛のこと――で頭を悩ませたことはなく、猫美は初めて、自分がちゃんと《人並み》になれたようにも感じていた。


「えっ？　陽平君の誘いを断った？　どうしてですっ？」

いつどんなときでも冷静で穏やかに微笑んでいる路彦に大層な勢いで驚かれて、逆に猫美のほうがびっくりして身を引いた。

陽平に焼肉をおごられた夜から一週間後、猫美は路彦に呼ばれきさぬき動物病院を訪れていた。手術を前に情緒不安定になっている子猫のカウンセリングを頼まれたのだ。脚を複雑骨折した子猫は初めての入院・手術をとても不安がっていたのだが、猫美が手術の安全性と主治医の腕の確かさを丁寧に説明すると、すっかり安心してくれた。

カウンセリングを終えるとちょうど昼の休診時間になったので、路彦に《たまには》と誘われ病院の向かいのそば店に入ったところだ。店で一番高い天ざるセットをおごられながら、とりとめのない雑談の中で二十四日の予定を聞かれた。

――陽平君と夜景でも見に行くんですか？

探るような意味深な微笑みで顔をのぞきこんできた路彦に、お泊まり会に誘われたが断ったことを正直に話したら、その反応だった。

なぜ陽平も路彦も、二十四日にそんなにこだわるのだろう。猫美は内心首を傾げつつ、海老天を喉にひっかけそうになりながら言い訳する。

「だ、だって、その日はあのっ……バイトが……っ」

「バイト？　なんのバイトです？」

「えっ？　せ、先生、ホテルの、ですよ……？」

コミュ障の自分が、ほかのバイトなんかできるわけがないではないか。路彦だってそんなこと知っているはずだ。

「ペットホテルのですか？　いやいや猫美君、今年は私、頼んでないですよね？」

今度は猫美が驚く番だ。

「で、でも、毎年十二月の最後の金土日は、お手伝いすることになってたし……」

あ～、と声を上げ、路彦が額に手をやる。

「予定に入れてくれていたのですね。ちゃんと伝えておかなかったのは申し訳なかった。今年は二十四日が金曜だから、君をはずしたんです。その週末に用事の入っていないスタッフが入ってくれることになってるので」

「えっ？　どうして？」

「どうしてって……君は陽平君との予定が入るだろうと、当然のように思っていたからですよ」

路彦は困ったように苦笑する。

「え？　え？」

猫美にはまだよくわからない。路彦は超能力者なのだろうか。

「猫美君……もしかして十二月二十四日が何の日か知らないということはないですよね？」

まさかね、というニュアンスを含ませつつ、猫美ならあり得るかも、という不安顔で路彦が尋ねてくる。

「クリスマス、イブ？」

そのくらいは知っている。黒崎家は神社の家系なのでもともとは神道だが、家に仏壇があるくらいだし、猫美も祖母もイブの夜には毎年ケーキを食べていた。

猫美がわからないのは、クリスマスイブだとなぜ陽平に誘われるのかということだ。

「あ……っ、もしかして……」

一つの可能性が頭に浮かんだ。昔からにぎやかに騒ぐのが好きな陽平のことだ。クリスマスのパーティーをアパートで開催するから、おまえも参加しろということだったのではないか。もちろん、猫美がたった一人でクリスマスを過ごすのを気遣ってのことだろうが。

そのひらめきを路彦に話すと、いつも優しい医師は珍しく眉を寄せてぴしゃりと言った。

「全然違います。もとライバルとしては不本意ながら、さすがに陽平君に同情したくなってきましたね……」

やれやれ、と眼鏡《めがね》を直してから、路彦は猫美に顔を近づけ声をひそめた。

「猫美君、イブの夜というのは一般的に……というか、これは日本独自のことなのかもしれないですが、《恋人と一緒に過ごす日》と認識されてるんですよ」

「えっ！」

まったくの初耳だ。そんなことは、祖母も猫たちも教えてくれなかった。猫美の反応に、路彦は見るからに肩を落とす。

「やっぱり知らなかったんですね。そうなんです。だから陽平君は仕事が忙しいのにわざわざその日に君を誘ったのだし、私も君をバイトのシフトからはずしたんですよ。君が彼と、クリスマスを一緒に過ごすものと思って」

「じゃ、じゃあ、みんなでクリスマスパーティー、じゃなくて……？」

「違いますね。陽平君はイブの夜を、君と二人きりで過ごしたいと思ったんでしょう」

そういうことならなんとなく合点がいった。誘われたとき、陽平がやたらとそわそわして変だったことも。バイトだと言うと病院のかと血相を変え相当がっくりきていたことも。

「前から気になってたんですが……君たちはもしかして、まだ正式に交際を始めたわけではないいんですか？」

どうしよう、とそわそわしている猫美の顔を、路彦は気遣わしげにのぞきこんできた。

猫美は「は、はい、まだ……」と消え入りそうな声で答える。

「なるほど、そうですか。だとすると……ここで答えを求められているのかもしれない」

「え……」

「その誘いにＯＫの返事をするかどうかで、陽平君は君の気持ちを確かめたいと思っているのでは？　だとしたら、軽い気持ちで返事をしないほうがいいですね」

「で、で、でもあの、返事は、ゆっくりでいいって、陽平は……」

「もちろん、そのつもりでいるとは思いますよ。大事なことだから、君にもちゃんと考えてほしいとは思っているだろうけれど……あまりにも長く想いすぎると、苦しくなってくるのかもしれませんよね」

陽平が自分のことで苦しんでいるかもしれないと聞き、猫美は顔色を変える。

「そ、そうなんですか……？」

「ええ。私は性格的にそういう恋愛をしないほうなのではっきりとは言えませんが、彼のように一途で一徹な人は、一生脇目も振らず君だけを想っていくんでしょう。報われなくとも構わないのでしょうが、あまりにもつれないとさすがにきつくなってくるのでは？」

ゆっくりでいいとは言われていたけれど、猫美がなかなか答えを出せず返事を保留にしている間、陽平は不安な想いをしていたのかもしれない。思い切って特別な日に一緒にいようと誘ってみたものの、あっさりと断られてどう思っただろう。激しい落胆ぶりの意味がやっとわかった。

「ちょっと脅かしすぎてしまったかな？　猫美君、大丈夫ですか？」

呆然としていると顔の前で手を振られ、猫美はうんうんとあわてて頷く。路彦は苦笑している。

「そんなに心配しなくとも大丈夫。勘違いでバイトは入ってなかったと言えば、今からでも間に合いますよ。ただOKするなら、それなりの覚悟は必要ですね」

意味深に微笑まれ、「覚悟……？」と聞き返してしまった。

「泊まりに来ないか、と誘われたわけですよね？」

「はい。ヒデヨシに会いに来ないかって……」

「それもあるでしょうけど、そっちは口実。イブは恋人同士で過ごす日ですから、二人でそれらしい夜を過ごそうということでは？　少なくともヒデヨシを抱っこして、川の字になって寝るということではないでしょうね」

「そ、それって……」

交尾！　という一言が出そうになり、猫美はあわてて口を手で押さえる。

「さすがの君でもわかったようですね。そういうことです。陽平君とそうなってもいい覚悟があるか、君の中でちゃんと答えが出てから誘いを受けるべきだと、私は思いますね」

かつての敵に塩を贈るような助言をたくさんしてしまったかな、と笑ってから、路彦はとてつもなく優しい眼差しを猫美に向けてきた。

「猫美君、私はまだ君のことが好きですから、君と陽平君が結ばれてしまうのは正直ちょっと悔しいです」

「せ、先生……」

「でもそれ以上に、君に幸せになってほしいと思っているのですよ。晴江さんが亡くなってから人形のように無表情になってしまっていた君が、再び笑顔を見せてくれるようになったのは、彼がそばにいたからだと私も知っています。君を笑顔でいさせられるのは、この世で陽平君だけです」

祖母がいなくなってモノトーンになった世界に、いつのまにか色が戻ってきた。気づかないうちに、また笑えるようになっていた。それは路彦の言うように、陽平がいたから。そばで、笑っていてくれたからだ。

「これからもずっと、君には笑っていてほしい。陽平君といればそれは叶《かな》うでしょう。……君が思い切ってもう一歩を踏み出せない理由は、なんとなく察しがつきます。でもどうか勇気を持って。自信を持って、その手で光を摑《つか》み取ってください」

「先生……」

「私はいつでも君を応援していますよ。兄代わりとしてね」

包みこむような微笑みに胸がじんと温まる。こんなにも親身になって心配してくれる路彦のためにも、ちゃんと考えて早く陽平に返事をしなくては、と猫美は改めて思った。

路彦のエールを受け取り、そば店を出て並木道を歩きながら、猫美の頭の中はまたぐるぐると堂々巡りを始めていた。見慣れた並木道が色とりどりのモールで飾られているのも目に入らない。

バイトの予定がなくなったのだから、陽平の部屋に泊まりに行くことは可能になった。もしも彼に求められたら、積極的に《したい》とは思わないけれど、《してもいい》とは思う。けれどもし、想いを打ち明け体を結び合わせてしまったら、その瞬間から陽平を縛りつけることになる。

そこでまた、もとの悩みに戻る。はたして自分は陽平に相応しいのか、という問題に。

いやそれ以前に、とにかく今の状態は大いにまずい。猫美は陽平の誘いを断った。イブという日にそんな特別な意味があるなんて知らなかったからだが、陽平はそうは思っていないだろう。想いを拒絶されたと受け取ったかもしれない。

バイトが入っていると思ったのは勘違いだった、と言うのがまず先だろうが、だったらOKするのか？　というところにまた戻ってしまう。

「う〜ん……」

思わず唸《うな》ってしまいながら、悩み疲れてぼんやりと歩いていると「あれ？　黒崎さん！」と声をかけられハッと顔を上げた。キャリーバッグを持った男が、親しげに手を上げ前方から近づいてくる。

「土屋さん！」

一瞬わからなかった。それほど土屋は夏のあのときから変わっていた。ボサボサだった髪はきちんと短めに整えられ、無精ひげなどもちろんなくこざっぱりとした印象になっている。服も清潔なニットとデニムにダウンジャケット姿だ。そして何より、口もとが笑っている。彼のそんな明るい笑顔を、猫美は初めて見た。

「お久しぶりです。あ、もしかして、木佐貫先生のところへ？」

話しかけるその口調もはきはきとして、聞き取れないほどのボソボソ声でしゃべっていたのが嘘のようだ。

「はい、今、行ってきたところです」

「僕はこれから行くところなんですよ。モモの顎ににきびができてしまって、ちょっと心配で診てもらおうかと思って」

『まったく、大げさなのよ、俊夫は。こんなのどうってことないのにっ』

キャリーの中から懐かしい強気な声が聞こえた。土屋が持ち上げたキャリーをのぞきこむと、美猫がツンとした目線を向けてきた。

「モモ！　元気？」

『まぁね。あんたも元気そうじゃない』

「お、モモは黒崎さんのことが好きみたいだね。お世話になった人だからわかるんだねぇ。本当にお利口だから」

そう言ってとろけそうな顔でキャリーを見る土屋に、猫美はポカンとしてしまう。猫にはあまり興味がなさそうで、可愛がり方もわからないといった感じだった、以前の彼とはまるで別人だ。これが猫マジックというものか。猫と少しでも暮らしたものは、ほとんどが猫の可愛さのとりこになる。

『バ、バカねっ。別に好きじゃないわよっ。世話には……まぁちょっとはなったけど。変なこと言わないでよ、俊夫っ』

キャリーの中からウニャニャッと文句を言う愛猫に、土屋はアハハと笑った。

「まいったな。また怒られた」

「土屋さん、わかるんですか？」

「ええ、なんとなく。一緒にいると、鳴き声でわかるようになるものですね。生前マリちゃんがよく言ってて、そういうものかなと思ってましたけど、なんと本当だった」

『俊夫は鞠子に比べるとまだまだね。察しが悪くて呆れちゃう。もっともっとあたしと会話してもらわなくっちゃ』

文句を言うモモの声にも土屋への甘えがあるのを聞き取って、猫美は嬉しくなる。どうやら二人はもう離れられない、飼い主と愛猫《あいびょう》の関係になったようだ。

それも当然だ。彼らの最愛の人がしっかり結び合わせた絆なのだから。

「黒崎さんには、改めてお礼を言いたかったんですよ。本当にありがとうございました。もう一度モモの飼い主になれてやっと、僕はこの世界に戻ってこられた気がします。モモのためにがんばって生きようと思えるようになりました」

『何言ってるのよ。あたしのほうが、あんたのために生きてやろうと思ってるのっ。ホントに、あたしがいないと頼りなくってどうしようもないんだからっ』

「よかった……。きっと鞠子さんも、今の土屋さんとモモを見て喜んでます」

「そう思います。僕とモモが家族になるのは、彼女の望んでいたことでしたから」

細められた土屋の目には、うっすらと涙が浮かぶ。

「モモ、よかったね。幸せなんだ」

キャリーをのぞいて言うと、モモはちょっと照れたようにフンと鼻を鳴らした。

『ま、まぁね。……というか、あんたはどうなのよ？　あのデカブツとうまくやってるの？』

おませな猫に痛いところを突かれて、猫美は「あ～」と視線を泳がせてしまう。

『何よ？　まさかまだモタモタしてるの？　あたしの見る限りあっちはあんたにベタ惚れだし、あんたはあんたでまんざらでもない感じだったわよ。早くくっついちゃいなさい』

「モモ、黒崎さんに何か訴えてるの？　恩人を困らせちゃ駄目だよ」

『うるさいわよ俊夫。あたしは背中を押してやってるの。あのね、猫美。時間なんて無限にあるように思ってるかもしれないけど、そうとは限らないんだから。人間も猫も明日はどうなるのかなんて、ホントにわからないんだからねっ』

少しだけ涙声になるモモの説得は、胸の深いところに沁みていく。最愛の人を突然失った彼女も土屋も、きっとそのことを誰よりもよく知っているのだろう。

「うん、モモ。……ありがとう」

　素直に礼を言う猫美を見て、土屋は不思議そうに目を見開いた。

「あのときも思いましたけど、黒崎さんはまるでモモと話ができるみたいだ。だから、モモも心を許しているのかな」

『べ、別に許してないわよっ。とにかく猫美、あんたもうすぐクリスマスなんだから、陽平を誘ってみなさいよ。いいわね？』

「う、うん……」

　猫にまで心配されてしまい、気圧された猫美はつい頷いてしまう。モモはキャリーの中、そっと猫美に近づいてくると小さな声で言った。

『俊夫には佳乃を誘うように言ってるのよ。二人は最近たまに食事してるの。鞠子を偲《しの》ぶ会、とか言ってね』

『えっ、そうなの？』

　心の中で聞き返した。鞠子と仲のよかった隣人女性の顔を思い出す。あのときは彼女も深い悲しみを抱えていた様子だったけれど、今は笑うこともあるだろうか。

『まだ鞠子が亡くなってからそんなに経ってないのを二人とも気にしてるらしいんだけど、あたしはそんなの関係ないと思う。鞠子もきっと喜んでくれてるわよね。猫美、あんたどう思う？』

『おれもそう思うよ』

愛していた恋人と大好きだった親友。モモを大切に想っている二人の仲が近づくのは、鞠子の望むことのような気がする。

猫美の同意に、モモは満足そうにニャッと鳴いた。

「モモ、黒崎さんともっとお話ししたいだろうけど、そろそろ行かないとね。それじゃ、黒崎さん、僕たちはこれで」

「はい」

「羽柴さんにもよろしく」

『いい？　誘ってみるのよ！』

笑顔で手を振って、大事そうにキャリーを抱えた土屋は病院のほうへと歩いていく。

土屋が何か話しかけ、モモが突っこみを入れるようにニャッと鋭く鳴く。土屋がアハハと笑って、ニャニャッとモモがさっきよりやわらかく鳴き返す。そんなやりとりをかわす彼らの隣に、嬉しそうに微笑むふわっとした雰囲気の女性の姿が一瞬見えた気がして、猫美はあわてて目をこすった。

見直してもそこには誰もいなかったのだけれど、きっと彼女は微笑みながら、二人をいつもそばで見守っているのだろうと、猫美にはそう思えた。

――明日はどうなるのかなんて、ホントにわからないんだからねっ。

モモの声が頭の中でリフレインしている。その声に背を押されるようにして、猫美の足は自宅とは反対方向、駅のほうへと向かっていた。

モモの言うとおりだ。ゆっくり考えればいいなんて悠長に構えていたら、思わぬことで大事なものを手に入れる機会を失ってしまうかもしれない。イブの夜、《恋人同士の一夜》を過ごすかどうかはともかく、まずはバイトの勘違いを謝って、ヒデヨシに会いに行きたいと陽平に言おう。とにかく今は、猫美にまた振られたと思っているかも知れない彼の誤解を解くのが先だ。

「勇気を持って……自信を持って……」

路彦にもらった言葉をおまじないのように口の中でつぶやきながら電車に乗り、陽平の勤める会社の最寄駅で降りた。まだ仕事中の時間だし、訪ねていっても会えるとは限らないのに、気が急いて仕方なかった。

電車に乗ったのは数年ぶり。降り立ったのは初めての街だ。猫美の緊張は半端なく、心臓はドキドキと音高く打っている。

古びた商店街を抜けると庶民的な家がポツリポツリと建ち並んでいる猫美の住む町と違い、高いビルやマンションが連なり多くの人が行きかっている街は、猫美をひどく息苦しくさせる。猫がいれば道を尋ねたいところだったのだが、緑の少ない景色の中ノラ猫一匹の姿もない。通り過ぎていく人は皆忙しそうで声をかけづらく、十分ほど駅前をうろうろしてやっと交番を見つけ、目的地への道を教えてもらった。幸いなことに、陽平の会社は歩いて五分ほどのところにあるようだった。

見慣れない都会の風景にキョロキョロしながら、猫美はおっかなびっくり道の端を進む。ずっとつぶやいていた路彦からのエールの言葉は、いつのまにか途切れてしまっていた。

陽平の勤める太進《たいしん》電機株式会社は、猫美でも知っている大手電機メーカーだ。猫美の家も、おそらくは近所のうちも家電はほとんど《タイシン》のもので、性能のいい製品を作る業界でも安定したいい会社というのが一般的な評価だと路彦から聞いたことがある。

その支社で陽平がどんな仕事をしているのか、猫美はほとんど知らない。だが東京のいい大学を優秀な成績で卒業した陽平が、なぜ就職先にその会社を選び地方の支社を希望したのかは知っている。

それは、猫美のためだ。陽平は猫美のそばにいたくて、地元から通える支社がある会社——《タイシン》を選んだのだ。町役場も考えたそうだが、両親とも公務員なので自分は民間企業に勤めたいという気持ちが強かったのだと、本人から聞いたことがある。

——おまえを放っておけないからな。一人にしとくと心配で。

地元支社を希望した理由を聞いたとき、陽平は軽口めかして笑った。冗談なのだろうと思っていたが、おそらくそうではなかったのだ。もしも近所にある会社がまったく異なる業種だったとしたら、陽平はそこに就職を希望しただろう。

自分の人生のかかった重要な選択をたった一人の他人のためにするなんて、誰だっておかしいと思うに違いない。普通ならあり得ないことだ。でも、陽平はそうした。なんのためらいもなく当然のように、祖母を失って一人になった猫美のそばにいることを選んだ。

（おれ……すでに陽平に、迷惑、かけてる……？）

今さらのように、猫美は気づく。

自分がいなければ、陽平の選択はもっと違ったよりよいものになっていたのではないか。少なくとも猫美がちゃんと自立して、一人でもしっかりやっていける人間だったら、陽平も《俺がいないと》なんて思わなかったのでは……。

ここに来るまで大事に持ってきたはずの《勇気》と《自信》が、ほろほろと崩れていきそうになる。

これまで、ちゃんと考えたことがあっただろうか。どれだけのことを彼が自分のためにしてくれて、どれだけのものを捨ててきてくれたのか。

平日の仕事で疲れているはずの陽平が週末になると必ず顔を出してくれて、迷い猫の捜索を手伝ってくれて。差し入れをしてくれて、夕食を作ってくれて、庭の草取りまでしてくれて……。そのすべてを、当然だと思ってこなかっただろうか。頼んだわけではないし、陽平が勝手にやっているのだから、で済ませられることではない。

勢いでこんなところまで来てしまったが、急に不安になってきた。

まだ恋人同士の夜を過ごす覚悟もできていないのにイブの日の誘いをＯＫして、期待をさせるようなことをしていいのだろうか。それは、これからも陽平を自分に都合のいい存在として、中途半端に縛りつけることにならないのだろうか。

不安は次第に高まってきて、やっぱり帰ろう、と踵を返しかけたときだった。

「タイシンの新製品だって」

「ウルトラビジョンテレビ？　気になる。ちょっと見に行こうよ」

すぐ後ろから会話が届き、若者のグループが猫美を追い越していく。その向かう先にショールームのようなガラス張りのスペースと、《新製品展示会場》の看板が見える。どうやらその隣に建つビルが、交番で教えられた《タイシン》の支社らしい。引き返そうとしていた猫美の足は、引き寄せられるように展示会場のスペースへと向かっていた。

展示会場内は土曜日ということもあり、結構な人でにぎわっている。ガヤガヤした雰囲気に恐れをなして入口で足が止まったが、名札を首からかけたスタッフらしい女性社員にどうぞ、とパンフレットを渡され、中に入るよう促されてしまった。仕方なく足を踏み入れた猫美は、体を縮めながら隅のほうに陣取り、会場内を観察する。

冷蔵庫や洗濯機をはじめパソコンやオーディオ機器に至るまで、様々な製品が並べられ自由に見て回れるようになっている。場内では販売はしていないようで、最新の製品を紹介し、ものによっては実際に体験してもらうのが目的の展示会のようだった。ボーナス後ということもあり家族連れの姿も多い。

人気があるのは暖房器具とテレビのコーナーだ。特にテレビの前は人がすごい。年末年始の休みに向けて、画質のよい大画面テレビの購入を考えている家庭も多いのだろう。

陽平には申し訳ないが電化製品全般にあまり興味のない猫美は、人混みの息苦しさに耐えかね、浅く息をしながら出口のほうへと戻りかけた。足を止めたのは、聞き覚えのある声が耳に届いてきたからだ。

「ようこそお越しくださいました！　本日はこちらのウルトラビジョンテレビ、《クリアドリーマー》六十インチ型につきまして、お客様にご紹介させていただきます！　私、営業部の羽柴と申します。よろしくお願いいたします！」

(陽平っ？)

息苦しさがふいに失せ、猫美は身を翻しテレビコーナーへと急いだ。ホームシアターレベルの大画面テレビの前に並べられたパイプチェアはすべて埋まっており、座れなかった人で人垣ができている。猫美はその陰に隠れるようにしてそろそろと首を伸ばし、一段高くなったステージを見やった。

(陽平だ……っ)

テレビの脇に立ちその性能を解説しているのは、まぎれもなく陽平だった。語り口はよどみなく、よく通る澄んだ声は耳に心地いい。説明はわかりやすく、機械関係にも通信関係にも疎い猫美ですら、そのテレビの画期的なよさが理解できる。

注目を集めている理由は製品紹介のうまさだけではないだろう。スーツ姿の陽平はこれまでだって何度も見ているが、今日は特に凛々しくて別人のようだ。猫美と会うときはちょっと着崩しているスーツを一分の隙《すき》もなくビシッと着こなし、秋からまた伸ばし始めた髪はきちんと整えられている。好感度の高い笑顔は爽やかでタレントのように素敵だ。実際客の女性たちはテレビよりも、主に陽平のほうばかりチラ見している。

思いがけないところで《会社モードの陽平》と出会ってしまい、猫美は呆然としていた。毎週末ふらっと《黒猫堂》を訪れる彼と、目の前の彼とは全然雰囲気が違う。社会人として完全に自立し、大きな会社のイベント会場でメイン製品の解説を任されている陽平が、なんだか急に遠いところに行ってしまったように感じて、猫美はぎゅっと拳を握った。

十五分ほどのデモンストレーションが終わった後も、陽平は見物していた客に囲まれ質問攻めにあっていた。その一人一人に感じのいい笑顔で応待し、丁寧に質問に答えている彼を横目で見ながら、猫美はそっとその場を離れる。

展示会場の外に出ると急に寒さを覚え、肩が震えた。人酔いしてしまったのかひどい疲れも感じて、人気のない会場裏手に回り膝を抱えてしゃがみこむ。ほうっと深く息を吐きながら、今さらながらに陽平と自分の世界の広さの差を思う。

猫美はとても狭い世界で生きている。《黒猫堂》からほとんど出ずに、普通に話ができる人間も陽平と路彦だけ。たまに猫捜索の仕事で依頼人と言葉を交わすが、それも最低限だ。

けれど、陽平は違う。一週間のうち五日間は、今見てきたような日の当たる眩《まぶ》しい場所で生き生きと働いている。その世界は広く明るくて、関《かか》わっている人も猫美が想像している以上にたくさんいるのだろう。

（やっぱり、おれじゃないほうが、いいんじゃ……）

自信なんか持てない。どうすれば持てるのか、さっぱりわからない。もう数え切れないほど陽平からたくさんのものをもらっているのに、猫美にはあげられるものが何もない。

「それにしてもさすがだよね、羽柴君」

囁《ささや》き交わすような女性の声が届いてきて、猫美はびくりと肩を震わせた。そっと首を伸ばして窺うと、会場裏の倉庫のようなプレハブの前で、スタッフらしい女性社員数人が荷出しをしながら雑談をしている。

「ホント〜、羽柴君のおかげで《クリアドリーマー》バカ売れしちゃうかも。羽柴君目当てのリピーターのお客様もいるみたいだよ」

「こうなったらＣＭも羽柴君使えばいいのに」

キャッキャと声を弾ませる女性たちの表情や口調から、皆陽平に対して好意的なのが伝わってくる。

「それにしても、まだ入社して三年目なのにすでに営業成績上位ってすごくない？」

「どうしてあんな人が支社にいるんだろうねー。仕事もだけど、顔も性格も満点とか反則だよ」

「ねぇ、そういえばこないだ、総務のミヤがコクったんだって、羽柴君に」

ええ〜っと上がる声は非難の響きだ。

「抜け駆けだ。ミヤめっ」

「でも、どうせ振られたんでしょ？　確か前にトウコが告白したときも……」

「そうなの！　《心に決めた人がいるから》って。ミヤもすっかり同じこと言われたって」

じっと身をひそめている猫美の心臓が、ドキンと大きな音を立てる。

「え〜、彼女がうらやましいっ」

「でもさ、彼女だったら《つき合ってる人がいる》って言わない？　《心に決めた人》って、何か一途な片想いっぽくない？」

場に一斉にクスクス笑いが起こる。

「羽柴君が片想いはないでしょー。あんな人に気を持たせてるとか、どんだけお高い女よ？」

「すっごい高嶺《たかね》の花とか。それとももしかして、不倫とか……」

え〜っ、羽柴君には似合わな〜い、などと盛り上がる声をもう聞いていられず、猫美は足早にその場を後にする。

来るまではあっという間だった駅までの道のりが、やけに遠く感じる。早くうちに帰りたい。おいしいお茶をいれて、遊びに来た猫とおしゃべりをして、本を読んでのんきに昼寝でもしたい。

そして、何も悩んでいなかった頃に戻りたい。陽平を特別に意識していなかった頃に。

夕暮れが近づき、駅まで続く大通りの街灯に星をばらまいたようなライトが灯《とも》り始める。クリスマスのイルミネーションだ。

もうすぐやってくるイブの夜、陽平はどうするのだろう。そして、自分はどうするのだろう。今の猫美には、二人が一緒に過ごす光景がどうしても想像できなかった。

＊

『猫美……ねぇ、猫美ったら』

ニャアニャアと呼びかけられぼんやりしていた顔を上げると、地域猫のシロが心配そうに見上げていた。

『雨が降ってきたわよ。表に出してある本、ひっこめたほうがいいんじゃない？』

「えっ、本当？」

あわてて出ていくと、確かにパラパラと細かい雨が降り出している。あたりはもうすっかり暗い。いつのまに夜になってしまったのか。最近はずっとこんな調子だ。どこかぼんやりして、上の空になっている。

展示会場で溌剌《はつらつ》と仕事をしている陽平を見てから、あっという間に十日が経ってしまった。イブはもう明後日《あさって》に迫っていたが、猫美はまだバイトの予定がなくなったことを陽平に話せていない。いや、もう話す必要はないかもしれないと思い始めていた。

明日はどうなるかわからない、というモモの言葉は、今は違う意味で猫美の心に刺さっている。明日はどうなるかわからないからこそ、これ以上陽平を待たせてはいけない。はっきりと返事をして、もう解放してやるべきではないのか。

たとえ《交尾》は待ってもらったとしても、一緒にイブの夜を過ごしてしまったら、女子社員たちの噂話ではないが本当に《気を持たせ》ることになってしまう。これまでもずいぶんと《気を持たせ》てきたのに、この上さらに手離さず摑まえておこうというのか。

（おれってやっぱり……ひどいかも……）

ため息をつきながら、とりあえず濡《ぬ》れないように本を中に入れた。「ありがとう、シロ」と礼を言うと、シロは気遣うような目を向けてきた。

『猫美、最近ちょっと変よ。大丈夫？』

「べ、別に、変じゃないよ？」

『嘘。もしかして陽平が来られないので、寂しくなっちゃってるのかしら』

「よ、陽平のことは関係ないっ」

うっかり声に力がこもってしまった。シロはちょっと肩を跳ね上げる。

『そう？　でも、何か元気がないように見えるから。それも日ごとにひどくなってるわ』

「うっ……」

祖母のお気に入りだった才色兼備のシロには、やはり隠せないようだ。猫美はそわそわと視線を泳がせてから、「そ、そうだっ」と思いつきに手を打った。

「イブの日に、ここでクリスマスパーティーやらない？　《黒猫堂》に出入りしてる猫たち、みんな呼んで」

『クリスマスパーティー？』

いいわね、と乗ってきてくれるどころか、シロは少々困り顔だ。

『イブの夜は無理だと思うわ。お天気が悪くて気温が低いらしいから、みんなねぐらにこもってると思う。それにそういうイベント事の日って、結構ごちそうにありつけるのよね』

「そ、そう……」

しょぼんと肩を落とす猫美の足を、シロが前足でポンポンと叩く。

『私たちと遊ばなくても、猫美には陽平がいるじゃない。一緒に過ごすんでしょう？』

返事にためらったその様子で、勘のいいシロにはわかってしまったようだ。最近の猫美が何を悩んでいるのかが。

『あら……もしかして、ケンカでもした？』

「ケンカは、してないんだけど……う～ん、ちょっと迷ってて……」

もごもごと言いよどむ猫美をシロは首を傾げ見つめていたが、えっと、とか、その～、とかさっぱり要領を得ない猫美に焦《じ》れたのか、はぁっと息をついた。

『ねぇ猫美、私前から思ってたんだけど、猫美はちょっと言葉足らずだと思う』

「言葉足らず……？」

『私たち猫とはよくしゃべるけど、人間相手だとほとんどしゃべれないでしょ？　もしも陽平のことで悩んでるんだったら、その気持ちを直接陽平に言ってみたら？』

「えっ……」

『猫美が何を言っても、陽平の気持ちは変わらないと思う。だから一人で延々と悩んでるよりも、なんで悩んでいるのか素直に相談したほうがいい』

「シロ……」

猫なのに、凜《りん》とした表情もしっかりした語り口もなんだか祖母そっくりに見えてくる。

もしも祖母が生きていたら、同じように助言してくれたのではないだろうか。

「だ、だけど、陽平は忙しいし……おれ、うまく言える自信、ない……」

これまでもどう言えば気持ちをちゃんと伝えられるのかわからなくて、言わずに済ましてしまったことはよくあった。むしろそういうことのほうが多いくらいだ。

ましてや今抱えている悩みは、二人のつき合い方が決定的に変わってしまうかもしれない深刻なものだ。自分の気持ちも整理できていないのに、的確に伝えるのは難しい。

『うまく言わなくてもいいの』

うなだれている猫美に、シロはきっぱりと言った。

『思ってることを、そのまま言えばいいの。たどたどしくても、はちゃめちゃでもいいのよ。気持ちはきっと伝わるし、陽平ならわかってくれる』

シロのニャ〜という鳴き声が、祖母の声で聞こえてくる。心の中にもやっていた霧がスッと晴れたような気がしたが、本当にできるのかといえば、やはり自信がない。

――陽平の相手は、おれじゃないほうがいいと思う。

そんなことを言ったら、彼はどんな顔をするだろうか？

『あら、タイミングよく……』

シロが耳をピクリと動かして、首を伸ばし外を見る。

『いい？　猫美、ちゃんと言うのよ』

シロはすばやく言い残し、身を翻すとさっと外へと出ていってしまった。

「おっ、シロ！　おい、シローっ！　って、相変わらずつれないな、あいつは」

続いて届いてきた声に、猫美は瞬間冷凍されたように固まってしまう。突然で心の準備ができていないのに、当人が来てしまった。

変わらぬ笑顔の陽平は店に入ってくると、普段と変わらずよっと手を上げ笑いかけた。いつものときめきは起こらず、胸がぎゅっと切なく締めつけられ苦しくなる。仕事帰りに寄ったのかスーツ姿なのも、展示会での颯爽《さっそう》とした彼を思い出させられ、少し距離を感じた。

「猫美、久しぶり。元気だったか？」

嬉しそうに目を細める陽平を直視できず俯きがちに頷き、「仕事、お疲れ様……」と小さな声で返した。

「あ～、ホントこの時期はまいるよ。実はまだ終わってなくて、これからまた会社に戻るようなんだ」

陽平は苦笑で腕時計を見る。そろそろ八時だが、まだ残業するようなのか。

「でもこの忙しさもあと何日かだから、気合い入れてかないとな。で、おまえのほうはどうだ？　変わりないか？」

いつもどおり明るい笑顔で問われる。イブの日の誘いを猫美に断られたのを引きずっている様子はまったくない。むしろしばらく会えなかったせいか、その眼差しは包みこむよ

うに甘く、猫美はますます直視できなくなる。

わかりやすい好意を嬉しいと思う反面、その想いを当然のように享受してきた自分に罪悪感を覚え、胸がぎゅうっと押しつぶされそうになった。

「ん、どうした？　おまえ、ちょっと顔色悪いな。熱でもあるんじゃ……」

伸ばされた手が額に触れそうになった瞬間、反射的に身を引いていた。我ながら無意識の行動に驚いたが、陽平はさらにびっくりしている。

「猫美？」

「あ……ね、熱とかない。大丈夫だから」

猫美のあわてた言い訳に、陽平は「ならいいけど」と微笑みすぐに手を引いた。

「ところで、ちょっと頼みがあるんだ。実は急きょ明日本社に行くことになってさ。一泊して明後日帰ってくるんだけど、明日だけヒデヨシのエサとトイレ頼めないか？」

「う、うん、いいよ」

それはもちろんOKだ。むしろぜひやらせてほしい。しかし今猫美の頭にまず浮かんだのは、明後日がもうイブだという現実のほうだった。

「サンキュ！　助かるよ。土産におまえの好きな東京バナナン買ってきてやるから」

これ合い鍵《かぎ》な、と差し出される鍵を受け取りながら、猫美の頭の中は陽平に言わなければならないことで破裂しそうになっていた。だがそれらはまだまともな言葉になっておらず、単語の羅列のようなものでしかない。

――ちゃんと言うのよ。

シロの声が祖母の声と重なって聞こえてきて、焦りが募る。一方でこれから仕事に戻らねばならない陽平を、つまらないことで引き止めてはいけないという思いも湧き上がる。

「明後日はおまえ……確か、病院でバイトだったよな？」

確認するように聞かれて心臓が大きく跳ねた。俯きながらも陽平にじっと見つめられているような気がして、猫美の息は浅くなる。

(言わなくちゃ……っ、バイト、なくなったって……っ)

口を開きかけるが、舌が引きつったようになって声が出てくれない。

陽平は、猫美の返事を待たずにフッと微笑んだ。

「がんばれよ。土産は週明けにでもまた届けにくるから、楽しみにしててくれ」

じゃ、と片手を上げ身を翻しかけるその背に、何か言わなくてはという思いに急き立てられ、やっと声をかけた。

「あ、あのっ……」

「ん？」

店先まで駆け出ていた陽平が振り向く。

「よ、陽平、明後日は、東京に泊まってこないの？」

自分でもなぜそんなことを聞いてしまったのかわからない。ただ、バラバラの単語だったものが勝手につながり、考える間もなく口から飛び出していたのだ。

「ああ、一泊で用は済むから泊まらなくても大丈夫だ。ヒデヨシのことも心配だしな。金曜の夕方には帰ってくるよ」

「ヒ、ヒデヨシの世話ならおれがするから、と、泊まってきてもいいよ……」

何言ってるの、と、もう一人の自分が頭の中で怒っている。けれど自信をなくし弱気になっている猫美が、勝手に言葉を続けてしまう。本当に言いたいことは別にあるのに……。

陽平は怪訝《けげん》な表情でわずかに首を傾げたが、すぐに手を振って言った。

「や、別にいいって、特に用事もないし。田舎暮らしに慣れちまうと、騒がしい都会は疲れるんだよな」

「でも、せっかくのイブだし……誰かと楽しんできたら……？　陽平と一緒に過ごしたいって人も、いっぱいいるんじゃないかな。会社の、女の人、とか……」

展示会場の裏手で耳にした女性社員たちの噂話が、思っていたよりも心に深く刺さっていたのだと、口にしてしまってから猫美は初めて気づいた。

陽平の口もとから笑みが消え表情が固まったのを見てすぐに後悔するが、後の祭りだ。ごめん、今のは本心じゃない、と言いたいのに、もう声が出てくれない。

「俺がイブを一緒に過ごしたいのは、おまえだけだよ」

陽平の顔に浮かんだ微笑は、見たこともないほど悲しげだった。猫美の胸はナイフを突き立てられたように痛む。

「あー、そうか。そうなのか……」

額に手を当てつぶやくように言って、陽平はハハッと笑った。

「俺、イブの日に誘った意味、おまえのことだからわかってなかったんだろうと思ってたけど……そうか、知ってたんだな？　知ってて、その上で断られたのか」

「よ、陽平……っ、そうじゃなくて、おれ……っ」

かろうじて出た声はひどく震えてしまい、後が続かない。おろおろとうろたえる猫美に陽平は、無理してしゃべらなくていいから、と手を上げる。

「いいんだ、猫美。……悪い。俺の気持ちはきっと、おまえの負担になってるんだよな」

寂しげに言って、無理して笑む顔を見ていられない。

「でも、ホント悪いけど、おまえ以外のヤツとは俺、無理なんだよ。だからさっきみたいに言われると……ちょっときついな」

「陽平、おれ……っ」

「ああ、わかってる。おまえ、俺のこと気遣ってくれたんだろ？　イブに一人は寂しいだろうって。俺は大丈夫だよ。ただ……」

目をそらされた。傘を差していないシルエットが霧雨に濡れる。

「おまえが迷惑なようなら、今後はそういうアプローチは控えめにするよ。おまえに嫌われたくないからさ」

じゃ、明日よろしく、と軽く手を上げ、陽平はそのまま雨の中に消えていってしまった。

「よ、陽平……っ」

ガチガチに固まっていた足をなんとか動かし、店から駆け出る。だが足はその場に釘《くぎ》づけられたように動かない。振り向かずに去っていった背を追いかけることもできず、猫美はヘタヘタと地べたに座りこんだ。

凍りつきそうなくらい冷たい雨が、全身を責めるように打っている。それを当然の罰のように身に受けながら、猫美はしばらくその場から動けずにいた。

＊

時間を巻き戻すことができるなら、丸一日前に戻したい。シロと話した後、陽平が訪ねてくるところまで……。

(どうして、あんなこと言っちゃったんだろう……)

昨日からもう何十回と思っていることをまた繰り返し思い返し、後悔し、底辺まで落ちこむ。できれば夢であってほしいと自分を責めながら、猫美は昨夜ほとんど眠れなかった。

シロに言われた、思っていることをそのまま言えばいいというのは、あんなことではなかったはずだ。本当に自分でいいのかと悩んでいることを伝えるべきで、自分じゃないほうがいいと遠回しに突き放すことではなかった。自信も勇気もなく、陽平には相応しくないと感じている情けない卑屈な気持ちを、そのままぶつけてしまった感じだ。

あのときの陽平の寂しげな微笑みが頭から離れない。《負担になってるんだよな》と言った声は、落胆と悲しさを必死で抑えているように聞こえた。あんなことを言われても彼は、《ひどいこと言うな》と怒って猫美を責めたりはしなかった。

（また、誤解させた……）

イブの誘いを断ったときは、その意味が天然でわからなかった。けれど、昨日のは最悪だ。陽平の気持ちを知っていながら、ほかの人を……女性を誘ったらと言った。泊まってくれば、とも言った。これでは、婉曲《えんきょく》に想いを拒絶されたと思われても仕方ない。

「あ〜……」

猫美は両手で頭を抱える。

本当は陽平の気持ちが嬉しいのに、陽平のことばかり考えているのに、口を開けば不安のほうが先に出てしまう。こんなふうではもうしゃべることすら怖い。テンパって、何を言ってしまうかわからないのだから。

重い脚を引きずりながらふらふらと歩き続けてふと顔を上げ、陽平のアパートを通り過ぎてしまったのに気づいた。首を振って、あわてて戻る。頼まれたヒデヨシのエサやりと、トイレの掃除をしに行く途中だ。家にいても鬱々《うつうつ》とするばかりだったので今日は店は臨時休業にし、陽平がすでに東京に発っただろう正午過ぎに出てきたのだ。早くヒデヨシと会いたかったし、優しくて思慮深い彼に悩みを聞いてほしいという気持ちもあった。

（それとも……ヒデヨシも、怒ってるかな……）

もしも昨夜のことを陽平から聞いていたら、さすがのヒデヨシも猫美に対して憤慨しているかもしれない。大好きなご主人様を傷つけた猫美を、許してはくれないかも……。

あの穏やかで愛らしいヒデヨシにそっぽを向かれるのを想像して、猫美はさらに落ちこみ、陽平の部屋の扉の前で深くため息をついた。

陽平のアパートは昭和レトロな雰囲気のかなり古い建物だ。何度かリフォームされているらしくユニットバスとトイレは各部屋についており、六畳と四畳半の和室にキッチンがある。茶ばんだ畳とふすまがなかなかいい味わいで、インテリアセンスのある陽平は骨董《こっとう》の小物を飾りしゃれた昭和初期の雰囲気の部屋を創り出していた。

猫美の家も相当古いので親近感があり、彼の部屋に来るといつも落ち着く。ヒデヨシが来てからはさらに訪れる回数が増えていたが、今日は敷居が高く感じた。

背負ったリュックから預かった合い鍵を取り出し、一つ大きく深呼吸をする。今年一番の寒さの今日は、昼間なのに息が真っ白だ。昨夜降っていた雨は今は止《や》んでいるが、陰鬱《いんうつ》なグレーの雲が空一面を覆っている。見上げていると気持ちがますます暗くなってきそうで、猫美は首を振ると鍵を開け扉を開いた。

「ヒデヨシ、おれ。猫美だよ」

呼びかけながら中に入り、靴を脱いで上がる。ヒデヨシが主にいるのは奥の四畳半だが、手前の六畳のふすまが脱走防止のために閉められており見えない。

いつも猫美が訪問すると、ニャニャッっと応えてくれる声が聞こえない。寝ているのかな、と足音を忍ばせ六畳へ続くふすまを開ける。相変わらずきちんと片づけられた部屋だ。最近は残業続きで丁寧に掃除をする暇もなかっただろうに、ちり一つ落ちていない。

「ヒデヨシ……」

四畳半のほうに視線を移した。以前は寝室にしていたのだろうガランとした部屋に、今はヒデヨシのケージとベッド、キャリーバッグとエサ皿やトイレが置かれている。

しかし、肝心のヒデヨシの姿はどこにもない。

「ヒデヨシ？」

呼びながら、もう一度六畳間に戻ってみる。家具はパソコンデスクと本棚くらいしかないので、ヒデヨシが隠れる場所もない。いないはずがないと思いながら、猫美は部屋の中を隅から隅まで確認していく。押し入れも開け、キッチンからバスルームのほうまで隈《くま》なく見て回る。やはりいない。

湧き上がる不安感を抑え再び四畳半に戻り、まさか、と窓に目を向けた。

「っ……！」

天窓が開いている。確かそこだけ鍵の締まり具合が悪く、直してもらうよう大家に相談している、と以前陽平が話しているのを聞いたことがあった。

――まぁ、うちのに限って脱走はまずないだろうけどな。

そう笑った陽平に、猫美も同意した。性格的に内気で臆病《おくびょう》なヒデヨシは、外に興味を持って飛び出していきたがるタイプではない。現に陽平が洗濯物を取り入れるために窓を開けただけで、自分からケージに入って隅っこでびくびくしていたくらいだ。

だが几帳面《きちょうめん》な陽平が、出かけるときに窓を閉め忘れたとは考えにくい。夏ならともかく、今は真冬だ。おそらくヒデヨシがケージに飛び乗り、そこから天窓に移って自分で開け、外に出たのだ。

猫美は身を翻すと、あわてて外に駆け出した。

「ヒデヨシっ？　ヒデヨシ！」

名を呼びながら周辺を捜す。頭の中を疑問符がぐるぐると回っている。

あのヒデヨシが自分から外に出ていくなんて、よほどのことだ。びびりな性格のこともあるが、思いやり深く賢い彼は、陽平に心配をかけたくないという気持ちを強く持っている。陽平が今日は帰ってこないのは知っているだろうし、一度外に出たらこの気温では凍え死んでしまうかもしれないこともわかるはずだ。

（もしかして……おれと顔を合わせるのが嫌だった、とか……？）

ズキンと胸が痛んだ。猫美がユサやりに来ることを陽平から聞いていたとしたら、その可能性もあり得る。とにかく、一刻も早く見つけなくてはならない。

凍りつきそうな寒さに肩を震わせながら、猫美はヒデヨシを捜し回る。陽平の留守中は、世話を任された猫美がヒデヨシを守る義務がある。もしヒデヨシの身に何かあったら、陽平にどうやって詫《わ》びればいいのか見当もつかない。

『ヒデヨシ……っ、どこにいるのっ？』

心の中で必死で呼びかけるが、答えはない。

暗い空からふわりふわりと白いものが落ちてくる。この冬初めての雪が、だんだんと視界を白に染めていく。


――猫のことを思って熱くなっても、捜すときは感情に流されずに冷静でいないといけないよ。

将来おまえがこの仕事を引き継ぐことになるだろうから、と、祖母が生前よく言っていた。その言葉を忘れずにいたので、迷い猫捜索の仕事のとき、猫美は常に冷静でいられたと思う。まずは飼い主の家の周辺を調べ、猫美が猫からの、陽平が人間からの聞きこみをして情報を得る。飼い主や一緒に飼われている猫たちからその猫の性格を聞けば、大体どんなところに隠れているのか見当がつき、見つけることができた。後は戻るように説得するだけだった。

だが自分のこととなると、とても冷静ではいられなかった。依頼してきた飼い主たちは皆こんな思いをしていたのかと、今さらのように思いやる。

雪が視界をさえぎるほど降り出したので、陽平の部屋に戻って傘を借りてから、周辺をねぐらにしているノラ猫たちに片っ端からヒデヨシのことを聞いて回った。これまでは陽平に任せていた、近所の人からの聞きこみも自分でした。携帯電話を持っておらず、ヒデヨシの写真を見せられないのがもどかしかった。

猫も人もほとんどが首を振る中で、一つだけ有力情報があった。

――キジトラの若い子……？　あ、しょぼんとした顔の子？　それなら道聞かれたよ。お昼前くらいかな。駅に行く道。

アパート近くの公園にいる地域猫からの情報だった。

駅と聞いて納得した。ヒデヨシはきっと陽平を追っていったのだ。急に寂しくなったのか、どうしても話したいことができたのか、それはわからない。ただ、臆病なヒデヨシが人も車も多い駅に行こうと思ったくらいだから、何かよほどのことがあったに違いない。

猫美もすぐに駅へと向かった。そのときにはもう部屋に着いてから三時間は経っていて、降りしきる粉雪が道に積もり始めていた。駅の周辺には猫は見当たらず、人間に片っ端からヒデヨシのことを聞き回った。タクシードライバーや駅員にも聞いたが、ヒデヨシどころか猫を見かけたという人は一人もいなかった。

もしかしたら駅に来る途中で迷ってしまったのかもしれないと、しばらく周辺を捜しながら待っているうちに、空はだんだんと暗くなってきた。夜になるとさらに捜すのが難しくなる。

（陽平……）

心の中で呼びかけた。電話で知らせることも考えたが、仕事中の彼に心配をかけてはいけないと思い直した。今回はなんとしても、猫美が一人でヒデヨシを見つけなければ……。

白い息を冷たくなった手に吹きかけ歩き回りながら、陽平とヒデヨシと桜を見た春の夜のことを思い出していた。嬉しくて、幸せだった。久しぶりに見る桜をとても綺麗だと思った。今も彼らが一緒だったら、この寒々しい雪景色をきっと綺麗だと思えただろう。

あのとき聞こえた気がした祖母の声を思い出し、猫美は灰色の空を見上げた。積もる雪が音を吸い取るからだろうか。あたりはとても静かで、何も聞こえない。

（おばあちゃん……）

呼びかけに応えたのは空からの声ではなく、猫美の内側――思い出の中から聞こえてきた声だった。

——猫美、なんでも一人でがんばろうとするんじゃないよ。

検査の結果が出ていよいよ別れも近いと医者に言われた日に、祖母は猫美に言った。

——どうしようもなくなったときは、猫たちを頼りなさい。みんな、おまえの家族のようなものなんだからね。

どんな状況の中にあっても明るかった祖母の笑顔が心に浮かぶ。きっと祖母は、ひきこもりがちな猫美が誰の力も借りようとせずに、一人で隘路《あいろ》に入ってしまうことを見越していたのだろう。

（そうだ、猫たちに相談してみよう……！）

《黒猫堂》に出入りする猫たちは祖母の言うとおり、猫美にとっては家族に近い存在だ。子どもの頃から猫美を見守ってきてくれた猫もいる。

こんなに寒い雪の日では皆どこかに隠れてしまっているかもしれないけれど、一匹でも見つけ出して協力を仰げれば横のつながりで連絡を取り合ってくれるだろう。猫同士のコミュニティは猫美が考えているよりずっと広いから、ヒデヨシを見かけたという猫も中にはいるかもしれない。よし、と猫美は拳を握り、駅員にヒデヨシらしき猫を見つけたら連絡してほしいと頼んで、降りしきる雪の中駆け出した。走りながら、頭の中を整理する。

まずは家に戻り、懐中電灯や捕獲器、猫エサなど捜索に必要なものを準備する。そして知り合いの猫を捜してヒデヨシのことを頼んでから、もう一度陽平のアパートに行こう。ヒデヨシが戻ってきているかもしれない。

祖母のおかげで、気持ちが少し落ち着いてきた。大丈夫、黒崎家の末裔《まつえい》である自分を、祖母や両親、祖先たちが、きっと空の上から見ていて励ましてくれている。うろたえ弱気になってなどいられない。

（ヒデヨシはきっと見つかる。おれが見つける！）

猫美はぎゅっと拳を握り、自宅への道を急ぐ。途中三度ほど滑って転びかけながら、やっと家が見えてきたときには、もう空はすっかり暗くなっていた。

「っ……？」

暗がりに目をこらすと、小さな白い影が猫美に向かって走ってくるのが見えた。見覚えのあるそのシルエットがだんだんとはっきりしてきて、猫美は目を見開いた。

「シロっ？」

祖母の導きだろうか。いつもクールなシロが跳ねるように猫美に飛びついてくる。

『猫美！　よかった、やっと帰ってきた！』

「ちょうどよかった。シロ、実は……」

『ヒデヨシなら見つかったわよ！　今《黒猫堂》の前にいる』

「えっ？」

『猫美が陽平の猫を捜してるって、陽平のアパートの近くをねぐらにしてる子から回ってきて、みんなで捜したの。そしたら、迷子になって公園のベンチの下にうずくまっているのをブチが見つけて、《黒猫堂》に連れてったのよ』

「本当っ？　今いるのっ？」

返事の代わりに身を翻すシロの後について走っていくと、店の前に顔見知りの猫たちが数匹固まっているのが見えた。

「みんな！」

『あっ、猫美！』

『帰ってきたかー』

ニャーニャーと鳴く猫たちが体を寄せているその真ん中に、今にも泣きそうなキジトラの子猫が見えた。

『猫美っ』

「ヒデヨシ！」

猫美が両手を差し出すと、ヒデヨシはニャーと高く鳴きながら胸に飛びついてきた。体がまだ少し濡れているが、猫たちが温めていてくれたせいだろう。冷たくはない。

『ごめんなさい！　ボク、道がわからなくなって……』

「泣かないで。よかった、無事で……」

頼りない体をぎゅっと抱き締めるとぬくもりが伝わって、猫美の目も熱くなってきた。

「み、みんな……本当にありがとう！　おれだけじゃきっと、見つけられなかった……」

安心した顔で見上げている猫たちに、頭を下げて礼を言う。

『当たり前のことをしただけよ。というか、水くさいわよ』

ねぇ？　とシロが仲間に同意を求めると、皆そうだそうだと頷く。

『困ったときは、オレたちに相談してくれなきゃ』

『《黒猫堂》があるから、ぼくたちもすごく助けられてるんだし』

『晴江にも言われてたんだぞ。私がいなくなったら、猫美のことよろしくって』

「えっ？　おばあちゃんが、そんなことを……？」

『そうよ。晴江は私たち出入りの猫一匹一匹に、いつも言ってたわ。《私がいなくなると猫美はひとりぼっちになるから、どうか見守ってやってね》って。もちろん私たちみんな、言われなくてもそうするつもりだったけどね』

猫たちから注がれる優しい眼差しが祖母のものと重なった気がして、じんわりと胸が温まる。シロや皆がしょっちゅう《黒猫堂》をのぞいてくれていたのは、猫美を気にかけ見守ってくれるためだったのだ。

「みんな……ありがとう。本当に、ありがとう」

瞳を涙で潤ませながら、猫美は何度も繰り返す。

《猫は恩返しをしてくれる》という祖母の言葉が、改めて心に沁みる。黒崎家の先祖たちも皆こうして猫たちから思いやりをもらい、助けられながら生きてきたのかもしれない。

猫美は涙をぐいと拭ってから、胸を張って猫たちを見た。

「あの……みんなに、聞いてほしい。今日、陽平いなかったけど、おれちゃんと自分だけで聞きこみできた。結局成果はなかったし、いっぱいいっぱいになってて不安だったけど、こうしてみんなに助けてもらえて、思ったよ」

猫たちは皆、キラキラした目で猫美を見上げながら聞いてくれている。

「おれ……おれ、まだ半人前だけど、もっと猫捜しの仕事がんばりたい。猫がいなくなって悲しい思いしてる人、助けたい。もっと猫のみんなの相談にも乗って、役に立ちたい。恩返ししたい。だ、だから、これからも見守っててください」

ペコリと頭を下げると、ニャーニャーと励ましのエールが送られた。

『《黒猫堂》は私たちの癒しの家、安心できる逃げ場所よ。猫美はそこの主人で、私たちの家族。頼りにしてるし、いつでも頼ってくれていいの』

シロに続いて、『そうだよ』『オレたち結構頼りになるぞ』と声が上がる。胸にしがみついていたヒデヨシも顔を上げ、涙目でうんうんと頷いてくれる。

腕の中のぬくもりを抱き締めながら、改めて一人ではないことを実感し、猫美もやっと少しだけ笑顔になれた。

シロたちにお礼のカリカリをふるまい、ヒデヨシにも一緒に食べさせた。皆もうすっかりなかよくなっていて、お兄さん、お姉さんにいたわられ泣き虫子猫の涙もやっと止まったようだった。天気も天気だし今夜は店に泊まればとノラ猫たちに勧めたのだが、皆落ち着かないからと言ってそれぞれのねぐらに帰っていった。

猫美と残されると、ヒデヨシはまたうなだれて、ごめんなさいと繰り返した。陽平を追って部屋を飛び出し、地域猫に道を聞きながら駅へと向かったのはいいが、思った以上に人も車も多くて怖くなって引き返したらしい。その後猫美のところに行こうと《黒猫堂》を目指したけれど、結局迷ってしまったのだという。

『みんなに見つけてもらえなかったら、ボク、凍え死んでたかも……勝手に飛び出したりして、猫美にも心配かけちゃった……』

見るからにへこんでいる背をふわふわと撫でてやりながら、気になっていたことを聞く。

「ヒデヨシ、どうして陽平を追いかけていったの？　何か、あったんだよね？」

ヒデヨシはまた泣きそうな顔になり、目をパシパシと瞬《しばた》くと猫美を見上げた。

『ボク……思ったの。もしかしたら陽平、帰ってこないんじゃないかって。東京に、行ったきりになるんじゃないかって』

「えっ？」

思いがけない返事に猫美は硬直する。

『陽平は、猫美に言った？　会社の、ナイジのこと……』

「ナイジ、って？　何？」

『東京の本社に異動してくださいっていうお知らせよ』

潤んでくるヒデヨシの目を、猫美は呆気《あっけ》にとられ見返した。

さかのぼること先月の末、帰宅するなり陽平が、まいったよ、とぼやいたのだそうだ。

彼は昼間仕事で留守にしている分、帰るとヒデヨシにいろいろな話をしながら遊んでくれる。人間の家族のようになんでも話してくれるのが、ヒデヨシはとても嬉しく楽しみだった。だがその日は、なんとも困惑した顔でこう言ったそうだ。

——年明けから本社の営業部に異動しろって内示出てさ。そんなの無理に決まってるっての。

その後陽平が異動のことについてぼやくことはなかったが、たまにかかってくる会社の人からいらしい電話の会話を聞き、ヒデヨシはいくつかのことを察した。その異動が彼にとっては《とてもめでたい話》で、受ければ会社の《出世コース》に乗るらしいこと。内示は本決定ではないが、従うのが普通だということ。だが陽平本人は、その内示をまったく受ける気がないらしいということ。

その後の成り行きが気になってはいたのだが、陽平が何も言わず特別悩んでいる様子もなかったので、ヒデヨシもその詰はなくなったのだろうと思っていた。もしも異動の可能性があるのなら当然引っ越すことになるだろうし、それなら彼は自分にもそれを説明してくれると信じていたからだ。

それからは特に変化もなく、残業続きでも疲れも見せず、毎晩笑顔でヒデヨシと遊んでくれていた陽平だったが、あるときから、ちょっと元気がなくなったな、と感じたという。

『イブの日に、猫美がバイトで来られないみたいだって言ってたときからなの』

ヒデヨシはちょっと言いづらそうにニャニャッと鳴いた。おそらく焼肉屋に行った日だろう。あの日の陽平の落胆した様子を思い出し、猫美の胸は改めて痛む。

『ボクね、猫美はきっとイブの日の意味を知らないのよって、陽平に言ったのね。陽平もそう思ったみたいなの。《バイトならしょうがないよな》って笑って、それで、いつもの陽平に戻ったの』

その後も仕事は忙しかったが、陽平はどんなに遅く帰ってきてもヒデヨシと遊ぶ時間を作ってくれたという。でもある日、珍しく飲んだらしく酔って帰宅した彼は、ヒデヨシにぼやいたらしい。

――今日、木佐貫先生に偶然会って聞いたら……猫美のヤツ、イブの週末はバイト入ってないんだってさ。

それならどうして断るんだよ、と乾いた笑いを浮かべる陽平に、ヒデヨシは慰めの声もかけられなかった。

「ち、違うんだ……」

陽平がバイトのことを知っていたのだと聞き、猫美は蒼白《そうはく》になった。

「おれ……おれ、バイトがなくなったこと、陽平に言うつもりでいたんだ。だ、だけどおれ、じ、自信がなくなって……」

『自信がないって、どうしてなの？』

ヒデヨシがまっすぐな目で見上げてくる。以前までの彼の弱気で控えめなものではなく、しっかりとした、少しだけ怒っているような瞳だ。彼はもう陽平の家族で、大好きな飼い主のことを誰よりも心配しているのだ。

『陽平言ってたよ。予定がないのに断られたってことは、猫美はやっぱ俺のことそんなに好きじゃないんだよなって。わかってたけどさって。陽平、すごくつらそうだったのにね、それでも笑ってたのよ』

――待つのもきついけど、諦められないなら待つしかねぇよな。俺には一生、あいつしかいないから。

そう言って、また笑ったのだという。おまえ、バカだと思うか？　と、ヒデヨシの頭を撫でながら。

『ボク、思わないよって言ったの。陽平の気持ちは、いつかきっと通じるよって。猫美は受け入れてくれるよって。だって、猫美だって好きでしょう？　陽平のこと』

訴えかけてくる澄んだ目に心が締めつけられる。ヒデヨシに嘘なんかつけるはずがない。

「うん、おれも、好き……陽平のこと、多分好き……」

抑えつけていた本心を、初めて声に出してみた。それだけで涙がこみ上げてきそうになり、自分でも驚く。

『だったら、どうしてなの？　昨日も……もしかして、二人に何かあったの？』

「き、昨日……」

雨の中駆け去っていく背中が脳裏によみがえる。

『帰ってきた陽平、様子がおかしかったのよ。どうしたのって、ボク聞いたの。そしたらすごく悲しそうに笑って、俺は猫美を追い詰めて、ずっと嫌な思いさせてたのかもしれないって……そう言ったの。そのときは陽平、もう笑うこともできなくなってて……何があったの？』

「お、おれ、陽平が東京に行くって言うから……イブ、誰かと楽しんできたらって……そう言った。陽平と一緒に過ごしたい、女の人もいるかもしれないからって……」

自分の声が虚《うつ》ろに響く。昨夜の痛みがよみがえり、改めて胸を苛《さいな》む。

ヒデヨシが目を見開いた。

『ど、どうしてそんなこと言ったの？』

「だっておれ……おれじゃないほうがいいかもしれないと、思ったから……！　陽平はかっこいいし、優しいし、おれにはもったいない……。誰かほかに、もっといい人が……っ」

いきなりぴょんと膝に乗ってきたヒデヨシが、伸び上って猫美の頰を前足でペシンペシンと叩いた。撫でるような感触だったが、これは怒りの猫パンチだ。

『猫美のバカっ！』

ニャーと鳴きながら、ヒデヨシは泣いていた。

『陽平はね、陽平は、猫美のことが本当に大好きなのよ。どんなに好きか、ボクよく知ってるの。陽平と暮らし始めてまだ八ヶ月だけど、陽平が話すのは猫美のことばっかり。猫美のいいところ、可愛いところ、優しいところ、天然なところ。小さいときからの、二人の思い出。二人で行った場所。二人で食べた甘いもの。初めての旅行』

猫美の胸にぎゅーっとしがみついて、ヒデヨシは訴え続ける。

『猫のボクに、陽平、いっぱいいっぱい話してくれるのよ。今日、猫美が笑ってくれた。作ったご飯を食べておいしいって言ってくれた。そんな小さなことも全部、全部よ。おまえ以外に話せるヤツいないから、うざいかもしれないけど聞いてくれよなって言いながら、すごく嬉しそうに、幸せそうに話すの。ボクも、聞いてて嬉しかった……。でも、ちょっとだけ悲しかったの。陽平が悲しいのがわかったから。長すぎる片想いが、つらくて、ホントは、悲しいのが……』

心の中にその情景が浮かぶ。

あの古いアパートの四畳半で、ヒデヨシに添い寝しながらリラックスした部屋着で和む陽平。展示会場ではきりっとしたスーツ姿でかっこよく流暢《りゅうちょう》に説明していた彼が、素に戻って嬉しそうに話すこと。それは会社での出来事でもなく、会社の女の人の話でもなく、おめでたい内示の話でもなく、すべて猫美の話だった。

ずっとつれない態度を取ってきたのに、なかなか返事が出せず待たせ続けているのに、それでも陽平は、話していてくれたのか。猫美との思い出を、嬉しそうに、一つ一つ数えながら。

――おまえのことをこの世で一番好きなのは、この俺だ。

夏に告白されたときの、熱い声が耳によみがえってきた。

『陽平はあんなに猫美のことが好きなのに、どうして猫美は自信がないって言うの？　どうして誰かと楽しんで、なんて言ったの？　……陽平ね、会社のナイジ受ける気なかったみたいだけど、もしかしたら待ちきれなくなったのかもしれないよ？　もう、待つのつらくて、東京に行ってほかの人と過ごして……帰ってこないかも……。ボクね、何か嫌な予感がしたから、陽平のこと追いかけていったのよ』

ヒデヨシは泣き声を出しながら、ぎゅうぎゅうと猫美にしがみついてくる。

『猫美、どうするの？　本当に、もう帰ってこなかったらっ』

「嫌だ、そんなの……」

泣きじゃくる猫をすがるように抱き締め、無意識につぶやいていた。つぶやきは、次第にはっきりとした声に変わる。

「嫌だ……嫌だ、絶対嫌だっ」

陽平が東京でほかの誰かとイブを過ごすのも。本社に異動して、もう二度と帰ってこないのも。

陽平だけではない。猫美もだ。猫美の中も、陽平との思い出でいっぱいだ。陽平への想いでいっぱいだ。それを全部なくしてしまったら、心がそれこそ空っぽになってしまう。

「い、言わなきゃ……」

陽平を失ってしまうかもしれない——そう思っただけで、涙が急に湧き上がってきた。

「おれも好きだって……言わなきゃ……行かないでって、言わなきゃ……だ、だっておれ、陽平いないと……っ」

自分でいいのか自信がないとか、相応しくないとか、そんなことどうでもいい。自信がなくとも、相応しくなくとも、自分には彼が必要なのだ。どんなに厚かましくても、どんなに身の程知らずでも、そばにいてほしいなら手を離しては駄目だ。

――明日はどうなるのかなんて、本当にわからないんだから。

ああ、本当にそうだ。悩んでいる暇なんかなかった。ただでさえ人生はとても短いのだから、幸せになるのを躊躇《ちゅうちょ》してはいけない。大切な人を幸せにするのを、資格がないとか理由をつけて、怖がっている時間なんかない。

「ヒデヨシ、おれ、まだ間に合うかな……？」

『猫美……？』

涙でいっぱいの目を真ん丸にしたヒデヨシが顔を上げる。

「陽平は、おれのこと、許してくれるかな？　おれのこと、まだ、好きでいてくれるかな？」

『猫美……っ、大丈夫よ！』

ヒデヨシがニャッと力強く鳴く。

『陽平は、ずっとずっと猫美が大好きよ。猫美が受け入れてくれなくても、きっとそれは死ぬまでよ。後は、猫美の気持ちだけ。お願いだから、勇気を出してっ。陽平をまた笑顔にできるのは、猫美だけだよ！』

宝石のようにキラキラ輝く澄んだ緑の瞳が訴えかけてくる。臆病で泣き虫だったヒデコシは陽平にたくさん愛を注がれ、今はこんなに飼い主想いの強い猫になった。

猫美も変わりたいと思った。大切な人を失わないために、今度こそ揺るがない勇気を持って弱さを乗り越えたいと、心からそう思った。

夜通し降っていた雪は朝になっていったん止んだが、すでに町を真っ白に塗り替えるほど積もっていた。汚れない白で覆われた町はいつもと違い聖らかに見えて、イブに相応しい美しい風景に目を奪われる。

一睡もせずに朝を迎えた猫美は、まずヒデヨシを陽平のアパートに送っていった。これから駅に向かう猫美と万が一行き違いになった陽平が、帰宅して自分がいなかったら心配するだろうからと、ヒデヨシが帰りたがったのだ。うちで飼い主の帰りを待ちたいと言うヒデヨシに、猫美は絶対に連れて帰るよ、と約束した。

ヒデヨシが風邪《かぜ》をひかないようにベッドを温めてやってから部屋を出て、猫美は駅へと急いだ。駅で陽平の帰りを待って、夕方までに来ないようだったらそのまま上り電車に乗るつもりだった。東京なんて行ったことがなかったし、《タイシン》の本社がどこにあるのかも知らなかったが、誰かに聞きながら行けばどうにかなるだろうと思った。今の猫美には、そのくらいの勇気はちゃんとある。

一方で、陽平がこのまま東京に行ったきりになる可能性はないだろうとも思っていた。ヒデヨシがいるからだ。猫美が世話を頼まれたのは一日だけだし、ヒデヨシのことが心配で必ず帰ってくるだろうと信じてはいたが、不安を抱えながら部屋でじっと待っているのも嫌だった。

ふくらはぎくらいまで積もった雪にサクサクと足跡をつけながら、駅への道を歩く。去年雪が降ったときはどうしていたかな、とふと記憶をたどり、すぐに思い出した。確か、陽平が教えに来てくれたのだ。

——おい、猫美！　雪が降ってきたぞ！　初雪だ！

去年は暖冬で、初雪が降ったのは年明けの土曜日だった。朝早く、店を開ける前から陽平がシャッターを叩き、眠い目をこする猫美を引っ張り出した。陽平は小さな黒いガラスの板を持ってきていて、それにふわりと乗った雪を猫美に見せてくれた。結晶が花のような形をしているのがわかり、とても美しかった。

綺麗、と言って、猫美は少しだけ笑ったかもしれない。ガラス板の上の雪ではなく、その自分の横顔を陽平は見ていた。本当に嬉しそうな顔で。

これまで忘れていたようなささやかな思い出が一つ一つ戻ってくる。そしてそのすべてのシーンの中で、陽平の眼差しは猫美に注がれていた。彼の温かい微笑みは、自分でも気づかないうちに猫美を安心させてくれていたのだ。

（これからは、おれが、お返しする……）

猫美は思う。

（おれが、陽平にたくさん、笑顔を返すんだ）

もしも許されたら、もしももう一度手をつなぐことができたら、絶対にそうする。そうしようと決めて、ここに来た。

駅前のロータリーが見えてくる。雪のせいか人はまばらだ。改札前に置かれたホワイトボードを見て、引き返してくる人もいる。足早に近づくと《運転停止のお知らせ》の文字が見えた。どうやら積雪のため電車が止まっているらしい。ヒデヨシが見つかったことを駅員に報告し礼を言って、運行状況を尋ねた。今朝《けさ》になって雪は上がったので、時刻表どおりにはいかないが電車はそろそろ動き出すだろうという返事だった。

猫美はとりあえず入場券を買ってホームまで行き、一番端のベンチに腰を下ろした。ずいぶん前、確か学生時代に、陽平が電車はいつも一番前の車両に乗ると言っていたのを覚えていたからだ。小学生のときなりたかったのが電車の運転士で、当時からの習慣が残ってしまっているのだと、少し照れたように話していた。

思えば猫美は、陽平のことをいろいろ知っている。おそらく大勢いる彼の友だちや会社の同僚も知らないようなことを、本当にいろいろ。それだけずっとそばにいて、たくさん話を聞いてきたから。猫美がしゃべらない分、彼がたくさんのことを話してくれたから。

通勤時間帯が過ぎると、小さな町の駅はほとんど人がいなくなる。しかも今朝は電車が動いていないため、用事のある人はバスに乗り替えて移動しているらしい。ガランとしたホームにたった一人ポツリと座っていると心細さがこみ上げてくるが、信じたい気持ちが猫美を支えていた。

陽平はきっと帰ってくる。もし帰ってこなかったとしても、もう弱気にはならない。なんとかしてもう一度会って、今度こそ聞いてもらう。自分の気持ちをすべて正直に話すのだ。

――猫美、陽平と一緒に帰ってくるの、ボク待ってるね。

向けられたまっすぐな瞳。ヒデヨシも信じてくれている。それがとても心強い。

目を閉じて、陽平とのこれまでの思い出を一つずつ数えていくうちに、あっという間に時間が経った。その間に動き出した上り電車が二本、東京へと向かっていった。今日最初の下り電車がやっと到着するとアナウンスがあったのは、正午を過ぎた頃だった。駅に着いてからもう四時間が経っていたが、猫美にとっては本当に瞬く間だった。

ベンチから立ち上がると、ギシギシと音を立てそうなくらい全身が強張っていた。体は冷え切っていたが、心は熱いままだった。飛び出したがっている言葉が内側で暴れていて、どうにかなりそうだった。

今まさに到着しようとしている下り電車は、相当早い時間に始発駅を出たらしい。陽平はおそらくまだ乗ってはいないだろう。けれどもしかしたらの思いをこめて、猫美はホームに入ってくる電車を待ち受ける。

先頭車両がじれったいくらいゆっくりと近づいてくる。白線の内側ギリギリに立って、猫美は目をこらした。

「陽平……っ！」

車内に姿が見えた瞬間、呼びかけていた。自分でもびっくりするほど大きな声が出た。

扉の前に立っていた陽平はすぐに猫美に気づき、相当に驚いた顔をした。電車の扉が開ききるのを待たず、降りてくる彼に猫美は駆け寄る。

「陽平っ！」

「びっくりした〜、どうしたんだよ猫美？　俺のお迎えか？　まさかな」

陽平はいつもどおりの笑顔だ。怒ってても悲しんでもいない。

「でも、ちょうどよかったよ。ほらこれ、土産の東京バナナン。なんと期間限定のキャラメル味が……」

「陽平！」

紙袋を持ち上げのんきに土産の説明をしようとする陽平に飛びついた。本物だと確かめたくて。そして、もうどこにも行かれたくなくて。

「お、おいおい！　なんだ、どうした？　まさか、ヒデヨシに何かあったんじゃ……」

「ち、違っ、ヒデヨシは、大丈夫。じゃなくておれ、ごめん！　ごめんなさいっ！　おれ、今日、ホントは、バイトなくて……っ」

陽平に会えたらまず謝って、それからきちんと自分の気持ちを説明して、と言うべきことをちゃんと順序立てて考えてきたのに、顔を見たらすべてが吹き飛んでしまった。これまでに経験したことのない感情の爆発に自分でも混乱しつつ、猫美はただまとまりのない言葉を次々とぶつける。

「だけど言えなくて、おれ、いろいろ考えてたら……言えなくなってて。こないだ、て、展示会も、行って……っ」

「え、展示会？　まさか、うちの会社のか？　おまえ来たのか？」

「そ、そう！　行って、陽平見て、すごく立派で、おれ怖くなって、やっぱり言えなくて……だからあんなこと言って……っ。陽平、おれのこと、ぶ、ぶってていい！」

「えっ！　ぶ、ぶってって、俺がおまえを、ぶつのか？」

陽平はいつも無表情で人形のような猫美の初めて見る混乱ぶりに面食らい、呆然としている。伝わらないのがじれったい。

「そ、そう！　ぶって！　おれ、陽平にひどいこと言って、悲しい思いさせたから……ぶたれて当然！　ぶってほしい！」

「ね、猫美、ちょっと……ちょっと落ち着け」

陽平は猫美の両肩をさすりながら周囲を見回す。自分がこんなにも昂《たか》ぶっているのに、陽平が冷静なのがもどかしい。

「ぶつわけないだろ。ああ、そうか。一昨日《おととい》の夜のことを気にしてるんだな。俺が、きついなんて言ったからか？　いいんだよ、おまえは何も悪くないんだから」

猫美を宥《なだ》めようというのだろう。陽平は苦笑でポンポンと頭を叩いてくる。

「今回のことは俺が急ぎすぎたんだ。いつまでも待つとか言っておきながらイブに乗っかって勝負に出たりして、ルール違反だったよな。そう簡単に決められることじゃないのはわかってる。特におまえは恋愛とか、そういうのに免疫ないし」

一昨日の夜は笑うことすらできないでいたという彼が、今は普段どおりの笑顔を向けてくれている。猫美が責任を感じないように。猫美を傷つけないように。

「それより、俺のほうこそ反省したよ。きっと無意識のところで、俺おまえにプレッシャーかけてたんだよな。だから、おまえにあんなこと言わせちまったのかも。ごめんな」

違う、と心が叫ぶ。だが言葉にはなってくれず、猫美は喉を押さえた。

どう言えば伝わるのだろう。どんな言葉で、どんなふうに言えば……。

――うまく言わなくともいいの。

シロの声が、祖母の声と重なって聞こえた。

「これからはグイグイいかないからさ。安心してこれまでどおりつき合ってくれよ。一昨日も言ったけど、おまえに負担になるようなら、《黒猫堂》に行くのは少し控えて……」

「ちっ、違うんだったら！」

時限爆弾が破裂したように、大きな声が出た。

「おれも、陽平が好き！　大好きだからっ！」

「ね、猫美……？」

陽平の口もとから笑いが消え、瞳が大きく見開かれる。

「好きなの気づいてたけど、駄目だって思って……だ、だっておれっ、何も、取り柄なくて。陽平はいっぱい、持ってて……友だち、たくさんいて、陽平好きな人も、たくさんいて……でもおれは、この気持ちしかなくて……好きって気持ちしか、あげられるものなくて……っ」

虹色のしゃぼん玉が次々とふくらみ空へと飛んでいくように、言葉が後から後からこぼれてくる。支離滅裂で、はちゃめちゃで、ちゃんと伝わっているのかわからなくて……それでも言わずにはいられない。

「こ、高校のときも、まさかって思ったから……からかわれてると思ったから！　でもその後、甘味屋さんに誘ってくれなくなって……おれ、寂しくて……っ。東京の大学、行っちゃったときも、寂しかったけど、でも、うまく言えなくてっ」

手を伸ばし、陽平の両腕をしっかと摑んだ。今は、相手のほうが言葉を失っている。呆然と猫美を見返すその瞳が、ホントか？　と聞いてくる。

「ほ、本当だからっ！　好きなの、なんとなく、わ、わかってたけど、おれ、うまく言えそうもなくて……自信も勇気もなくてっ。だ、だけど、陽平が東京に行っちゃうって、ヒデヨシから聞いて……嫌だって、思ってっ。おれとさよならして、ほかの人とつき合うのも、嫌だって、思ってっ」

大事なときなのに、陽平の顔が涙で霞《かす》んで見えなくなってくる。引かれているだろうか。呆れられているだろうか。どうでもいい。本格的に泣き出して何も言えなくなってしまう前に、一番言いたいことを吐き出してしまいたい。

「好きって気持ちしか、ないけど、おれにはほかに、何もないけど……そばにいて。ずっと……ずっとおれの、そばに、いてほしいっ！」

いきなりきつく抱き締められて、言葉がそれ以上続けられなくなった。

耳に低い声が届いた。陽平の声とは思えないほどその声は小さくて、そして少しだけ震えていた。

「当たり前だろ……」

けれど、聞いたこともないようなその押し殺した声でわかった。どうやら、ちゃんと伝わった。拙い言葉でも、支離滅裂でも、想いはしっかり届いたのだ。

そう思ったら、堪えていた涙が一気にあふれて頬を伝った。

「俺言ってるだろ、前から。おまえを一生守らせてくれって。報われなくったって、ずっと、そばにいるつもりだったんだ。それは俺の決意で、こう言っちゃなんだけど、おまえの気持ちは関係なかった」

　陽平の声も涙で濡れている。今その顔を見てしまったらますます泣けてきそうな気がして、猫美は目をしっかり閉じたまま彼の肩に顔を伏せる。

「けど、強がっちゃいたけどホントは、おまえに好かれたかったよ。ほんの少しでも俺を特別に想ってくれたら、それだけでなんだってしてやれると思ってた。……なぁ、おまえ、今言ったのホントか？　ホントに、俺が好きか？　俺でいいのか？」

「陽平がいいっ！」

　震えない声ではっきりと答え、猫美はその背に手を回しぎゅっと抱き締め返す。

「すげぇ……信じられない」

　涙声が嬉しそうな声に変わって、冷えていた猫美の心も体もぬくもりで包まれる。

「一番欲しかったものが手に入った……。猫美が、俺を選んでくれた……俺の、特別になってくれた！」

　これ現実か？　夢じゃないのか？　と何度もつぶやく陽平の初めて聞く感激の声に、猫美の胸もいっぱいになる。

　猫美にとっても同じだった。ずっと気づかなかったけれど何よりも欲しかったものは、陽平の与えてくれるこのぬくもりだったのだ。

　これまで彼と過ごしてきた十八年の日々が、映画のフィルムを早回しするように脳裏を駆け抜けていく。すべてのシーンが大切で、尊くて、愛しくて、猫美の瞳はまた涙でいっぱいになった。


「猫美、ヒデヨシ寝たか？」

「うん。寝た」

風呂から上がってきた陽平に問われ、ベッドの中ですやすやと安らかな寝息を立てているヒデヨシを見守りながら、猫美は頷く。

駅から連れ立って陽平のアパートに帰ってきて、まずは冷え切った体を温めろと言われ、風呂に入れられた。今は、猫美には少し大きい陽平の部屋着を着て、膝を抱え座っている。

駅のホームで想いを確かめ合い抱き合ったまま、二人はしばらくそのままでいた。周囲の視線など全然気にならなかった。ただ、やっと手に入れた大切なぬくもりを、そのまま確かめていたかった。

猫美の涙が止まったのを見計らって、陽平が微笑んで言った。ヒデヨシが待っているから一緒にアパートに帰ろうと。いつもよりも甘さと熱を帯びたその微笑みに、猫美の胸はこれまでになくときめいた。

駅を出ると、止んでいた雪がまた降り始めていた。離れないようにしっかりと手をつないだまま、二人は並んで雪の中を歩いた。傘はなかったけれど寒さはまったく感じず、降ってくる雪は天使の散らした祝福の紙吹雪のように思えた。

手だけではなく気持ちもちゃんとつなげられたのだから、もう何があっても怖くはなかった。猫美は陽平に、本社に異動し東京に引っ越すのかと思い切って聞いてみた。

――おまえそれ、どっから聞いた？

ヒデヨシから、と答えると、陽平は目を丸くしてから、

――前から信じてはいたけど、おまえや晴江ばあちゃんが猫と話ができるっていうのは、やっぱ本当なんだなぁ。

と感心したように笑った。そして、ちゃんと彼の口から話してくれた。

本社の営業部に異動の内示が出たこと。それを猫美に言わなかったのは、最初から受ける気がまったくなかったからだということ。そして昨日本社に行ったのは、その件を正式に断るためだったということ。

――そういうの、断れるの？

不安げに聞く猫美に、陽平は笑って答えた。

――どうしても本社に異動させられるなら辞めますって言ったんだ。支社を盛り立てて骨を埋《うず》めたいからってな。上は残念がってたけど理解してくれた。

――だ、だけど、出世、コース、なんだよね……？

コツンと頭を小突かれる。

――そんな世間的なこと考えるのはおまえには似合わないって。それにそんなものより、俺には大事なものがあるしな。

わかってるだろ、と髪をこしゃこしゃにされた。いつもと同じ手の感触が嬉しかった。

結局昨日で本社での用事諸々《もろもろ》を終え、雪の状況から電車が止まってしまうとまずいと思い、動いていた始発に飛び乗ったのだという。早くヒデヨシと猫美に会いたい一心で。

――といっても、俺はおまえがバイトに行ってると思ってることになってるから、会いには行けないのでどうしようかと思ってたよ。一人寂しくケーキでも買って帰るかってな。

軽く頭を小突かれて、猫美は首をすくめまた小さく謝った。

気持ちも落ち着いてきたところで、猫美も話した。

ヒデヨシが部屋を抜け出し、陽平を追っていったこと。一人でヒデヨシを捜すのは不安だったけれど、彼がいなくてもちゃんと情報集めができたこと。結局シロたちが協力してヒデヨシを見つけてくれたこと。そして、ヒデヨシにしっかり叱《しか》られたことも。

――おれ、すごく嬉しかった。

――叱られたのにか？

――うん。陽平とヒデヨシ、もうすっかり家族なんだなってわかって。ヒデヨシは陽平のこと、本当に大好きだよ。

――ああ、知ってる。

陽平は心から嬉しそうに微笑んだ。

部屋に帰った二人を、ヒデヨシはニャーニャーと珍しく高い声で鳴いて出迎えた。陽平が抱っこしてやると、離れるものかとばかりに胸にしかとしがみついた。彼がどこにも行かないことを猫美が伝えると、泣き虫子猫はクシャッとした泣き顔になった。嬉し泣きだ。

その後、温まるようにと風呂に入れられ、今こうして穏やかな気持ちでくつろいでいる。

いつのまにか窓の外は暗くなっていた。雪はまだ降っているのだろうか。明るい部屋の中からだとよく見えない。外は震え上がりそうなくらい寒いのかもしれないが、ここはとても暖かい。大好きな人と、その家族の猫といるのだからなおさらだ。

「こいつにも、いろいろ心配かけちまったんだな……」

すやすや眠っているヒデヨシを起こさないようそっと撫でながら、陽平が目を細める。

「猫は飼い主の気持ちを察してくれるっていうけど、ホントなんだな。こいつが来てくれてから、慰められることが多いよ」

「猫、人が思うよりずっと、人の言葉わかってるから。ヒデヨシは、特に優しい子だし」

痩せっぽちでしょんぼり顔の泣き虫でも、心の中は思いやりでいっぱいだ。彼が陽平の猫になってくれて、本当によかった。

「それにしてもこいつ……おまえもだけど、俺が本社に異動になったら、おまえたちに一言も言わずそのまま行ったきりになるとか、本気で思ってたのかよ？　ちょっと心外だぞ」

　額をつつかれ、猫美はうっと首をすくめる。

「そ、それくらい陽平が、お、落ちこんでたみたいだったから……ヒデヨシもおれも、きゅ、急に心配になっちゃって……」

「俺ががっくりきて、その勢いで誰かと甘い夜を過ごして、おまえたちを忘れて東京にいついちまうって？　見損なってもらっちゃ困るぞ。というか、ヒデヨシがいなくなった時点で電話しろよおまえ」

「だ、だって、仕事で行ってるのに、心配かけたくなかったからっ。み、見つかってからは電話のこと、思い浮かばなかったし……」

　そもそも電話嫌いの猫美は、どうしても《電話しよう》という方向に頭が働かないのだ。確かに、陽平の携帯に電話一本かければ、今日だってホームであんなに待たなくともよかったのかもしれない。しゅんと肩を落とすと、優しい手が伸びまた髪をかきまぜられ「バカだな」と笑われた。

　本気で怒っているわけではないようでホッとする。

「で、でも、電話で言うより……やっぱり、直接言いたかったよ……」

　自分の気持ちを、陽平の顔を見ながらちゃんと言えてよかった。ホームでのぶっつけ本番のテンパった告白を思い出し、猫美は今さらのように頬を赤らめる。

「ああ。俺も直接聞けて、嬉しかった」

心から嬉しそうな声が下りてくる。

きっとあのホームでの告白も、人生の終盤で思い出したい大切な風景の一つになるだろう。どんな切ないことでも、どんな恥ずかしいことでも、陽平と二人でいるシーンはすべて宝物だ。

頭に置かれていた手が肩に下りた。陽平の熱が伝わって猫美の心臓はトクンと甘く打つ。

「なぁ、猫美。一応確認だが、俺たちもう、好き同士ってことでいいんだよな？」

陽平の声は戸惑いを帯びている。何を言おうとしているのか、猫美にもさすがにその先がわかった。

「う、うん」

「ということは、今夜は恋人同士のイブを過ごしても、いいわけだな？」

「う、うん……」

頬がカッカとほてってくる。いよいよだ。《交尾》のときがやってきた。

まだ積極的に陽平と《交尾したい》とは思えない猫美だが、キスやその先のことを考えるとドキドキはする。《交尾》について、もっと具体的に紋次郎に聞いておくのだったと後悔するが、これればかりは猫に聞いても役に立たないのではないかと思い直す。

「大丈夫か？　おまえ、まだ怖いんじゃないか？」

気遣ってくれる陽平に、猫美はふるふると首を振った。

「こ、怖くない。……し、しよう」

小さな声で思い切って言うと、ぎゅっと強く抱き締められ鼓動が高くなる。

「ありがとな。……チクショー、こんな嬉しいことないよ。ホントに夢じゃないのか、これ……」

つぶやくように口にされた言葉に、猫美の胸も嬉しさに震える。夢じゃありませんようにと、心の中で祈る。

「猫美……」

顎をすくい上げられ真剣な瞳でじっと見つめられ、目を閉じようとしたところで、ふにっとヒデヨシが小さな声を出しパタパタとしっぽを振った。口の端がちょっと上がっているところをみると、何か楽しい夢でも見ているのかもしれない。

猫美は陽平と顔を見合わせて笑った。

「ヒデヨシ起こさないように、六畳のほうに布団敷こうな」

陽平が人差し指を口もとに当て片目をつぶる。二人して音を立てないように隣の部屋に移動し、そっと布団を敷いて境のふすまを閉めた。電灯を消しスタンドライトだけ点《つ》けると、部屋が淡いブルーの光に包まれて海の中にいるような不思議な気持ちになった。

「猫美……これからどういうことするか、おまえ知ってるのか？」

布団の上にちんまりと行儀よく正座した猫美に、陽平が咳払いをしてから尋ねる。

「えっと……う、うん」

猫の交尾なら何度も見たことがある。大丈夫だ。

やや緊張気味に頷く猫美を見て、陽平がくすっと笑う。

「嘘つけ。まぁいいや。とにかく、俺はおまえが嫌がることはしない。ちょっとでも嫌だったらちゃんと言ってくれ。いいか？」

「わ、わかった」

何度も頷くが、ちょっとくらい嫌でも言うつもりはなかった。陽平と、今夜ちゃんと恋人同士になりたいから。

「猫美……」

肩に両手を置かれ、まずはキスだな、と目を閉じようとしたとき、

「あーっと、そうだ……ちょっと待っててくれ」

陽平があわてたように言って立ち上がった。よもや使う日がこようとは、とかなんとかつぶやきながら部屋を出ていく。ホッと息をついた猫美はふいに思った。

（今のうちに準備しておいたら、陽平に見直してもらえるんじゃ……）

そうと決まれば、と、わたわたと服を脱ぎ始める。

陽平は猫美が何も知らないと思っているらしいが、交尾だったら彼よりも猫美のほうが

きっと詳しい。猫美は奥手だからと気を遣われ、変に手加減されたくはない。

温泉ではパンツを脱ぐかあれだけ長いこと悩んでいたのに、今は潔く脱ぎ捨て一糸まとわぬ姿になったタイミングで、バスルームに行っていたらしい陽平がちょうど戻ってきた。

「猫美、待たせ……うわっ！」

頭を下げ、尻《しり》を高く上げる恰好《かっこう》で布団の上に四つん這《ば》いになった猫美を見て、陽平の手から小さな箱と化粧品のボトルのようなものが落ちる。

「お、お、おまえっ、なんて恰好してるんだっ？」

陽平の珍しいくらいうろたえた声が届く。

「よ、陽平、い、いいよっ」

いつもぼうっとして動作ものろい自分の、手際のよさに驚いているのだろう。嘘じゃなくちゃんとわかってるよ、というところを見せたくて、猫美は精一杯尻を高く上げてみる。

「い、い、いつでも、していいよっ」

心も体もすでに準備万端だと伝えるために、ないしっぽの代わりに尻を振ってみると、

「お、おまえなぁ……勘弁してくれっ」

なぜか怒ったような声が届いて、バサバサとすごい勢いで服を脱いだ陽平が覆いかぶさってきた。一瞬にして体を仰向けにさせられてしまい、猫美はあわてる。

「えっ、陽平……っ」

「人がどれだけ我慢してると思ってるんだっ。そんなふうに誘われたら、さすがの俺も理性飛ぶだろっ」

「えっ？　えっ？　あ……っ」

仰向けに寝かせられては交尾ができないのでは？　と聞く前に、嚙《か》みつくように肩口に吸いつかれて「にぇっ」と猫みたいな声が出てしまう。

「そういうふうにしろって誰かに教わったのか？　まさか、木佐貫先生かっ？」

熱っぽい、苛立《いらだ》った声で言いながら、陽平は猫美の首筋や胸をちゅっちゅっと吸ってくる。吸われるたびに軽い痛みとともに甘い感覚が広がってきて、猫美はうろたえる。

「ち、ちがっ……だ、だって、猫は……っ」

「猫っ？」

陽平は体を離し猫美をまじまじと見つめてから、弾《はじ》かれたように声を立てて笑った。そしてたまらないといった感じで、猫美の両脇をくすぐってくる。

「あっ、くすっ、くすぐった……っ」

「こいつ、ホントに可愛いな。あのな猫美、猫と人間はやり方が違うんだよ。さっきのおまえのは、人間だとかなり大胆なお誘いの部類だ」

「そ、そうなのっ？」

「まったく、生意気にも俺を誘惑しやがって……この悪い黒猫め。手加減してやろうと思ったのに、もう許してやらないぞ」

陽平は楽しそうに笑いながら身悶《みもだ》える猫美をくすぐりまくり、胸から腹にかけて舐《な》めたりキスしたりしてくる。こそばゆいのに気持ちよくて、猫美もつられて笑ってしまいそうになりながら、やだやだとゆるく抵抗する。おかげでさっきまで入っていた肩の力は、いい感じにすっかり抜けてしまった。

「よ、陽平、なんで？」

「ん？」

「なんで、人間のは、そんなふうにするの？」

猫の交尾ならものの数分で終わるのに、人はなぜこんなふうに体中触ったり、キスしたりするのだろう。陽平は少しだけ首を傾げてから答える。

「そうだな……きっと、人間は猫よりも感情が複雑で、信じるのが難しいからじゃないか？」

「信じるのが、難しいから……？」

「ああ。信じてほしいから、想いをちゃんと伝えるために、相手をいっぱい気持ちよくしたくなるんだよ」

愛しげに微笑み体をずらした陽平は、いじられているうちにいつのまにか形を変えていた猫美の中心をためらいなく口に含んだ。

「えっ！　やだ、陽平、わぁっ！」

　陽平の口の中で絞られながら、さんざん舐められつんと尖《とが》った胸の飾りを摘《つ》まれて、猫美は思わず声を上げてしまう。

　性欲は極端に薄いほうだが、猫美も普通に自慰はする。なんのために勃起《ぼっき》して射精するのかの意味も、保健体育の授業で教わったから知っている。だが、自分が結婚して子どもを作るというイメージがまったくなかったので、そんな機能いらないのにと思春期の頃から思ってきた。猫みたいに去勢手術してもらえないかな、とまで考えていたのに、今陽平に口でされて、信じられないくらい気持ちよくなっている。

「よ、陽平っ、出る……出ちゃうから……っ！　やぁ……っ」

　我慢できずにあっという間に陽平の口の中に出してしまい、余韻に身を委《ゆだ》ねながら猫美はぐったりと脱力した。

「猫美……猫美、可愛い……。猫美が俺の口でいってくれるなんて、ホントに現実かよ、これ……？」

　達したばかりの猫美の中心を愛しげに撫でながら、陽平がうっとりとつぶやいている。

　感激している声に、おおげさだよ、と言いかけ、彼にとってはおおげさじゃないのかも、と思い直した。長いことずっと、猫美だけを想ってきてくれた彼にしてみれば。

「おまえの体、もう全部俺のものなんだな。手に入るなんて思わなかった……。大事にする。一生大切にするぞ、猫美」

好きだ、愛してる、と囁かれ、じわじわと涙がにじんでくる。

人間は猫より、いろいろなことを複雑に考える。余計なことで悩んだりしてしまう。だけど大切なことはきっと、とてもシンプルなのだ。

陽平は猫美が好きで、猫美も陽平が好き。二人はずっと、一緒にいたいと思っている。それがたった一つの真実で、何よりも大事なことだ。

（それを確かめたくて、つながるのかな……）

体を起こした陽平の中心が目に入った。当たり前だが、猫のよりずっと大きい。猫美の倍はありそうだ。雄々しく上を向いているそれを、早く気持ちよくしてあげたくなる。

「陽平……っ」

うずうずしてきた猫美は体を反転させ四つん這いになろうとしたが、陽平にまた戻されてしまった。

「このままでいいから。できれば、おまえの顔見ながらしたいんだ。いいか？」

仰向けのままできるのかなと、不安に思いつつ頷いた。猫美も、陽平の顔を見ながらしたい。きっと、そのほうが安心できるから。

陽平がバスルームから持ってきたボトルから液体を垂らし、「ちょっと我慢してな」と言いながら猫美の後ろの蕾《つぼみ》に塗りつけてくる。どうやらそこに、彼が入ってくるようだ。

「指から入れてみるけど、怖かったらちゃんと言えよな？」

猫美が頷くのを確認してから、陽平は指を中に沈めてきた。もどかしいくらいゆっくりと、少しずつだ。どうやら人間の交尾は、猫よりちゃんとした準備が必要なようだ。

猫美も協力しようと両膝を立て尻を持ち上げ気味にしてみたら、陽平は苦しげに眉を寄せ、「こらこら」と脇をくすぐってきた。

「そうやって煽《あお》るなよ。おまえを傷つけたくないからゆっくり慣らしたいのに、我慢できなくなるだろ？」

「で、でもおれ、は、早くしたいから……」

真っ赤になって訴えると、「早く済ませたいのはわかるけど」と苦笑で返され、思い切り首を振った。

「じゃなくて、おれ……おれも陽平を、気持ちよくしたいからっ」

信じてほしいから、言葉では言いつくせない想いをちゃんと伝えたいから、陽平を気持ちよくしたいのだ。陽平が大きく瞳を見開く。

「お、おまえ……そんなこと思ってくれてたのか」

「だ、だって、俺に入ると、陽平も、気持ちよくなるかなって、思ったから……。おれ気持ちよくしてもらったから、陽平も……」

真っ赤になりながら言い訳すると、切なそうに眉を寄せた陽平が覆いかぶさってきて、深くキスをされた。想いのこもった濃厚なキスは、言葉よりも雄弁にその気持ちを語ってくれる。長い口づけの後、身を起こした陽平は、ぼうっとなってしまっている猫美の頰を愛しげに撫でた。

「おまえってヤツは……いじらしすぎるだろ。これ以上惚れさせるなよっ」

指を抜かれ、熱いものが押し当てられる。猫美は「あ……」と小さな声を出す。

「ますます好きになったら、もう絶対におまえを離せなくなるぞ。いいんだな？」

熱っぽい声で言って、陽平自身がじわじわと入ってくる。

「わ、あっ！　よ、ようへ……っ」

「猫美……猫美、大丈夫か？　きつくないか？　ごめんな。好きだ。大好きだぞ」

つらくないと言えば嘘になる。猫の交尾はすぐに終わってしまっていたので、よもや人間の男同士の交尾がこんなに大変なものだとは思わなかった。

でも、それでも嬉しい。陽平が入ってきてくれるのが……自分の中で気持ちよくなってくれるのが、こんなにも嬉しいなんて……。

大好きだと繰り返す陽平の声が、つらさを消していってくれる。心のこもった告白はこれまでの十数年分を一気に吐き出しているようで、途切れることはない。

「おれも、好き……陽平、大好き……っ」

猫美も負けじと繰り返し、恥ずかしくてぎゅっと閉じていた目をそろそろと開けた。目

が合う。二人で笑う。嬉しくて笑い合う。

もっともっと何か言いたいのに、感極まって言葉が出てこない。陽平も、そんな顔をしている。ただ繰り返すのは《好き》と《大好き》。そして、それだけで十分だった。

猫美を気遣いゆっくり動いてくれる相手に合わせて体を揺らしながら、しっかりとその背にしがみつく。後ろからでなくてよかった。こうして彼に腕を回して、嬉しそうな顔を見ていることができるから。

中を何度もこすられているうちに、また気持ちのいい波にさらわれ始める。中にいる陽平も、一緒にその波を感じているのが伝わる。

「猫美っ」

「陽平、好き……っ」

二人同時に絶頂を迎えながら、しっかりと唇を合わせた。

想いを確かめ合って、恋人になれた。離れずそばにいてくれた気になる幼馴染みが、一生をともにする大切な人になった。

そして誰よりも大事な人はこれからも、ずっと猫美のそばにいる。

## ◇◆◇　再び春　◇◆◇

――明日は最高のお花見日和になるでしょう。

昨夜の気象情報で予報士が弾んだ声で言っていたとおり、その日は朝から目の覚めるような快晴だった。

桜が一番の見頃を迎えた四月初めの土曜日、近くの公園の一番端にポツリと植えられた桜の木の下にシートを敷いて、猫美は陽平とヒデヨシと一緒に友人たちを待っている。すでに《黒猫堂》に出入りするシロやほかの猫たちは来ていて、おやつスティックやカリカリをふるまわれていた。

「みんな、来てくれるかな……」

猫美はそわそわと陽平の腕時計をのぞく。約束は三時だが、それまでまだ少し時間がある。楽しみすぎて早く来すぎてしまった猫美たちだ。

「心配するな、そのうち来るよ。三人とも二つ返事でOKだったから」

陽平がポンポンと安心させるように頭を叩いてくれる。恋人になる前からよくそうやって頭をはたかれたけれど、以前よりも甘く優しさを増した仕草と眼差しに、猫美の胸はときめく。

イブの日に陽平と結ばれてから三ヶ月、本当にあっという間だった。毎日が楽しくて、わくわくのしどおしだった。いいことがあったのね、と出入りの猫たちに見透かされからかわれてしまうくらい、猫美は笑顔が多くなった。

日々の過ごし方が変わったわけでもないのに、毎日張りがあり生き生きとしていられる。そして週末には恋人と過ごし、素敵な思い出をどんどん増やせている。今日の花見会も思い出作りの一環だ。

「それにしても、みんなと花見をしたいなんて、おまえから言い出すとは思わなかったぞ」

意外そうに言う陽平に、猫美はちょっと首をすくめる。

「先週、陽平とヒデヨシとお花見来たとき、周りの人たちがシート敷いて、大勢で楽しそうだったから。おれも、してみたいかなって」

猫たちや友人たちと一緒に花の下で笑い合う猫美を空から見れば、祖母や両親も安心してくれるだろう。そう思ったのだ。

わざわざ言葉にしなくとも、陽平は猫美のその気持ちをちゃんとわかってくれたようだった。笑って頷き、「いい一日になりそうだな」と空を見上げた。

「あー、親分とワカバも、あの雲の上あたりから見てるかな」

陽平の言葉に、猫美もつられて雲を見上げる。

「うん。きっと見てるよ」

その雲はなんとなく、耳がピンと立った猫の顔の形に似ていた。

北山夫人からワカバが亡くなったことを知らせる手紙が来たのは、三月の初めだった。二月の終わりの、春のきざしを感じさせるような晴れた暖かい日に、例の林の岩の中で眠るように息を引き取っていたそうだ。そしてその手紙には訃報とともに、なんとも不思議なことがあったのだと記されていた。

ワカバの亡骸《なきがら》の隣に知らない猫が一匹、寄り添うようにして冷たくなっていたのだという。痩せ細って汚れたサビ柄の老猫は、ワカバと向き合うような形でその体に手を置いていた。二匹の顔は、北山夫人も悲しみの中に安堵を覚えるほど安らかで、なんだか微笑んでいるようにも見えたという。

その手紙を読んだ猫美と陽平には、サビ柄の猫がどこの猫で、なぜそこにいたのかすぐにわかった。陽平は北山夫人に電話をし、紋次郎のことを話した。信じられないような話を夫人は信じてくれて、そしてもう一度泣いた。

猫美も陽平も泣いた。でもそれは悲しいだけの涙ではなく、嬉しい涙でもあった。想い合う二匹は奇跡を起こしてこの世で再会し、一緒に天国に旅立っていけたのだから。

ちなみに大福は相変わらず壮健で、最近はたまに例の岩に一人出向いてはくつろいでくるのだという。

「大福のことだから、《俺はまだまだあの世には行かないぞ》とか言ってるかもな」

「家族みんなが再会するのは、もうちょっと先になりそうだね」

紋次郎とワカバのことを思い出し、二人は潤んだ目を見交わし微笑み合った。

「猫美君、陽平君、お待たせしました。お、ここはなかなかいい場所ですねぇ」

声に振り向くと、誘った友人たちが三人一緒にやってくるところだった。路彦、そして土屋と斉藤佳乃だ。土屋はキャリーバッグを、佳乃はバスケットを持っている。

「あれっ、みんなおそろいで？　待ち合わせてきたとか？」

「いやいや、ここに来る途中で偶然会ったんですよ」

陽平の問いに路彦が答える。

「ここに来るまで、木佐貫先生と猫の話題で盛り上がってしまいました。うちのモモに友だちができるといいな、なんて」

そう言って笑う土屋は相変わらずの親バカぶりだ。しっかり者の佳乃が笑っている。

あの夏の日は悲しみを顔に貼《は》りつかせていた土屋も佳乃も、本当によく笑うようになった。二人はその後も順調に交際を続けているようだ。鞠子のことを思いまだ恋人関係にはなっていないようだが、一周忌を機に何か変わるかもしれない。鞠子もきっと、それを望んでいるだろう。

「ほら、みんな座って！　今日は猫好き仲間の親睦会ってことで、楽しくやりましょう！」

陽平が仕切って、友人たちをシートの上に招く。何枚も敷かれたシートはとても広く、淡い空色の上に落ちてくるピンクの花びらが柄のようになってとても綺麗だ。

お邪魔します、と三人が目配せしながら車座に座る。

「おや？　陽平君、これはもしや私への嫌がらせ？　私だけ独り身とは」

路彦が笑いながら冗談めかして言う。

「また、そういうひがみっぽいことを。先生も遊びはそろそろ卒業して、一生に一人の人を見つけてくださいよ。いいですよ、本気の恋は」

「なるほど、そうなんですか？　では、猫美君に聞いてみましょうか。本気の恋は、そんなにいいもの？」

意味深な笑いで顔をのぞきこまれ、猫美は頬を熱くし俯いてしまいながら、「う、うん。いいもの」ともじもじ答える。場に笑いが起こる。土屋と佳乃も猫美と陽平の関係は知っている。温かい笑顔でそれを受け入れてもらえるのが嬉しい。

「当てられたところで……おいしいコーヒーをいれてきたので、早速お茶にしましょう」

「私、アップルパイ焼いてきたんです。よかったら皆さんでどうぞ」

「おお、すごいな。まさにお茶会って感じだな、猫美？」

「うん、服部屋さんの桜餅《さくらもち》もある」

たくさんの差し入れが広げられ、飲み物が回される。猫好き仲間同士の会話はすぐに盛り上がり、飼い猫の愛らしいエピソードに笑いが弾ける。

猫美も笑う。いっぱい笑う。

キャリーから出された愛猫たちはそれぞれ好きなところに陣取り、ノラたちも交えて交流を深めている。しっかりした姐御《あねご》のシロとおすまし屋のモモは女子会的に話が弾み、ヒデヨシはノラの兄貴分たちと相撲を取ってニコニコしている。

晴れ渡る青い空。降ってくる花びら。幸せそうな猫たち。楽しそうな友人たち。

隣を見た。視線を感じた恋人が、太陽のような笑顔を向けてくれる。同じ笑顔を返しながら、こんな夢のようなひとときが来年も再来年も、その先もずっと続きますようにと猫美は祈った。

# あとがき

『内気な黒猫は幼なじみに愛される』をお読みくださった皆様、本当にありがとうございます。人よりも猫と話すほうが得意な引っ込み思案の猫美と、そんな彼を一途に想い続ける相棒の陽平の恋のお話、いかがでしたでしょうか。殻に閉じこもる孤独な子と、まっすぐな愛情を注ぐパーフェクトな幼なじみ、人間味あふれる猫たち、ちょっと謎めいた大人な兄がわり……と、私の大好きな要素を詰めこんだ一冊です。一つずつ小さな事件を解決し、それに影響されながら二人の仲が深まっていく、そんな形式で一度書いてみたかったので夢が叶って嬉しいです。猫美と陽平と猫たちの切なさと喜びに満ちた一年が、皆様のお心にワクワクとほんわかをお届けすることができていますように。

素晴らしすぎるイラストを描いてくださった亜樹良のりかず先生、長いお話をＯＫしてくださった担当様、関わってくださったすべての方々に心からお礼申し上げます。そして応援してくださる読者様、いつも感謝でいっぱいです。皆様が笑顔でいられますように。

伊勢原　ささら

本作品は書き下ろしです。

ラルーナ文庫

この本を読んでのご意見・ご感想・ファンレターなどお待ちしております。〒110-0015 東京都台東区東上野3-30-1 東上野ビル7階 株式会社シーラボ「ラルーナ文庫編集部」気付でお送りください。

# 内気《うちき》な黒猫《くろねこ》は幼《おさな》なじみに愛《あい》される

2025年1月7日 第1刷発行

著　　者｜伊勢原《いせはら》ささら
装丁・DTP｜萩原 七唱
発 行 人｜曺 仁警
発 行 所｜株式会社 シーラボ
〒110-0015 東京都台東区東上野3-30-1 東上野ビル7階
電話 03-5830-3474／FAX 03-5830-3574
http://lalunabunko.com
発 売 元｜株式会社 三交社（共同出版社・流通責任出版社）
〒110-0015 東京都台東区東上野1-7-15
ヒューリック東上野一丁目ビル3階
電話 03-5826-4424／FAX 03-5826-4425
印刷・製本｜中央精版印刷株式会社


ISBN978-4-8155-3301-4

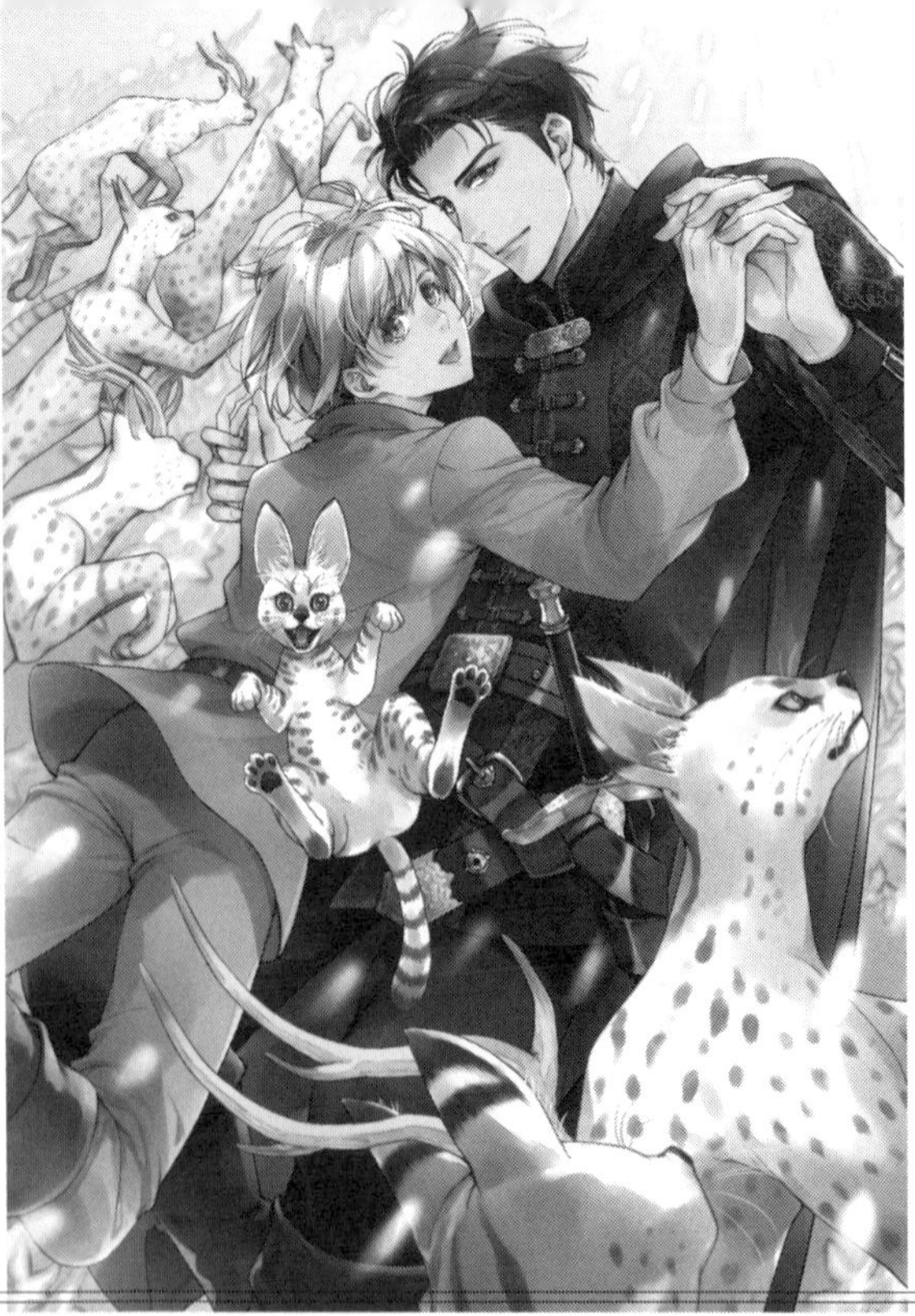